孕育聪明小宝贝

0~1岁　　　　李争平◎编著

九州出版社
JIUZHOUPRESS

图书在版编目（CIP）数据

孕育聪明小宝贝：0～1岁/李争平编著. —北京：九州出版社，
2008.10

ISBN 978-7-80195-925-6

Ⅰ.孕… Ⅱ.李… Ⅲ.①妊娠期-妇幼保健-基本知识 ②婴
幼儿-哺育-基本知识 Ⅳ.R715.3 TS976.31

中国版本图书馆 CIP 数据核字（2008）第 158084 号

孕育聪明小宝贝（0～1岁）

作　　者	李争平　编著
出版发行	九州出版社
出 版 人	徐尚定
地　　址	北京市西城区阜外大街甲 35 号（100037）
发行电话	（010）68992190/2/3/5/6
网　　址	www.jiuzhoupress.com
电子信箱	jiuzhou@jiuzhoupress.com
印　　刷	北京晨旭印刷厂
开　　本	787×1092 毫米　　　16 开
印　　张	20.5
字　　数	304 千字
版　　次	2008 年 12 月第 1 版
印　　次	2008 年 12 月第 1 次印刷
书　　号	ISBN 978-7-80195-925-6/R·63
定　　价	29.80 元

序言

　　您看过电视台的《超级宝宝秀》节目吗？在笑得前仰后合之余，您是否也惊奇于宝宝智慧的力量？您想拥有像超级宝宝那样记忆力好、头脑反应快、语言表达能力强的宝宝吗？您想拥有一个唱歌跳舞像模像样、说起话来古怪精灵、一颦一笑尽显童真童趣的孩子吗？或者您想要宝宝表现得比其他同龄宝宝更加聪明活泼、才艺超群吗？总之，您想要宝宝更聪明，更与众不同吗？

　　孕育宝宝，对年轻没有经验的父母来说，的确是一件充满惶恐和新鲜感的体验。未出生的宝宝仿佛是一颗等待勃发的种子，准父母们正如一旁日夜守候的园丁，满怀欣喜地期待着种子破土而出的那一刻，等待的过程充满着希望；新生儿的降临对父母而言如太阳出世，太阳的光芒带给他们喜悦，也带给他们初为父母的忙乱和困惑。

　　我相信每个父母都不希望让孩子输在至关重要的人生起点上，每个父母都希望自己的孩子是天下最聪明的孩子。毕竟孩子是父母生命的延续，是父母眼中的希望，也是未来世界的希望。掌握一定的孕育常识是准父母们的必修课，只有做足功课，才能以更安全、更舒适的方式把孩子带到这个世界上来；只有了解一定的育儿知识，才不会在新鲜和无知中给孩子带来不必要的伤害，才可能让孩子在温暖的呵护中健康成长。

本书力图从各方面帮助年轻父母们获得从怀孕到孩子满一岁应该关心的所有知识，它以时间为主线，上篇从孕前准备、孕期生活要点、胎教、孕早期、孕中期、孕晚期、产前准备等几个方面详尽介绍怀孕时应注意的事项；下篇助您了解孩子出生到满一岁，在成长的各个月份、各个阶段会取得哪些进步，让您知道做父母应该注意什么，更可以听到奶奶作为过来人的忠告，还能看到专家丰富的知识与常识，最后还附有详细的宝宝食谱。

　　本书最大的特点是简单、实用、易查，让您在最短的时间内以最少的精力获得最需要的、最有价值的知识。紧张的工作之余，把它放在您的枕边，睡前以最放松的状态和心爱的他或她，一起阅读，一起学习，一起品味，一起让你们生命的结晶成为上帝赋予的最美的礼物，那一定是这个世界上最值得骄傲的事！

目录

第八章　产前准备

下篇　婴儿期

第九章　宝贝第一个月

宝宝什么样

妈妈做什么

第十一章 宝贝第三个月

宝宝什么样

第十三章　宝贝第五个月

第十五章 宝贝第七个月

宝宝什么样

妈妈做什么

第十七章　宝贝第九个月

宝宝什么样

第十八章　宝贝第十个月

宝宝什么样

上篇　孕期

第一章　孕前准备

孕育聪明小宝贝

妊娠前需接受的健康检查

妈妈健康的身体是孩子最好的温床。所以,若想受孕,应该在妊娠前检查一下自己的健康状况。孕前需要接受的医疗检查项目主要有以下几个方面。

1. 血型检查

分娩时定会流血,有时因疾病或预想不到的原因还会大量失血。这时需要通过手术来急救。所以,事先知道自己的血型可令人放心。接受血型检查时,最好也做一次 Rh 血型检查。

2. 高血压检查

高血压指高压在 18.7kPa(140mmHg)以上,低压超过 12.0kPa(90mmHg)的情况。高血压妇女受孕,对胎儿有危险,还会引起妊娠中毒症使血压更加升高。因此,最好遵照医嘱,实施避孕。治疗时,应保持身心稳定,注意营养均衡。

3. 贫血检查

妇女因每月月经来潮流血,不知不觉中可能会出现贫血。妊娠期间血液量虽然增加,但因红细胞数不增加,血液浓度比正常清淡,加之胎儿从母体中吸收大量的铁分,母亲即使身体状况良好,也容易出现贫血。所以,平时有贫血症状的人,有必要在妊娠前接受检查与治疗。治疗贫血最重要的还是饮食疗法,要注意摄入含铁较多的如动物肝脏、菠菜、豆类等食品。但是,妊娠后若出现贫血只靠食物远远满足不了补血的要求,这时应按照医嘱服用含铁较多的药物制剂。

4. 风疹检查

风疹是由细菌感染引起的,其症状与感冒相似。因此,很多人患了风疹却不知其然,安然无恙地过去了。风疹只要经历过一次,就会产生免疫力,一生中不会再得第二次。

风疹在平常并不很危险,但是在妊娠初期患风疹,有可能致使胎儿染上听力障碍、白内障、心脏病、发育障碍等先天性疾病。所以,风疹对妊娠初期的孕妇来说是十分危险的。但在妊娠6个月后得风疹,对胎儿无任何影响,不必担心。

接受风疹抗体检查后,没有抗体的孕妇需接种疫苗。接种3个月后,大部分人可产生抗体。但是如果立即受孕,仍有胎儿被感染的危险。因此,接种疫苗两个月内应避孕。

5. 梅毒血清反应检查

身患梅毒的妇女受孕,一般在妊娠5~6个月时有流产和胎儿死亡的可能,孕妇本人生命也有危险。此外,胎儿也有携带先天性梅毒障碍出世的可能。所谓的梅毒障碍,严重时可致患儿低能、白痴、耳聋、发育不全等。

梅毒检查是一项义务性检查内容,如果孕妇的检查结果为阳性时,其丈夫也要接受检查,如已被感染,需要一起接受治疗。如果在妊娠前或妊娠14周前发现并及时治疗,梅毒对胎儿不会产生影响。

6. 肝炎检查

患过肝炎或正在患肝炎的妇女生育,通过母亲的血液或分泌物会将疾病传染给新生儿。很多人虽患有肝炎,但本人并没有不适的感觉。因此,妊娠前应接受肝炎检查,注射预防针或接受适当的治疗。B型肝炎病菌携带者或妊娠后染上肝炎的孕妇,分娩后应立即给新生儿接种肝炎疫苗。

7. 结核检查

当前医学发达,营养状态也很好,但是仍有一部分人患结核病。如果妊娠后患有结核,接受检查难免担心胎儿受X光的辐射。所以,妊娠前接受检查和治疗,可放心地生育。

8. 糖尿病检查

糖尿病检查主要是看小便中糖的含量。一般来讲,空腹时血糖值达到5.6mmol/L(100mg/dl)时为正常,超过7.8mmol/L(140mg/dl)时可诊断

为糖尿病。糖尿病大部分是由于肥胖和过度紧张引起的,但也伴有较高的遗传系数。据统计,血糖高的孕妇生育的婴儿4%～12%为畸形。

为使血糖达到正常值,应遵医嘱摄入低热量、高蛋白的食品。也可通过运动控制血糖。血糖正常并维持一段时间后受孕,才能放心地生育。

确定受孕时机

夫妻双方的健康状况以及营养、精神等因素均可影响受精卵的质量,为了孕育一个健康聪明的宝宝,除应考虑夫妻双方的年龄大小、工作情况、经济和居住等条件外,还应注意如下几点。

①夫妻双方必须健康状况良好。

②夫妻双方应心情舒畅,精神饱满;性生活和谐,并且双方都有怀孕的愿望。

③计划受孕前应严禁饮烈性酒,尽量避免吸烟。

④病后初愈或女方流产后不满6个月,应避免受孕。

⑤生活中适当增加娱乐活动,注意饮食营养。

怀孕的季节选择

选择妊娠季节要考虑多方面的因素:呼吸新鲜空气方便与否、穿衣行动方便与否、瓜果食品丰富与否、疠毒感染期能否回避,等等。最好能将几方面因素综合考虑,选择一个理想的季节。

胎儿的大脑皮层在孕期的头3个月开始形成,4～9个月发育最快,这时需要足够的氧气和营养。所以,最好把这一时期安排在春秋季,孕妇可以多在室外散步呼吸新鲜空气。若在秋天,还有丰富的新鲜蔬菜和水果上市,孕妇可以充分地进食营养。由此看来,夏天或冬天受孕都不失为良好的季节。

4～5月份气候适中、气温变化小、风景宜人,给产妇分娩、哺乳和产后身体的恢复,婴儿的生长发育都带来很多的方便。所以,从这一角度来看 8～9 月份,即夏秋之交也是怀孕的较好时节。

冬末春初是流行病的猖獗时期,病毒性传染病多。病毒可以引起胎儿的先天性缺陷。怀孕头 3 个月是胚胎的敏感期。若受病毒感染,易成为畸胎,所以,从健康的角度来看,最好不要在冬末春初怀孕。

当然,除了考虑上述几方面因素外,育龄妇女及其家人还要考虑自身的个别条件。怀孕的季节理想与否也不是绝对的。即便不在夏秋季怀孕,但只要注意改善不利条件或注意弥补不足也不能说就是不理想的。

怀孕前不宜从事的工作

一些特殊工种,如经常接触铅、镉、汞等重金属,或经常接触二硫化碳、二甲苯、苯、汽油、氯乙烯等有毒化学物质,这些岗位上的女工怀孕,会增高流产、死胎、胎儿畸形、出生婴儿智力低下等的发生率,应在孕前提前一段时间掉换工种。

振动作业以及在高温环境或强噪声环境下的工种,这些岗位的妇女怀孕前应暂时调离岗位。

工作环境中存有电离辐射或有放射性物质,这些岗位的妇女怀孕前应暂时调离岗位。

许多农药已证实可危害母体和胎儿健康,引起流产、早产、胎儿畸形、弱智等,农村妇女以及参与农药生产、储备、运输和销售的妇女,从准备怀孕起就应避免与农药的频繁接触。

怀孕前需作哪些营养准备

怀孕前夫妻双方应保证良好均衡的营养,保持较好的身体状态,对胎儿的健康发育至关重要。由于卵子和精子的生长发育期约为 3 个月,故在怀孕前 3 个月就应开始为妊娠作准备。

1. 补充蛋白质

计划怀孕的夫妇,应增加蛋白质的摄入量。蛋白质是人类生命的基

第一章 孕前准备

础,是脑、肌肉、脏器最基本的营养素,占总热量的 10% ~ 20% 。常人平时每天每千克体重需摄入 1 ~ 1.5 克,而怀孕时要增加至 1.5 ~ 2.0 克,故应多进食鱼、肉、蛋、奶、豆制品等。

2. 补充锌

锌是人体新陈代谢不可缺少的酶的重要组成部分。缺锌可影响生殖系统功能,导致女性闭经,男性无精与少精,还可影响生长发育,致使身体矮小,故孕前应多吃含锌的食物,如鱼、小米、大白菜、羊肉、鸡肉、牡蛎等。

3. 补充维生素

维生素不仅为人体生长发育所必需,而且还是维持正常生殖功能所必需的。曾有人用小鼠做实验,发现缺乏维生素的小鼠易发生不孕、死胎、畸形、生长发育缓慢等疾病。人体如果缺乏维生素也会发生同样的情况,如不易怀孕,怀孕后容易发生胎儿缺陷:骨骼发育不全、抵抗力弱、贫血、水肿、皮肤病、神经炎等,还可能发生流产、早产和死胎,或影响子宫收缩,导致难产。故在怀孕前应有意识地补充各种维生素,多进食肉类、牛奶、蛋、肝、蔬菜、水果等。

4. 补充叶酸

叶酸不足可导致胎儿畸形、葡萄胎、胎儿神经器官缺陷等,还可引起巨细胞性贫血。在怀孕之前半年和孕早期,特别是已出生过畸形儿的妇女,补充叶酸或多进食肝、绿叶蔬菜、谷物、花生、豆类等,能有效地预防胎儿畸形的发生。

总之,在计划怀孕之前 3 个月,夫妻双方都应保证合理、均衡、充足的营养,尤其是男性,孕前的营养更为重要,因其是精子的提供者。所以,男性在计划怀孕前半年就应补充一些有利于精子生长发育的营养物质,如锌、铜、钙、蛋白质、维生素 A 等。营养状况良好的指标是:夫妻双方体重均有一定的增加,但不能过胖。

哪些药物需慎用

有些药物在体内停留和发生作用的时间比较长,有时会对胎儿产生不利影响,而由药物导致的胎儿畸形,有相当一部分是在还未发现妊娠的时期。所以,在准备怀孕前的一段时期内,用药要格外谨慎。

用药前最好详细了解药物在体内的作用和停留的时间,以及是否会对数月后的怀孕、胎儿的形成和发育产生影响,最好能够认真地请教医生或有关专家。还有一些妇女怀孕之后没有早孕反应,身体也没有明显变化,自认为没有怀孕,完全不考虑药物对胎儿的影响,结果无意之中伤害了非常脆弱的胎儿,以至留下终生遗憾。

为了避免出现上述情况,在计划怀孕之前几个月,服药时就应当特别慎重。如计划在某月怀孕,那么在怀孕月的前6个月就应当停服避孕药,因为避孕药中所含的激素成分对精子和卵子的质量都有影响。抗组织胺剂和起解热镇痛作用的阿司匹林等药,不宜长期服用。为治疗贫血而服用铁剂时,应征询医生的意见,了解是否会对胎儿产生不良影响等。

决定胎儿性别的因素

胎儿的性别是由形成受精卵的精子决定的。精子分为含有23X和23Y两种染色体的类型,前者受精后发育为女性,后者则发育为男性。两种类型的精子,在生成时的比例为1:1,故孕育男女性胎儿的自然概率也相应为1:1。

由于带X和Y染色体的精子的活力和耐力有明显不同,对外界因素的承受力和射精后生存时间也不相同,所以两种精子的受精能力是不相同的。一般而言,含有Y染色体的精子活动力强,但耐力差,易受外界不良因素的伤害,射精后存活时间也较短,在接近排卵日同房,孕育男性胎儿的可能性较大。含有X染色体的精子活动力相对较差,但对不良环境的耐力较好,射精后存活时间也较长,所以在排卵前数日同房,孕育女性胎儿的可能性大。含有X染色体的精子喜欢酸性环境,而含有Y染色体的精子喜欢碱性环境,所以,通过调整饮食习惯(如多吃蔬菜类食物)以及用弱碱稀释溶液冲洗阴道等方法,可以提高孕育男性胎儿的概率。相反,多吃肉类食物,则孕育女性胎儿的概率较高。

在某些特殊情况下，例如 X 性连锁显性遗传病只遗传给男孩，为了避免这些遗传病或缺陷，采取一些性别选择措施则是必要的。科学家们在这方面的研究已取得了较大进展。例如，利用 X 精子与 Y 精子在大小、重量等方面的差异，通过离心处理，可分离出两类精子。另外，在妊娠早期，通过羊膜腔穿刺而抽取羊水，将羊水细胞培养后进行染色体检查，借此可判定胎儿的性别；在妊娠中晚期，通过 B 型超声检测，对判定胎儿性别也具有较高的实用价值。

孕育聪明小宝贝

影响孩子智力的因素

众所周知，孩子的智力在很大程度上是先天形成的，但却很少有人知道所谓的"先天"其实就掌握在父母的手中。所以，在怀孕之前父母就应该考虑和注意孩子的智力问题。

智力的构成相当复杂，它的产生、发展、扩充和完善都离不开大脑这个物质基础，而大脑的生长发育又是受先天遗传因素和后天教育因素的双重影响。只有大脑完好、无疾患、无缺损，才能在后天教育因素的作用下获得较高的智力。

通常，父母智商较高者其子女往往比较聪明，反之亦然。也就是说，智力是有一定遗传基础的。据统计资料显示：父母智力正常者，其子女约73%智力正常；若父母一方智力低下，其子女约64%智力正常；父母一方智力低下而另一方智力缺陷时，其子女约10%智力正常；双方都有缺陷时，其子女只有约4%智力正常。这说明智力与遗传因素有着密切的联系。但是，如果因此就认为"龙生龙，凤生凤"，孩子的聪明或愚笨完全是父母造成的，就又有失偏颇了。

在我们的周围不乏这样的例子：父母都是高级知识分子，其子女却连中学都不能毕业；而父母文化程度都比较低的，孩子却得到了高等学位。这是因为除了遗传因素外，智力还受环境因素的影响。我们不应夸大遗传的作用而忽视后天环境的影响，也不能只强调后天教育的作用而否认先天遗传的重要，只有二者兼备，才能使智力得以正常发育。所以，要想生育一个天赋很高的孩子,除要具备遗传因素外,还要从胎儿期、婴儿期、幼儿期开始进行教育,否则就会使优越条件不同程度的丧失。

此外,有许多遗传性疾病与儿童的智力发育密切相关,必须予以足够的重视。如先天愚型(又称伸舌样痴呆),属大脑发育不全症中最常见的一种,这些患者有特殊的面部表现:眼裂小、两眼距离宽、塌鼻梁、流涎水、常伸舌、呆笑等。还常常伴有其他先天性畸形,以先天性心脏病最为常见,易感染疾病而夭折。轻度病人可以活到成年,但智力低下的男女患者均无生育能力。这类患者在婴儿期多半有呕吐、湿疹、烦躁不安和尿中有霉味等症状。如婴儿较小,早期治疗可使其智力发育接近正常;如果在2～3岁以后再治疗,已经发生的脑损伤则难以恢复,智力也会受到严重的影响。另外,还有呆小症、小头畸形和巨脑症等先天畸形均表现为智力低下。

造成智力低下的大致原因是孕妇在怀孕期间感染了风疹、水痘等病毒性疾病;或者受到了放射线的照射;或者为病理妊娠,即患有妊娠特发性疾病或合并有其他全身性疾病。以上原因都可影响胎儿的正常发育,使大脑细胞发育不完善。

此外,吸烟、酗酒的妇女所生的孩子也易智力低下,年龄过大的妇女所生的孩子患先天愚型者占该病的42%左右。其次是后天性因素,如分娩时的产伤,新生儿早期的脑创伤和神经系统的感染等。难产、产钳助产、吸引器助产、严重缺氧、脐带绕颈等,都会影响大脑的发育,从而影响智力发育。总之,要想养育一个聪明的孩子,就必须从保证没有先天性遗传病入手,把好结婚、怀孕、生育时的每一个环节,为后天的教育打好基础。即使父母的智力一般,也能孕育出一个聪明、健康的孩子。

如何推算预产期

计算预产期,必须记清末次月经的时间,末次月经时间就是指怀孕前最后一次月经来潮的第一天日期。计算方法:以末次月经的日期作为基数,用月数加9或减3,日数加7,所计算得的时间就是预产期。假设末次

第一章 孕前准备

月经时间是2009年3月12日,计算预产期应该是2009年12月份(3 + 9)19日(12 +7)。农村妇女常以农历记月经时间,预产期计算方法则为本次月经的月数加9或减3,日数加14。比如末次月经时间是农历五月初十,那么预产期便是第二年农历二月(5 - 3)廿四(10 + 14)。必须说明,这样计算出来的预产期并不是绝对就在这一天分娩,凡在此期前后1~2周内分娩均属正常生产。这种时间差异的产生是由于个体差异,胎儿成熟时间有所不同。或因月经周期素来紊乱,或周期延长至35天左右,或周期缩短在25天左右,说明排卵期有超前、缩后的情况,因此分娩时间便出现稍前稍后的差异。

胎儿的附属物

胎儿附属物是指胎儿以外的组织,包括胎盘、胎膜、脐带和羊水。胎儿正常的生长发育离不开附属物的共同协调作用。

1. 胎盘

被誉为"功高命短"的胎盘是胎儿与母体间进行物质交换的重要器官,是胚胎与母体组织的结合体。足月的胎盘呈圆形或椭圆形,重450~650克,相当于胎儿体重的六分之一,直径16~20厘米,厚1~4厘米,中间厚,边缘薄。胎盘分为母体面和胎儿面,母体面紧贴子宫壁,呈暗红色,粗糙,分许多胎盘小叶,有15~20个小叶;胎儿面覆盖着羊膜,呈灰蓝色,光滑,半透明。脐带多在偏旁部位,脐血管于脐带附着处分出许多分支,并伸入到胎盘小叶内,胎盘在妊娠6~9周开始形成,到怀孕3个月后完全形成。胎盘是母体内和胎儿生死攸关的重要器官,胎儿的气体交换、消化吸收、排泄都离不开它,一直到胎儿产出后,胎盘才结束工作。

胎盘的作用主要有以下几个方面:

①气体交换。胎盘有代替胎儿肺呼吸的作用,即将母体血液中的氧气,通过胎盘携带给胎儿;而胎儿体内的二氧化碳,也通过胎盘进入母体血液而排出。

②营养物质的供应。水和大部分的电解质如钾、钠、镁等,矿物质如

铁、钙、磷、碘等,维生素 B_1、维生素 B_2、维生素 C、叶酸、维生素 B_{12} 等。以及蛋白质、脂类、葡萄糖等,通过各种方式,从母体输送给胎儿。血浆蛋白、免疫球蛋白、脂类等可被分解为简单的物质,通过胎盘带给胎儿。胎盘还能合成糖元、蛋白质、脂肪等供给胎儿,这就代替了胎儿消化道的功能。

③排泄功能。胎儿体内的代谢物,如尿素、尿酸、肌酐、肌酸等,可经胎盘送入母血而排出体外。

④防御功能。胎盘能阻挡对胎儿有害的物质,使之不能通过,以保障胎儿免受其害,但是这种胎盘的屏障作用极为有限。各种病毒,如流感、风疹、巨细胞病毒等,能比较容易地通过胎盘而感染胎儿,甚至引起胎儿畸形,对此应予以重视。一些药物,在不同程度上都能通过胎盘进入胎儿体内。不论是自身的还是接种而来的母体抗体,都可以通过胎盘进入胎儿体内,因此,新生儿出生后短时期内具有一定的免疫能力,不受麻疹和天花的感染。一般情况下,细菌是不能通过胎盘的,但在胎盘的绒毛受损或破坏时,细菌就能进入血液,造成胎儿受到感染,因此,妊娠期间预防孕妇得病,对保护胎儿是很重要的。

⑤分泌作用。胎盘能产生多种激素,其中主要有绒毛膜促性腺素,受精后 20 天(闭经 35 天左右),即可在孕妇的血和尿中出现(临床上利用小便来作妊娠试验),还有孕激素和雌激素。这三种激素对维持孕妇妊娠起很大作用。

胎盘在完成了历史使命后,仍然被人们利用,如中药中的紫河车就是胎盘。中医认为:胎盘是补气、养血、温肾和益精的良药。但是,胎盘并不对香烟中的尼古丁、酒精与咖啡因把关设卡,也就是说,怀孕期间,胎儿容易受到香烟中尼古丁、酒精、咖啡因的侵害。

2. 胎膜

胎膜是包住羊水和胎儿的袋状膜,可分为包蜕膜、绒毛膜、羊膜三层。胎膜由外面保护处于羊水中的胎儿,并可以防止细菌直接经由子宫口侵入。

3. 脐带

脐带是连接胎儿与胎盘的带状器官,一端连于胎儿脐轮,另一端附着

第一章 孕前准备

于胎盘的胎儿面。足月胎儿脐带长30～70cm,内有一条脐静脉、两条脐动脉,周围有含水量丰富的胚胎结缔组织,称为华顿胶(Whartonjelly),它有保护脐带血管的作用。胎儿通过脐带血循环与母体进行营养和代谢物质的交换。也就是说,母体通过脐静脉输送营养和氧气给胎儿,脐动脉又把胎儿的废物和二氧化碳运送回母体。脐带受压致血流受阻时,可危及胎儿生命。

在产前,脐带发生问题的概率并不低。胎儿浮游在羊水内,可以活动自如,若是子宫稍微放松对它的约束,例如分娩过多的孕妇腹壁太松、子宫本身弹性不良,或由于某些原因患羊水过多时,都可以使胎儿在羊膜囊内转动过于频繁,造成脐带扭转、打结,甚至缠绕于胎儿颈部或肢体,这样就会使脐带内血管的血运受阻甚至中断,从而威胁胎儿的生命,甚至造成胎儿在子宫内死亡。

4. 羊水

羊膜囊内含有的液体为羊水,整个胚胎体浸润于羊水之中。妊娠足月时羊水量约为1000ml,在妊娠的任何时期,如羊水量超过2000ml,可诊断为羊水过多;如在妊娠晚期羊水量少于300ml,可诊断为羊水过少。

羊水并非静止不动,而是不断进行液体交换,以保持羊水量的相对恒定。

羊水内有大量脱落的上皮细胞等物质,在妊娠第15～21周进行羊膜囊穿刺抽取羊水,检查细胞染色体或测定羊水中某些物质容量,可早期诊断某些先天畸形,及早避免足月畸形儿的出生。

羊水有保护胎儿和母体的功能。胎儿在羊水中自由活动,可防止胎肢黏连,保持子宫腔内温度恒定,使子宫腔内压力均匀。当妊娠母体腹部受到一定的外力撞击,或临产后子宫收缩时,羊水直接承受压力,能使压力均匀分布,避免胎儿局部受压。羊水还有利于胎儿体液平衡,胎儿可以用胎尿的方式将过多的水分排至羊水中;羊水还可减少母体因胎动所引起的不适;临产时,胎膜逐渐胀大,形成前羊水囊有利于扩张子宫颈口;破膜后,医务人员通过观察羊水性状判断胎儿在子宫内有无缺氧现象;羊水冲洗阴道可减少感染,还可湿润产道,利于胎儿通过。

必备的遗传知识

决定怀孕前必备的遗传知识有如下几点。

1. 什么是遗传

遗传物质是脱氧核糖核酸(DNA)。它位于染色体上,是控制生物体各种生理特性和形态特征的遗传。

粗略地说,遗传是指子代和亲代在形态及生理功能相似的地方。那么,父母的形态特征是怎样遗传给子女的呢? 这是受精卵经过一系列细胞分裂分化过程,随着生殖细胞中的染色体———遗传物质的载体而传递的。其上排满了像电报密码一样的基因,这些基因就将遗传信息一代一代传下去。而生育出来的婴儿所带的遗传基因承受了父母双方各一半,所以,夫妻双方如果有恶劣的遗传因子,就很难生育出无缺陷的婴儿。

人类智慧的高低,有75%来自于遗传,25%取决于环境。这表明,父母的资质只能部分传给胎儿,而环境也左右了后代将来的成就。环境的刺激越充分,个人的智力就越能得到良好的发展。

2. 遗传疾病

当DNA的结构有变异时(即有病的基因),就会出现遗传性疾病。所以,一般而言,下代的遗传物质及遗传基因有一半来自父方,另一半来自母方。显然,如果精子和卵子的DNA或染色体有缺陷,下代就可得相应的遗传病。大部分遗传病的发病机理都是这样的。当然,也有小部分遗传病的遗传物质缺陷发生于患者本人,如各种导致基因或染色体变异的是环境因素,而并非是从上代"传下来"的。这类病人的发生与上代基本无关,是新增加的遗传缺陷个体。

遗传病的特点表现在多方面,首先遗传基因是可以传递的,而且是可以长大的;其次还表现为垂直分布,且有家族性。各种不同的遗传病都符合一定的遗传规律,可以在出生时就表现出来,但也有一些遗传病胎儿出生时并不出现症状,而是生长发育到某个阶段才表现出来。另外,典型的遗传病大多是罕见病,罕见性是典型遗传病的特征之一。

遗传病种类繁多，但人类目前能够治疗的还只限于很少的一部分，对大部分都束手无策，因此预防就显得尤为重要。所谓遗传病的预防，就是防止患有严重遗传性疾病的婴儿出生。目前，常通过如下手段达到这一目的。

①遗传咨询。通过对病人家庭调查、实验室检查及结合临床特点，对病人的疾病作出正确诊断。

②产前诊断。在妊娠 16～20 周做羊水检查，包括羊水染色体检查及其他生化检查等，也可利用 B 超对异常胎儿进行检查，对查出的病胎儿及时终止妊娠。

③婚前男女中杂合子检出。隐性遗传病杂合子带有致病基因但不发病。但两个杂合子结婚就可能生出一个纯合子病婴，而这种隐性遗传病通常近亲结婚发病率高。所以，禁止近亲结婚也能达到预防的目的。

④选择生男生女。因性别的不同，遗传的情形也不同，这种情形就称为"性连（X 染色体）遗传"。发生这种情形的原因就是遗传因子只与 X 染色体有关，而与 Y 染色体无关。

基于这个理由，若母亲是血友病等性连遗传的带源者，那么生下的是女孩，对孩子而言是幸运的。不只是血友病，像夜盲症或肌肉营养不良症等，基于同样的理由，还是生下女孩比较好。

色盲是男性通过女儿再传给其男性第三代，因此，患有色盲的家族如果只生男孩不生女孩，则这个家庭的色盲遗传就会中断。也就是说，利用生男生女法只生男孩就能避免色盲遗传下去。

避免生育先天愚型、低能儿

是否会生育愚型、低能儿，这是每个孕妇所担忧、惧怕和极力要求避免的大事，尽管受当今医学科学发展水平限制，还不能完全提供有效的孕期检测、预测和预防手段，但下列一些措施还是能够在一定程度上起到预防作用的。

①年龄在 40 岁以上的妇女应避免生育，因为这个年龄期生育的孩

子,先天性愚型、低能儿的发生率特别高,故有"先天愚型是高龄产妇后代"的说法。

②妊娠早期,应绝对避免 X 光照射,避免胡乱使用药物。

③年龄在 25～30 岁的产妇,如果已经生过先天性愚型儿,那么再次妊娠前应做染色体检查。如果染色体有 15/21 易位畸变,那么再次出生的孩子患先天愚型的可能性极大,因此,这类妇女应节制生育。

④避免近亲结婚,这是因为近亲之间有着相近的遗传基因,由此使得许多遗传病的发生率大大提高。

⑤孕妇应绝对禁止吸烟,避免经常在有吸烟的场所停留较久,同时应避免大量饮酒。

⑥孕早期蛋白质摄入不足,会影响胎儿脑组织细胞的生长,因为大脑发育的关键时期是在孕期最初的 3 个月和出生后最初的 6 个月。怀孕时期称为"脑神经细胞激增期",而脑细胞增殖具有"一次性完成"的特点,由此就需要母亲在怀孕早期特别注意营养物质的摄入,其中最重要的是优质蛋白质。如果营养不良,就有可能造成胎儿脑组织细胞永久性减少,进而则有可能导致出生后的智力障碍。

⑦怀孕中晚期应合理控制饮食,以避免孕育巨大儿;同时,在孕前期和孕期还应为将来的分娩做必要的体能锻炼,避免发生难产。难产的发生,在很大程度上与胎儿过大和产力不足有密切联系。难产往往导致胎儿宫内窘迫,而通常处理的手段常是用产钳和胎头吸引器助产,这些械具均有可能引起胎儿颅内出血。胎儿宫内窘迫和胎儿颅内出血,可导致胎儿脑血液循环障碍,造成脑细胞的缺血、缺氧和变性坏死,由此可发生不同程度的中枢神经功能障碍。

⑧应避免或及时处理新生儿病理性黄疸,因为此病的主要危害是使新生儿体内过多的胆红素进入到脑细胞,进而引起永久性脑功能障碍。因此,要求在新生儿黄疸期应特别注意观察,及时鉴别生理性黄疸与病理性黄疸。

⑨避免新生儿发生低血糖,特别是避免早产儿发生低血糖。因为中枢神经细胞几乎完全利用糖作为能源物质,如果反复发生低血糖或低血

第一章 孕前准备

糖状态持续时间过长，就会引起前述细胞的变性坏死，严重者可发生脑瘫。

⑩避免孕前期、孕期病毒性感染，因为许多病毒性疾病可引起胎儿多种畸形和组织器官功能障碍，其中就包括有中枢神经系统先天性疾病。

孕育聪明小宝贝

第二章　孕期生活要点

与胎儿甜蜜对话

自怀孕中期开始,腹中的胎儿已经能听到母体内外的各种声音,并且已经具有了记忆能力。胎儿期留下的某些记忆,甚至会对孩子将来的一生产生影响。所以,怀孕期间经常与胎儿说话非常重要。与胎儿谈话的内容是非常丰富的,日常生活中,每天从早到晚,夫妻俩尤其是妻子所从事的工作、学习,所做的家务,心里的所想、所感,都可以与胎儿进行交谈,还可以特意为胎儿阅读儿童故事等。总之,可以一边干活,一边与胎儿交流,让胎儿参与到你的日常生活中来,培养其对外界的感受力和想象力,增进母子间感情的交流,使胎儿对父母产生信赖感。当孩子出生后,听到熟悉的声音,它会有安全感,比较容易安静下来,且容易与周围进行交流。以下是一些建议供参考。

1. 和胎儿对话的技巧

①让自己放松,选择一个让你舒服的坐姿;别把与胎儿对话当成一种功课,不要勉强,也不要有太多目标上的设定,最好在自然中进行。

②取好胎儿的乳名,以后便以此乳名唤他。

③语调感性。速度放慢,胎儿较能理解。太高、太尖的声音胎儿不喜欢。

④请用大人的口吻和胎儿说话,尽量避免儿语。

⑤每次和胎儿对话以不超过 10 分钟为宜,然后至少休息 40 分钟以上。

⑥从胎动观察胎儿的作息时间,选择在他清醒的时间进行对话。

⑦和胎儿说的话、讲的故事尽量以"重复"为主,不用担心他会厌倦,因为"重复"有利胎儿及婴幼儿精确地学习。

2. 和胎儿对话的内容

①和胎儿问早安,叫他起床;和他道晚安,祝他有个好梦。

②和胎儿分享你的心情,无论好坏。常说"我爱你"。

③和胎儿说你这餐吃了什么东西,它们的味道又是如何,以及对健康的帮助。

④告诉胎儿你现在正在做什么;遇到负面的事情时和他解释"为什么"。

⑤说故事给胎儿听,可以是你自己编的,也可照书念,最重要的是把你的感情带进去,或是加点趣味性让故事更生动活泼。

⑥为胎儿唱歌,别管你是否五音不全,请用心唱,速度放慢,咬字清楚。

⑦准备一些学龄前小朋友所使用的图片,上面写着单字、数字或有动物(不要太多),固定时间,集中精神一张一张地念给胎儿听。

放松心情,摆脱压力

研究发现:经常接触琴棋书画的孕妇,其胎儿的肢体动作、呼吸状况、肠胃蠕动、排尿情形等,都比对照组优秀,而且实验组孕妇所感受到的胎动以及所测出的胎心音,也比对照组明显而有力。所以,在怀孕期间保持心情愉快是很重要的,而音乐、画册、绘画正是调节你情绪的良方。要放松心情、摆脱压力,我们提出如下的一些建议。

1. 营造赏心悦目的生活环境

①颜色影响人的情绪,这是有科学根据的。因此,让生活的环境充满对你有益的色彩是很重要的。你不一定要重新油漆家里的墙壁,你只需调整布置的基调或衣服的搭配,或许就能带来意想不到的效果。

②偏冷的颜色可以安定你的情绪,例如淡绿、淡蓝、白色。另外,可以把餐厅布置成橘黄色,那会使胃口大开。不过要避免大红色和黑色,这两种颜色易使人烦躁不安。

③在家里摆上绿色盆栽或放一两束花,可以振作精神。

④柔和的灯光可以促进副交感神经运作,使身体和精神稳定,让情绪放松,尽量在家里布置一个这样的角落或房间。

⑤布置婴儿房,贴上一张可爱宝宝的海报,多接触宝宝的床、寝具、衣服、音乐铃等,可以增加做妈妈的甜蜜感与责任心。

2. 安排生活

①每天保持散步半小时至1小时的习惯。

②聆听让你轻松愉快的音乐。

③参加画画、黏土或陶艺班,或是自己买些黏土,一边想象着宝宝未来的样子,一边捏出他的模样,然后上色;在你发挥创造力的同时,母爱的情绪将得到激发,胎儿掌管情绪、感觉、美感的右脑也得到了开发。

④到商场买个居家模型屋,里面有玩偶、家具……让自己再回到儿时扮家家时的情境,也可以得到上述所说的效果。

⑤每次到医院做产检时,如果正巧是婴儿房开放的时间,就顺便去看看刚出生的小婴儿,你会发现自己久久不愿离去,因为他们是那么可爱;或是沿着产科病房走一圈,让自己熟悉这个环境。

⑥买些怀孕生产的画册来看,增加自己的孕产知识,练习呼吸技巧,对于克服对胎儿健康未知及生产的恐惧感,会有很大的帮助。

⑦每天抽一段时间,清晨或睡前,在不受干扰的情况下,盘腿而坐,闭上眼睛想象宝宝出生后的幸福感,以及你对自己未来生活的期许,每天持续不间断,对你的情绪稳定会产生很大的帮助。

⑧和朋友谈谈心,最好是找几个孕妇朋友,每隔一段时间固定聚会,分享彼此怀孕的甘苦。

3. 饮食与穿着

①饮食上要避免过甜及没营养的食物,像饼干、糖果、饮料、泡面、薯条、汉堡等食品。虽然它们能使你迅速得到胃口上的满足,振作精神,但是却容易使你的情绪烦躁不安。

②怀孕期间,体形会跟着改变,此时更要注意衣服对身材的修饰,在颜色的选择上也多以浅色为主,那会让你的心情保持愉快。

帮助胎儿做"体操"

孕妇适当地进行锻炼,不仅有利于保持孕妇健康的身体,使自己舒服和愉快,并有利于分娩,更重要的是使胎儿身心得到良好的发育。体操锻炼的项目是多种多样的,孕妇可根据自己的环境条件与身体状况,自行选择体操项目进行锻炼。

下面提供两套体操,供孕妇选用,一套是妊娠初期的"床上运动",另一套是比较适宜妊娠后期的"综合运动"。这两套体操是根据孕妇的特殊生理条件而编排的:

1. 床上运动

这里介绍的是一套简单的体操,它不花费太多的时间和精力,可以锻炼四肢和腰部。清晨和晚上都可以进行。

①自然地坐在床上,两腿前伸成 V 字形,双手放在膝盖上,上身右转。保持两腿伸直,足趾向上,腰部要直,目视右脚,慢慢数至10。然后转至左边,同样数到10再恢复原来的正面姿势。

②仰卧床上,膝部放松,双足平放床面,两手放在身旁。将右膝抱起,使之向胸部靠拢,然后左转。

③仰卧,双膝屈起,手臂放在身旁,肩不离床,滚向左侧,用左臀着床,头向右看,恢复原来姿势。然后向右,以右臀着床,头向左看,动作可以反复做几次,以活动颈部和腰部。

④跪床,双手双膝平均承担体重。背直,头与脊柱成一直线,慢慢将右膝抬起靠近胸部,抬头,并伸直右腿。然后改用左腿做这一动作。

2. 综合运动

(1)伸展运动

①站立后,缓慢地蹲下,动作不宜过快,蹲的幅度视你所能及的程度。

②双腿盘坐,上肢交替上举下落。

③上肢及腰部向左右侧伸展。

④双腿平伸,左腿向左侧方伸直,用左手触摸左腿,尽量能伸得更远

一些。然后,右腿向右侧方伸直,用右手触摸右腿。

⑤直坐,小腿向腹内同时收拢,双手分别扶在左右膝盖上,然后小腿同时向外伸直。

（2）四肢运动

①站立,双臂向两侧平伸,肢体与后平,用整个上肢前后摇晃画图,大小幅度交替进行。

②站立,用一只腿支撑全身,另一只腿尽量抬高(注意:手最好能扶一些支撑物,以免跌倒)。然后换用另一只腿作相同的动作,可反复几次。

（3）骨盆运动

平卧在床上,屈膝、抬起臀部,尽量抬高一些,然后徐徐下落。

（4）腹肌运动

半仰卧起坐,平卧屈膝,从平仰到半坐,不完全坐起,这节运动最好视本人的体力情况而定。

（5）盆底肌练习

收缩肛门、阴道、再放松。

上述各节运动重复进行,每次以 5～10 分钟为宜。运动量、频度、幅度自行掌握。

听取胎心音

胎心音听起来就像钟表的"滴答"声,清脆、整齐,频率较快,每分钟在 120～160 次之间。怀孕 24 周之前,胎心音大多在母体脐下正中或稍偏左或右的部位上听到。妊娠 24 周以后,胎心音在对应胎儿背部一侧的腹壁上易于听得清楚。当然,由于胎儿在宫腔内的体位经常改变,最清晰听到胎心音的位置也相应改变。妊娠晚期,随着胎位相对固定,听取胎心音最清楚的位置也相应固定。

家庭监测的一项重要内容即是听胎心音。孕妇家人可在医生的指导下学会确定听取胎心音的位置及听取方法,进行胎心音的自我监测。在听诊时,每次至少要连续听取 1 分钟并计数。听取时应注意与子宫胎盘杂音、

腹主动脉杂音相区别。子宫胎盘杂音是血液流经子宫血管、胎盘血管时所产生的吹风样音响,腹主动脉杂音为"咚、咚、咚"的强音,前述两者音响和母亲的脉搏节律相一致,因而不难与胎心音区别。正常胎心率在 120～160 次/分之间,如果超过 160 次/分或少于 120 次/分,或发现胎心明显不规则,则提示可能存在胎儿宫内窘迫(缺氧),应立即去医院就诊。

孕育聪明小宝贝

胎儿是否发育成熟

所谓胎儿成熟,主要是针对胎儿重要内脏器官的功能成熟情况而言,以此来判断胎儿宫外独立生活的能力,指导选择分娩时机、分娩方式和制订出生后护理计划。

预测胎儿成熟度的方法有:

1. 根据预产期推算

从末次月经第一天起,向后推 280 天,即为预产期。

2. 测量宫底高度和腹围

宫高、腹围随妊娠进展而增加,与胎儿成熟度和大小有一定的关系。

3. B 超检查

如果 B 超检查胎儿双顶径在 8.5 厘米以上,说明胎儿已成熟。

4. 测定羊水中卵磷脂/鞘磷脂(L/S)的比值

卵磷脂是胎儿肺泡表面的活性物质,随妊娠进展而逐渐增加,怀孕 35 周以后增加迅速。鞘磷脂则相对稳定。通过测定 L/S 比值,可以判断胎儿肺成熟度。如该值大于 2.0,则表明胎肺已成熟,如低于 1.5,则胎儿娩出后呼吸困难综合征的发生率较高。

5. 其他方法

通过测定羊水中肌酐含量来判断胎肾成熟度,测定胆红素类物质浓度来判断胎肝成熟度,测定脂肪细胞出现率来判断胎儿皮肤成熟度等。

孕期健康的生活方式

孕期应选择安静的居住生活环境,注意合理安排日常生活起居,养成

良好的生活习惯。具体而言,应注意如下事宜:

①怀孕后,身体将发生多方面的变化,为适应这些变化,孕妇应注意生活起居要规律,适当增加休息和睡眠时间。一般夜间睡眠不少于 8 小时,尽可能增加午睡。睡眠时,应注意选择舒适的左侧卧位,并应尽量抬高下肢。

②少去人员拥挤的公共场所,不宜独自长时间外出与旅行。

③有吸烟习惯的孕妇应戒烟,尽可能避免被动吸烟,尽量保持孕妇所处环境的空气清新。其次还应戒酒,应尽量避免和减少食用含有咖啡因或过多糖分的饮料和食物。

④避免热水浴与桑拿,因为长时间接触高温环境会损伤胎儿的中枢神经系统。

⑤尽量避免使用电热毯,尽可能远离正在工作的微波炉,因为电磁波或微波辐射,都有可能影响胎儿的器官发育,甚至导致畸形。

⑥避免家养宠物,特别是猫。因大多数猫都受到弓形体虫的感染,可经孕妇而传染胎儿,导致流产或胎儿畸形。

⑦因免疫预防注射常会导致机体不适和发热,会给孕妇和胎儿带来不利影响,所以一般在孕期不宜施行。如有特殊需要,应在医生指导下进行。

⑧积极营造和睦、融洽的家庭关系,避免或回避不愉快事件。积极排解压抑情绪,保持乐观的生活态度。

孕期中医保健措施

中医将孕期保健称为胎前保健,是指从怀孕开始到产前这段时间。在这段时间里,孕妇可能会出现各种生理与病理现象,在此介绍几种常见症状及其中医保健措施。

1. 恶心、呕吐

常发生在怀孕早期,一般在停经 40 ~ 60 天。轻者不需用药物治疗,一般可将大米炒黄,拌生姜汁后晒干,每次取数粒嚼服即可;重者可将苏叶、黄连、豆蔻仁各 1 克,用沸水浸焖 10 分钟后,少量多次饮用,效果良好且无副作用。

2. 腰腹疼痛

以腰痛较为常见,肾气不足、督脉失养是常见的致病原因。可用力对搓双手至手心发烫,然后分别按摩两侧肾区,每日 2～3 次,起强腰健肾之功。对先兆流产者此法不适用。腹痛,上腹部痛者,多为胃痛,由恶心呕吐引起,可服用左金片(丸),每次 4 片,每天 3～4 次。下腹部痛者,多为肠痉挛所致,可用白芍 30 克、甘草 10 克水煎服,每天 1 剂,分 2 次服用。也有系肠炎引起的腹痛,多伴有腹泻,可用白芍 15 克、黄芩 10 克、防风 6 克、甘草 10 克水煎服,每天 1 剂,分 2 次服用。更少见者为蛔虫扰动引起,可用乌梅 30 克、川连 10 克水煎服,每天 1 剂,分 2 次服用。患有盆腔炎者,怀孕后也常感下腹隐痛,且伴有白带增多,一般要等产后再作处理。

3. 咳嗽

多系咽痒干咳,常发生在妊娠后期,由胎火偏旺、消灼肺金所致,可用沙参 15 克、麦冬 30 克、桔梗 5 克、百合 10 克、甘草 6 克,煎汁后少量频饮。

4. 水肿

多出现于妊娠中、后期,以下肢水肿多见,严重者可遍及全身,并伴有胸闷憋喘等症状。可用天仙藤 30 克、炒白术 10 克、大腹皮 10 克、泽泻 10 克、车前草 30 克水煎服,每天 1 剂,分 2 次服用。如果水肿的同时还伴有蛋白尿、高血压,应及时住院治疗。

5. 临产时体力不足

产前用红参 30 克,文火煎汁至泥状,且嚼至全无药味为止,再高度浓缩至 1 小盅,待临产时服用,有增强产妇机体能量、加快分娩进程的作用。但口干、舌红、便秘者忌用。

孕期控制体重

妇女怀孕后,由于多食高热量、高蛋白的食品,而身体活动量却有所减少,因此易于发胖。当然,这其中尚有妊娠所带来的生理性改变因素。

如果体重超过原体重7.5～10千克,在医学上则称为"孕妇过胖症"。

孕期体重增加过多,不仅使孕妇在产后难以恢复到自己满意的健美体形,而且更重要的是可能会给母婴带来危害。预防孕妇肥胖应注意以下几点:

1.饮食多样化

妊娠期增加营养,有利于胎儿的生长发育,但不要过度追求高蛋白、高热量成分,应适当增加蔬菜、水果及蛋白含量少的食物,饮食要求多样化,做到"百无禁忌"。

2.不要过分强调休息

尽管孕妇应保障充足的睡眠休息,但在没有妊娠并发症或合并症等特殊情况下,可以正常参加工作及从事一般性家务劳动,同时应积极参加户外活动和孕期保健运动,这样有利于机体的新陈代谢,有利于使能量的积累与消耗维持平衡。

3.控制食盐摄入量

孕妇应相应减少食盐的摄入量,因为过多摄入食盐,可加重妊娠期体内的水钠潴留,增加体重和心肾负担,不利母婴健康。

4.注意补充微量元素和维生素

孕妇应适当地补充微量元素及维生素,有利于机体正常新陈代谢和能量合理分配与消耗。孕期可适当增食一些含钙、锌、维生素 C、维生素 B 丰富的食物。

孕期营养总体要求

在整个妊娠期,为供应胎儿、胎盘和其他附属物,以及母体自身组织生长发育之所需,并为生产时的体能消耗、产后体力恢复与哺乳作准备,孕妇在妊娠期的营养要求比非孕期时要高。

妊娠早期,孕妇每日需增加热量50卡;妊娠中晚期,由于基础代谢率升高,胎儿生长发育加快,母体组织迅速增长,孕妇每日需增加热量200～400卡。关于妊娠后期,最新研究表明,基于此时孕妇每千克体重所消耗的热能

有所下降,且孕妇的活动量减少,因此,需增加的热量并不如以往所提倡的那么高。我国营养学会推荐,中、晚期孕妇每日摄入的热量应增加200卡,同时,孕妇应根据体重增加的情况来调节热能的摄入。

糖和脂肪是热能的主要来源。糖的供给应占热量的55%~60%,比正常人稍低,以提高蛋白质的供给量和补充其他营养素。对有早孕反应的孕妇,糖的摄入量应不低于每日150~200克,以防酮症酸中毒。脂肪的供给量应占总热量的25%~30%。

蛋白质是人体细胞生长发育和修复所必需的物质基础之一。我国营养学会建议:孕妇妊娠中期比非孕期每天需增加蛋白质15克,相当于100克(约2个)鸡蛋中的蛋白质含量;妊娠末期每天增加25克,相当于50克瘦肉和2个鸡蛋的蛋白质含量;动物类和大豆类等优质蛋白的摄入量应不少于总蛋白摄入量的1/3。含动物蛋白的食物有肉类、鱼、禽、蛋、乳类等,含植物蛋白的食物有豆类、豆制品、花生等。

在孕期,还要注意增加维生素的摄入量。通常维生素可分为脂溶性和水溶性两种。

1. 脂溶性维生素

脂溶性维生素能溶解于脂质食物中,在含脂质的成分中容易被人体吸收。

维生素A:其需要量高于非孕期,一是要满足胎儿生长发育和储存的需要,二是要满足母体自身和泌乳的需要。但也不可过多地摄取维生素A,否则会导致胎儿黄疸、腭裂、骨骼畸形等。维生素A在蛋黄、动物肝脏和深色蔬菜中的含量较高。

维生素D:能促进体内钙与磷的吸收,有利于牙齿和骨骼的发育,鱼肝油中的含量较多。孕妇每日应有1~2小时的户外活动,要多晒太阳,以增加维生素D的吸收。

2. 水溶性维生素

能溶解于水,容易被人体所吸收,但也容易遭到破坏。水溶性维生素包括维生素B族及维生素C等。

维生素B_1:能增进食欲,维持良好的消化功能,防止神经炎。维生素B_1

多存在于食物种子胚芽及外皮中,在黄豆和瘦肉中的含量较高。如缺乏可导致便秘、呕吐、倦怠以及分娩困难。因而孕妇应多吃粗粮、糙米、黄豆等。

叶酸:有利于防止孕妇和新生儿贫血,瘦肉和发酵制品的含量较多。叶酸缺乏时可引起孕妇巨幼红细胞贫血导致流产和新生儿死亡,同时还易引起神经管畸形,故孕妇应每日补充叶酸400毫克。

维生素C:能促进体内蛋白的合成及伤口愈合,并能促进铁的吸收,防止贫血。新鲜水果和蔬菜中均含有维生素C,以绿叶蔬菜、西红柿、柿子椒、山楂、柑橘等含量较高。

3. 无机盐

妊娠期需要足够的无机盐,尤以钙、磷、铁、碘为重要。

钙和磷:是构成胎儿骨骼、牙齿的主要成分,胎儿骨骼、牙齿的发育需由母体为其提供大量的钙。孕妇每日约需钙1500毫克、磷2000毫克。孕妇如缺钙,轻者可感腰酸腿痛、牙痛、肌肉痉挛,重者可致骨软化症及牙齿松动,而且缺钙还是发生妊娠高血压的原因之一。胎儿也会因缺钙而出现先天性骨软化症。

铁:是造血的主要物质。胎儿与胎盘的发育、子宫的长大需要大量的铁,分娩失血及产后哺乳所耗损的铁也需预先储备,孕妇每日需铁约15毫克。缺铁将导致贫血,除影响孕妇体质、使孕妇机体抵抗力降低并易发生出血倾向外,严重时还可引起胎儿宫内生长迟缓。含铁多的食物有动物肝脏、瘦肉、海带、紫菜、木耳、虾米、黄豆制品、芝麻酱、芹菜以及黄花菜等。

碘:是甲状腺素的组成成分。甲状腺素能促进蛋白质合成,促进胎儿生长发育。若碘供给不足,孕妇易发生甲状腺肿大并影响胎儿生长发育,碘在海产品中的含量较高,孕妇应经常食用。

孕妇运动健身备忘

孕期参加适度的运动,对孕妇的健康和胎儿的生长发育都是有益的。在参加运动时应注意如下事宜。

第二章 孕期生活要点

①根据自己的身体条件和爱好,选择适当的运动形式和运动量。通常在孕早期,运动量不宜过大,以散步、做广播操等这类的运动强度和形式为宜;孕中期,运动量可适度增加,以打乒乓球、慢跑、游泳等这类的运动强度和形式为宜;孕晚期,运动量应相对减少,多以散步为宜。

②应避免会增加跌倒或受伤等风险的运动,严禁跳跃、旋转和突然转体等形式的运动。避免参加比赛性质的运动。

③凡有自然流产史、早产史,或有妊娠并发症的孕妇,是否应参加运动,以及应选择何种运动,应严遵医嘱。

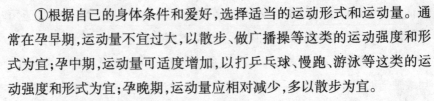

散步是孕妇最适宜的运动

孕妇散步可以提高神经系统和心肺的功能,促进新陈代谢。有节律而平缓的步行,可使下肢肌、腹壁肌、心肌均得到有效的活动;血液循环加快,身体组织细胞——特别是心肌细胞的营养得到增进。同时,在散步时,肺的通气量增加,呼吸变得深而慢,这些由散步而导致的机体变化,都特别适应孕妇孕期生理变化特点。因此,散步是增强孕妇和胎儿健康的有效方法。

孕妇散步时应注意:

1. 选好散步地点

花草茂盛、绿树成荫的公园或林荫路是理想的场所,这些地方空气清新且氧浓度高,尘土和噪声较少,孕妇置身于这样的环境中散步,无疑会起到身心愉悦的效果。如果在居家近处没有适合的场所,也可选择一些清洁且僻静的街道作为散步场所。特别应注意避开空气污浊、人员拥杂的地方,如闹市区、集市以及交通要道等。

2. 要选好散步时间

最好选在清晨和傍晚,当然,还可以根据自己的工作和生活情况安排其他时间。

3. 散步时最好请丈夫或其他家人陪同

这样可以增进夫妻间感情交流,培养丈夫对胎儿的感情,而且更有安全保证。

孕期从事家务应注意什么

孕期从事一些适度的家务劳动,也应视作是一种运动锻炼,但要注意适可而止。具体而言,有以下注意事宜。

①进行室内的卫生清洁,应注意不要把所有的事情都由自己做,可以把一些干不了的事情留给丈夫或他人。不要踩凳登高,也不要搬移较沉重的物品。

②不要长时间反复弯腰、扭体或下蹲,尤其是在孕晚期应绝对禁止,因为这样会引起腹压大幅度变化,易于导致早产。

③在冬季,尽量避光接触冷水,也不宜长时间停留在较寒冷的地方,因为身体受凉后也有可能导致流产、早产。

④在有早孕反应期间,因烹调时的气味会诱发恶心、呕吐,应注意选做一些气味清淡的饭菜。

⑤外出购物或探访,应尽可能步行,注意路线、道路的选择,避免在拥挤和交通高峰时出行。安排购物计划不要过多、过杂,必要时可分成几次购买。应尽可能避免骑自行车外出购物,特别是在怀孕早期,因在骑自行车时,如腿部用力过大,则有可能引起流产。

孕妇应选择哪种睡眠姿势

妊娠期子宫逐渐增大,特别是在临产前,子宫几乎占据了绝大多数腹腔空间,因此必然会对心脏、肺、泌尿器官以及在腹腔内走行的大血管产生不同程度的推移和挤压作用。如果孕妇采取仰卧位睡眠,则增大的子宫会直接压迫位于子宫后方的腹主动脉,使其血流受阻,进而影响到对子宫胎盘的供血量,由此将直接影响胎儿的营养和发育。

此外,孕妇采取仰卧位休息或睡眠时,增大的子宫还可压迫位于子宫后方的下腔静脉,使回流到心脏的血液量减少,由此影响到心脏对全身组织器官的供血量。这时孕妇会发生胸闷、头晕、恶心、呕吐、血压下降等现

象,这在医学上称之为"仰卧位低血压综合征"。

再者,孕妇取仰卧睡眠还有其他危害,如可造成或加重下肢及外阴部的静脉曲张或水肿,诱发胎盘早期剥离,另外还会因子宫压迫输尿管而影响尿路通畅,增加孕妇患肾炎的可能性。

如果经常取右侧卧位睡眠,也不利于胎儿发育和分娩。因为增大的子宫受腹腔内其他器官的挤压限制(如位于腹腔左侧的乙状结肠),使子宫呈不同程度的右移和右旋状态,使维护子宫正常位置的韧带和系膜处于紧张状态,系膜中营养子宫的血管受到这种紧张牵拉作用而血流不畅,由此影响对胎儿的血液、氧气供给,甚至会造成胎儿宫内慢性缺氧、胎儿窒息或死亡。

妊娠期间合理的睡眠姿势是左侧卧位,这样可以避免上述不利因素。为保障孕妇和胎儿的健康,应从怀孕第 6 个月起,养成左侧卧位休息和睡眠的好习惯。

孕妇忌睡席梦思床

席梦思床以其弹性好以及良好的睡卧柔软、舒适感等特点而成为当今家庭常用的卧具,但对孕妇则不宜,其原因如下。

1.易致脊柱的位置失常

孕妇脊柱的腰部前曲加大,睡席梦思床或其他高级弹性沙发床后,会对腰椎产生严重影响。仰卧位时,其脊柱呈弧形,使已经前曲的腰椎小关节摩擦增加;侧卧位时,脊柱也向侧面弯曲。如此的长期影响,使脊柱的位置失常,压迫神经,增加腰肌的负担,既不能消除疲劳,又不利于生理功能的发挥,还可引起经常性腰痛。

2.不利于翻身

正常人睡眠时的体位是经常变动的,一夜可达约 20 次。学者认为,辗转翻身有助于大脑皮质的抑制扩散,提高睡眠效果。然而,席梦思床太软,孕妇深陷其中,不容易翻身。

因此,为了孕妇和胎儿的健康,孕期不宜睡席梦思床。孕妇卧具应以棕绷床或在硬板床上铺5～10厘米厚的棉垫为宜,并要注意枕头应松软且高低适宜。

孕妇淋浴注意事项

妊娠期孕妇汗腺、皮脂腺分泌旺盛,阴道分泌物也增多,由此经常淋浴对维持自身的卫生健康则显得尤为重要。在淋浴时应注意以下事宜。

淋浴的水温不可太高,以略高于体温为宜,即控制在38℃～42℃为好。过高的水温,可对胎儿的中枢神经系统造成损害。

在怀孕7个月后,应避免盆浴,因为此时盆浴,有可能引发早产,也可增加阴道感染的可能性。

淋浴时间不可过久,因为热水喷射时伴有大量水蒸气的产生,如淋浴用水的水质不良,可使水中有害物质借助喷射而加速挥发,水中的氯甲烷和氯乙烯变成蒸气而易被人体吸收,由此长时间淋浴会对孕妇产生不利影响。

淋浴时如果使用浴罩,在感到憋气时,应及时将头探出罩外吸收新鲜空气,因浴罩空间小,空气不流通,淋浴时间过久会导致孕妇憋气、头晕、眼花等缺氧症状。

如在淋浴时使用煤炉取暖,则更应注意屋内空气流通,避免一氧化碳(煤气)中毒。

在早孕反应期、孕晚期和有妊娠并发症发生的情况下,淋浴时易于发生昏厥、虚脱,因此,淋浴时间宜短并最好有家人在旁监护。夏天淋浴可否使用冷水,要视孕妇自己的习惯而定。

孕妇不宜养宠物

很多妇女将小猫小狗之类小动物豢养在家中并视为宠物,在日常生活中与它们有着或多或少的密切接触。殊不知这种密切接触却隐含着许多危险。

通常这些小动物的口鼻、爪子、皮毛上和排泄物中寄存有多种细菌、病毒以及弓形虫等致病微生物，孕妇如与之有密切接触，则有可能发生感染而发病，而且更为严重的是，可因感染而造成胚胎死亡、流产、胎儿宫内发育迟缓、胎儿畸形、死胎等。因此，准备怀孕的妇女，应避免与这些小动物接触，对家中已养宠物的孕妇，应在孕早期尽早到医院接受检查。

孕妇不要节食

孕妇如有节食意愿，则可能主要出于如下想法：即担心胎儿过大过重，不利于分娩；忧虑自身发胖增重，影响产后体形美。如果节食愿望仅限于此，则有片面和不益于健康之处。

节食意味着营养物质摄入受到人为限制，可使孕妇抵抗力下降，易患多种妊娠并发症和合并症，还可使孕妇体力下降，不利于日后分娩；对胎儿而言，有可能使营养物质供应不足，可直接影响其生长发育，甚至可导致先天性发育异常或畸形。显然，就节食所可能引发的前述种种不良后果来看，对分娩困难和体态臃肿的担心就显得无足轻重了。因此，孕期不应盲目地节食，在具备基本的营养学知识和接受必要的孕期保健服务条件下，适当限制一些食量，特别是在孕晚期，也是可行的。当然，如能同时注重饮食种类的调剂和营养素摄入的均衡，则将会更有益于孕妇和胎儿。

孕妇需要补铁

铁是血红蛋白、肌红蛋白、细胞色素酶类以及多种氧化酶的组成成分，是造血原料之一。孕妇每天对铁的生理需要量为15毫克，除了维持自身的需要外，还要为胎儿生长发育供应铁质。胎儿除了摄取自身生长发育所需的铁质外，还需在肝脏中贮存一定量的铁质，随着妊娠月份的增加，铁的需要量将随之增加。由此可见，妊娠期——特别是妊娠晚期补铁是十分必要的。

铁的主要来源是食物。为了预防妊娠期贫血，孕期应适当多吃些含铁丰富的食品,这些食品包括有动物内脏(如肝、心、肾等)、蛋黄、瘦肉、黑鲤鱼、虾、海带、紫菜、黑木耳、南瓜子、芝麻、黄豆、绿叶蔬菜等。如果偏食植物性食物,其所含的植物酸会妨碍铁的吸收;如果偏食动物性食物,铁的摄入量可相对多一些,但对铁的吸收量并不一定能得到提高。将动、植物食物混合吃,铁的吸收率可增高一倍,这是因为富含维生素 C 的植物性食物能促进肠道对铁质的吸收。当然,在妊娠晚期,可通过口服铁剂(通常为硫酸亚铁制剂)来增加铁的供给,同时为提高铁剂的肠道吸收率和减少其胃肠道不良反应,可同时服用维生素 C。口服铁剂应注意在饭后服用为宜,同时应忌茶。

孕妇要特别注意补钙

钙是人体必需的矿物质,也是胎儿造骨的原料。孕妇对钙的需求量颇大,每日平均约需摄入钙 1500 毫克,而整个孕期需储备 30 ~ 50 克钙,才能满足胎儿生长发育和母体自身代谢的需要。胎儿所需的钙质均源自母体,在母体缺钙而又未能得到补充的情况下,则会引起母体骨骼脱钙,因而出现腿痛、腰背痛、手足麻木、手足抽搐、骨盆疼痛、关节疼痛等症状。由此可见,孕期补钙是必要的。

营养专家认为:孕期补钙的最好方法是每天饮用 200 至 400 克牛奶,每 100 克牛奶中含钙约 120 毫克。之所以选用牛奶补钙,这是因为牛奶中的钙质最容易被孕妇吸收,而且其所含的磷、钾、镁等矿物质的搭配比例也十分合理。当然,适当选用一些钙剂口服也是必要的。

孕妇饮食应注意少盐

妊娠期所发生的多种生理性变化中,其一就是孕妇体内存在一定程度的水钠潴留,即在身体组织中,水分及氯化钠的含量增加。如果经常进食食盐过多,则必然加重机体的水钠潴留,由此势必使心、肾等脏器的负担加重,严重者,则可诱发水肿、高血压和妊娠高血压综合征。

当然,在正常妊娠情况下,过度限盐也是不可取的,这是因为食盐是人体必不可少的物质,且也是必须经常地由食物中摄取的成分。如饮食限盐过度,则不利于维持其摄人与排出的平衡;其次,盐是最重要的调味品,与食欲有着密切关系,如饮食限盐过度,则不利于激发食欲和维持其他营养物质的充分摄入。一般而言,妊娠期——特别是在妊娠晚期,每日食盐的用量应限制在 5 克以内。如已有水肿、高血压或妊娠高血压综合征等并发症发生,应严格遵医嘱限制食盐的摄入量。

发生严重的早孕反应怎么办

大多数孕妇的早孕反应在妊娠 12 周后逐渐消失,也有少数孕妇早孕反应较重,表现为恶心、呕吐、不能进食、进水,严重者会出现血压下降、体温升高、脉搏快而细弱、消瘦、脱水、电解质紊乱、皮肤黏膜干燥、眼球凹陷以及少尿等,实验室检查尿酮体呈阳性。如果未予及时有效的治疗,病情将会进一步恶化,甚至会导致死亡。

对发生严重早孕反应的孕妇,要注意解除其思想顾虑,避免精神刺激,注意调节饮食,少吃多餐。对呕吐、脱水严重,或尿酮体阳性者,应以住院治疗为宜。如果经治疗仍不见好转,且出现体温高达 38℃ 以上、脉搏快达 120 次/分以上,或出现黄疸者,则应考虑终止妊娠。

如何预防早产

在妊娠 28～37 周期间娩出胎儿称为"早产"。早产儿生活能力差,死亡率高,且发生先天性疾病或功能障碍的概率明显增高。

发生早产常见原因有以下几个方面。

①母体的疾病,如急性传染病、心脏病、肾脏病、严重贫血、严重高血压或妊娠高血压综合征等。

②母体生殖器官异常,如双子宫、子宫肌瘤、宫颈重度裂伤等。

③妊娠异常,如双胎、羊水过多,胎盘功能不全、胎盘早期剥离、前置

胎盘等。

应该说,大多数早产是可以预防的。针对早产的不同疾病而实施以下预防措施。

①母体的疾病,在计划怀孕前就应就医并积极治疗,听取医生意见而决定是否妊娠。如果已经处于早期妊娠,应由医生决定妊娠是否可继续,对可继续妊娠的患者,应加强产前检查,如原有疾病加重或发生其他并发症,应及时治疗。

②要积极治疗妊娠期合并症和并发症,尤其是通过产前检查,做好妊娠高血压综合征和妊娠期贫血的防治。

③注意孕期保健,避免过度劳累和不良的精神刺激。

④孕期应节制性生活。

⑤如在怀孕37周前出现下腹坠胀、疼痛、阴道血性分泌物等早产征兆时,应及时就医,如经医生检查,认为有发生早产的可能,应住院治疗,以尽可能延长妊娠期,使胎儿能进一步发育成熟。

孕期如何进行乳房护理

孕期注意乳房护理是保证母乳喂养成功的关键。乳房护理,严格地说应从青春期开始做起,在乳房开始发育隆起时,不要穿过紧的胸罩和内衣,以免影响乳房正常发育和造成乳头内陷。怀孕后,乳房继续发育增大,应着松紧适宜的纯棉胸罩,并注意不要使胸罩压迫乳头。孕妇皮脂腺分泌旺盛,乳头上常有积垢或结痂,故妊娠5个月后应经常用清水擦洗乳头,如结痂不易清除,可先用植物油涂布软化结痂后再用清水擦洗,而后再涂上润肤油,以防乳头皲裂。经常擦洗乳头,可使乳头及其根部皮肤的韧性增加,有益于哺乳时耐吸吮和防皲裂。

如存在乳头内陷,应在孕中期设法进行纠正。纠正的方法有:

①对乳头扁平或陷入较浅者,用一手拇指和食指按压乳晕两侧,另一手捏住乳头轻轻将之向外提拉,每日进行30～50次。或用拇指和食指放在乳头两侧并对应挤压,使乳头挤出,每日进行30～50次。

第二章 孕期生活要点

②对乳头凹陷较深者,可用一大容量的塑料注射器,切去其注射端,并以该端口罩置在乳晕上,拉动注射器活塞,使注射器内形成负压,将乳头吸出,维持负压抽吸数分钟后取下注射器,再用手提拉数次,每天 2~3 次,直至纠正为止。

妊娠 8 个月后应做乳房按摩。方法是用一手按住乳房(不要按住乳头),均匀地做顺时针或逆时针旋转按摩,每天 1 次,每次 5 分钟。

孕育聪明小宝贝

如何安排孕期性生活

怀孕期妇女感到最为难的问题恐怕就是夫妻间的性生活了。因为这时自己身体不便,对性生活的要求也日益减少减弱,但又担心不过性生活会引起丈夫的一些不良情绪,所以左右为难。而实际上,怀孕期只要处理得当,是完全可以过性生活的。早期有早孕反应,这时,女性的性反应受到抑制,性欲淡漠。而丈夫无生理和精神上的负担,如果照常性交,不克制性欲,最容易使孕妇发生流产。

因而不少医学专家认为,受孕头两个月,最好完全停止性交,因为这时期性交,女性在性交高潮时,子宫会发生收缩,有引起流产的可能。在产前一个月也应该停止性交,因为这时性交,男性生殖器可将细菌带进阴道,可能引起女性生殖系统和盆腔感染,也有可能因性交刺激引起子宫收缩而导致早产。

但也有一些医学专家认为,怀孕早期也可以性交,只是性交的次数应比平时减少,并应抑制强烈的刺激;性交的部位也要有所改变,丈夫不能压迫妻子的身体,特别是腹部。性交的姿势最好是孕妇采取将两腿伸直,使丈夫生殖器不能插入很深,性交时要慢慢抽动,不要频繁交换体位。当然有习惯性流产的还是要禁止性交。

怀孕两个月以后,孕妇性器官的分泌物也增多了,这是性欲高的时期,夫妻可以愉快地过适度的性生活,这还能使孕妇保持愉快的心境。但是,这毕竟是怀孕期,夫妻性生活的次数要节制,丈夫应注意不要压迫妻子的腹部,性交姿势最好采取前侧位姿势、前坐位姿势、侧仰位姿势等。

丈夫还应注意不要把生殖器插入妻子的阴道太深,也不要用力过猛,否则仍有流产的危险。

怀孕 8 个月时,孕妇的肚子大了,性交次数要减少,时间要缩短,最好采用丈夫从背后抱住妻子的后侧位,这姿势不会压迫妻子腹部,使其减少运动量,还应注意不要用过力,以免引起早产。怀孕 10 个月,应停止性交,因这时期孕妇子宫容易张开,引起细菌感染,造成孕妇分娩出现异常。

总之,怀孕期间正常的身体健康的孕妇是完全可以过性生活的,不过这时期过性生活应遵循以下原则:(1)千万不能压迫孕妇的腹部;(2)丈夫的阴茎不能插入阴道太深;(3)应减少性交次数;(4)性交时不能用力过猛,应轻柔。

孕后应禁用哪些化妆品

某些化妆品中含有有害化学成分,可对孕妇和胎儿造成危害,所以应该禁用。

1. 染发剂

据国外医学专家调查,染发剂不仅会引起皮肤癌、乳腺癌,还会导致胎儿畸形。

2. 冷烫精

据医学专家研究,在正常情况下,孕妇和分娩后半年内的妇女,其头发脆弱、弹性差而极易脱落,如再以化学冷烫精烫发,则更会加重头发脱落。此外,化学冷烫精还可能影响胎儿的生长发育,少数妇女还有可能对之产生过敏反应。

3. 口红

口红中含有某些油脂、蜡质、颜料和香料等成分,其中油脂通常是选用羊毛脂,而羊毛脂可吸附空气中多种对人体有害的重金属微量元素。对孕妇而言,涂抹口红,空气中的一些有害物质就容易借助于口红的吸附作用而随唾液侵入体内,由此可能危害孕妇和胎儿。

孕育聪明小宝贝

4. 指甲油

目前市场上销售的指甲油,大多是以硝化纤维为基料,配以丙酮、乙酯、丁酯、苯二甲酸等化学溶剂和各色染料而制成的,这些化学物质对人体具有一定的毒副作用。孕妇用涂有指甲油的手取拿食物时,指甲油中的有害化学物质则有可能污染食物,由此对孕妇和胎儿带来危害。

众所周知,化妆品市场良莠不齐,质量低劣者占相当数量,因此,孕妇应以谨慎态度对待自己所选用的化妆品。

影响胎儿发育的西药

影响胎儿发育的西药主要有以下几种。

1. 抗生素类

如四环素类药,可导致骨骼发育障碍,牙齿变黄,先天性白内障等;链霉素及卡那霉素,可导致先天性耳聋,并损害肾脏;氯霉素可使骨髓机能受抑制、新生儿肺出血;磺胺(特别是长效磺胺),可导致新生儿黄疸。

2. 解热镇痛药

阿司匹林或非那西汀,可导致骨骼畸形,神经系统或肾脏畸形。

3. 镇静药

眠尔通,导致发育迟缓、先天性心脏病;安宁片造成发育迟缓;巴比妥类可导致指(趾)短小,鼻孔通联。

4. 激素

雌激素,造成上肢短缺(海豹样)、女婴阴道腺病、男婴女性化;孕激素导致女婴男性化、男婴尿道下裂;可的松,可导致无脑儿、兔唇腭裂、低体重畸形;甲状腺素也会引起畸形。

5. 抗肿瘤药

环磷酰胺,四肢短缺、外耳缺损、胯裂;6－硫嘌呤,脑积水、脑脊膜膨出、唇裂、腭裂。

孕期远离噪声、射线以免伤害胎儿

对胎儿有致畸作用的物理因素包括放射线、超声波、噪声,以及高热。

1. 射线

孕妇如果接受射线治疗,特别是时间长、剂量大时,会使早期胚胎受到射线损伤,妊娠早期应避免接受大剂量 X 射线的照射。如果在孕 12 周内接受大剂量的放射治疗,有可能发生流产、死胎、小头、小眼、脑水肿等畸形;在孕 12 周后,胎儿的各器官虽已形成,但是仍在迅速发育之中,孕妇仍需禁止接触大剂量 X 射线。如果孕妇胸部需要进行 X 射线检查,最好也要推迟到怀孕 6~7 个月时,同时孕妇要避免接受长时间胃肠造影、钡灌肠等检查。

2. 超声波

超声波诊断已被广泛应用于妇产科,孕妇自受孕开始到分娩少则进行 2~3 次,多则进行 5~6 次超声诊断。因此,超声波是否会导致胎儿畸形也越来越受到人们的普遍关注。目前,国内大量的调查研究结果显示,超声波对胎儿是安全的,尤其在妊娠晚期。至于孕早期,如果孕妇一切正常,则不必将超声波检查列入常规检查项目。

3. 噪声

凡是干扰人们休息、学习和工作的声音以及使人厌烦的声音统称为噪声。噪声对孕妇有不同程度的不利影响,纺织厂女工在怀孕早期每天接触噪声将会加重早孕反应,还可能产生低体重甚至先天畸形。因此,孕妇自己在孕早期应采取自保措施,少到或不到充满噪声的场所。

4. 高热

高热的致畸作用是指妊娠时母体因各种原因导致体温升高所造成的胎儿先天缺陷。如孕期感染引起体温升高;高温环境,如热水浴、蒸汽浴,烈日下中暑;较强的身体锻炼;身体接触电热设备,如电褥、微波炉等。

孕期热水浴时间不宜过长。孕妇在热水中浸泡会引发流产或胎儿畸形,热水浴也会造成男性不育。孕期不宜用电热毯,因为电热毯产生的电场可危害胎儿,增加流产或畸形的发生率。

孕育聪明小宝贝

孕妇忌用的中药和中成药有哪些

1. 禁用的中药

辛香通窍药:麝香。

破血逐淤药:水蛭、虻虫、莪术、三棱。

峻下逐水药:巴豆、牵牛、芫花、甘遂、商陆、大戟。

大毒药:水银、清粉、斑蝥、蟾蜍。

2. 慎用的中药

活血祛淤药:桃仁、蒲黄、五灵脂、没药、苏木、皂角刺、牛膝。

行气破滞药:枳实。

攻下利水药:大黄、芒硝、冬葵子、木通。

辛热温里药:附子、肉桂、干姜。

3. 禁用的中成药

牛黄解毒丸、牛黄清心丸、龙胆泻肝丸、开胸顺气丸、益母草膏、大活络丹、小活络丹、紫雪丹、至宝丹、苏合香丸等。

产程是怎样分期的

虽然产妇自身体质条件不同,且胎儿也有大小区别,产程进展有快慢之分,但尚存在一个共同的规律,即子宫呈现规律性收缩,强度逐渐加大,子宫颈逐渐消失,宫口逐渐扩大,胎儿逐渐下降并娩出,随后有胎盘娩出。依据这些规律,一般将分娩的全过程划分为三个阶段,也称三个产程。

第一产程是从子宫开始出现规律性收缩直至宫口开全,即在子宫颈逐渐变短而消失后,宫口直径由 1 厘米逐渐扩张到 10 厘米。该阶段的子宫收缩,开始时一般为下腹部或腰部轻度疼痛,或为下坠感,每 10 ~ 15 分钟收缩 1 次,收缩持续时间 10 ~ 30 秒,此后子宫收缩频度逐渐增加,收缩持续时间也逐渐延长,到宫口临近开全时(宫口扩张达 8 ~ 9 厘米),间隔 1 ~ 2 分钟收缩 1 次,每次持续 40 ~ 60 秒。对初产妇而言,第一产程一般需 8～12 小时,而对经产妇而言,一般需 6～8 小时。

第二产程是从宫口开全到胎儿娩出。该产程中,除有强烈的子宫收缩痛外,由于胎头下降压迫盆底组织,产妇有较明显的排便感,会不自主地屏气用力。初产妇第二产程需 1～2 小时,而经产妇一般在 1 小时内。

第三产程是从胎儿娩出后到胎盘娩出间的过程,该产程一般需 5～15 分钟,最长不超过 30 分钟。

妊娠纹

随着孕期的推进,肚子日益隆凸是所有女性都能接纳的事实,但是伴随着肚子凸出而逐渐出现的皮肤皱纹却是许多怀孕妇女无法接受的。原本光溜平滑的皮肤随着胎儿的日益成长而出现愈来愈多、愈来愈明显的凹纹,当然会使许多妇女难以忍受,何况这些条纹并不会随着怀孕生产的结束而消失。

这种因怀孕而出现的皮肤皱纹,医学上称为"妊娠纹",大都发生在怀孕末期,最常见的部位是腹部和大腿的皮肤,也有人发生在臀部和乳房的皮肤上。一般来说,怀孕生育的次数愈多,这种妊娠纹出现得愈多。生育过的女性再怀孕时,皮肤上新鲜的、红色的条纹和银白色的旧疤痕常同时存在。胎儿身体愈大,胎儿数目愈多,则妊娠纹愈明显。

造成妊娠纹的原因可能是子宫胀大将皮肤的组织撑裂,也可能是荷尔蒙(雌激素和肾上腺皮质素)分泌增加的缘故。由于这是正常的生理现象,因此,医师们认为不需特别处理。事实上,目前尚无治疗良方。

妊娠黑线

怀孕时,雌激素和孕激素的分泌增加,对皮肤最直接的影响是皮肤的颜色加深了。本来肤色就较深的人,这种变化更为明显。皮肤颜色加深最明显的部位是在腹部中央由肚脐到耻骨的这条中线上。有些孕妇的这条中线就像用黑笔描上去一般黑。所以,医学上把它称为"黑线"。

孕育聪明小宝贝

妊娠期的皮肤色素沉淀和附着

此外,在脸上及颈部会出现大小不一、形状不规则的深色斑点,称为"妊娠纹或肝斑"。有些人比较严重,散布范围较广,使得脸上好像戴了面罩一般,于是有人把它称为"妊娠面罩"。对于崇尚"一白遮三丑"的中国妇女,皮肤变黑是很让人困扰的,幸好这种色素沉着的现象在生产后大都会消失或消退而恢复原状。但妇女们切记:如果你不希望皮肤变黑,或希望皮肤能恢复原状,则怀孕期间最好少晒太阳。

生产后也尽量不要使用口服避孕药。日晒和口服避孕药都会使色素沉淀和附着在皮肤里,从而使肤色变黑。

静脉曲张

另一个常给孕妇带来的困扰是静脉曲张的问题。怀孕时,腹部内膨胀的子宫常会压迫血管,而使下半身的静脉血液不易流回心脏;再加上怀孕所增加的雌激素也会使血管的功能发生变化。因此,孕妇很容易发生下半身的静脉曲张,最常见的部位是腿部。经常要久站的女性,如美容师、教师、护士等特别容易发生。

腿部的静脉曲张(有人称为"静脉瘤")不仅会带来腿部的酸痛,还会产生外观上的困扰。所以,一般女性是很在乎它的——腿上出现几条像蓝蚯蚓的东西,谁愿意呢?

孕妇腿部的静脉曲张在生产后虽然会改善,但未必会完全消失,怀孕期间愈严重的,生产后复原的可能性愈小。因此,医师们建议孕妇(尤其患有静脉曲张的孕妇):

①尽量不要久站不动,多找机会活动或躺下。

②穿弹性绷带袜。

③睡觉时将小腿垫高。

如此,怀孕期间静脉曲张的程度会减低,生产后也较容易复原。

第三章　胎教

胎教是一门艺术

胎教是指利用外界环境直接或间接通过母体的生理、心理变化,影响胎儿的生长发育,使之达到有益于胎儿目的的一门艺术。这种特殊微妙的教育是通过各种能刺激感官的因素如声音、光亮、震动等进行的,而母体的情绪是最为重要的因素。

现代医学研究表明,胎儿对外界许多变化的刺激有感觉,也能作出反应。胎儿的大脑在怀孕1～5个月时基本定形,6个月时大脑皮层沟口增多,以后对子宫血管的血流声、肠管的咕噜声、外界的嘈杂声、猛烈的关门声,都会作出特殊的反应,其表现为胎动增加。奇妙的是胎儿可听到成年人听不到的极高和极低频率的声音。实验证明,低频率可抑制胎儿的活动,高频率则增加胎儿的活动。

众所周知,孕母的情绪会直接影响胎儿,孕母体内的化学物质,能影响胎儿的正常发育,尤其是脑的发育。外国学者观察发现,胎儿2～3个月是聘骨发育时期。这一时期孕母过度焦虑不安、抑郁寡欢,有可能导致胎儿唇腭发育畸形;在妊娠后期孕母遇到强烈的惊吓、忧伤、严重的精神创伤等精神变化时,也可引起胎儿循环障碍、发育迟缓,甚至造成死胎,所以,对于每一位即将成为母亲的孕妇,要接受医生的忠告。

①创造一个安逸优美的环境,避免噪声和高频率尖锐的声响;多听和谐、柔美、节律性强的音乐。

②要避免污浊的空气,居室中禁止吸烟,同时要避免剧烈的颠簸和震动,如乘车经过坎坷的地段均不利胎儿的成长发育。

③孕妇应保持愉快、稳定的情绪,避免忧虑,避免精神刺激和创伤。

孕育聪明小宝贝

中外最新胎教学

现代胎教就是在古代胎教基础上开辟新的研究领域,探索新课题,旨在最大限度地挖掘人类智力潜力,寻求提高人口素质的途径。

1. 国外胎教科研和实施状况

国外重视胎教的首推日本。

日本医学专家室冈一先生,证明了母体外的声音确实能传到胎儿耳朵里,他把子宫内胎儿听到的声音——母亲的心音和血液流动声,用录音机录下来,让刚出生的婴儿听,婴儿会感到安心而停止哭泣。这种现象不仅表明了声音到达了婴儿的耳边,而且婴儿在母体内有了一定的学习和记忆能力。

除了日本外,在胎教方面有较多贡献的就该数美国了。

美国加州大学医学院的妇产科专家儿德卡教授,于1977年创办了一所专门对孕妇进行胎教指导的学校。他设计了一套胎教方法,系统地对胎儿讲话、放音乐,在孕妇的腹部适当地抚摸,拍打肚皮上的一定部位等,促进胎儿的听觉和触觉神经发育。他还主张孕妇的丈夫参加胎教活动,这样既可以密切夫妻关系,又可以促使胎儿出生后变得聪明,能较快地认识父母,更易于理解语言和数字。这位专家介绍说,接受过他胎教指导而出生的孩子大多与众不同,有的婴儿刚出生时,就会用手轻轻拍打母亲的脸,有的孩子长到四个月时,已会说简单的句子。美国费城一生理研究所对200多名受过胎教的4~7岁儿童调查发现,受胎教的儿童比没有受胎教的对照组智商要高20%~45%。

法国巴黎健康卫生科学院,在20世纪80年代也做过胎教方面的实验。我国北京医科大学胚胎学教授试管婴儿专家刘斌应邀观看了巴黎健康卫生科学院进行的这次实验。28岁的埃丽斯,从孕期8个月开始,隔日到健康卫生科学院做一次音乐胎教,一直坚持到分娩。实验是在孩子出生第三天进行,目的是检查孩子对出生前所听音乐有无记忆。实验时把孩子绑在试验椅子上,两手臂能自由活动,下颌用架托托住,使能吃奶。

当放原先在子宫内听惯的音乐时,孩子就咬奶嘴发出有节律地吮奶动作,双手也随音乐的节奏发出规律的摆动。当停放这种音乐或改放其他音乐时,就不再吃奶,双手不再摆动或虽有摆动但不规则了。这个实验表明胎儿在出生前,可以接受教育,并有一定的记忆,出生后有再认的能力。

英国的心理学研究员奥德斯从胎儿能够分辨不同的音乐这个角度做了实验。他把耳机放在数名孕妇的腹壁上,送入高诺德的《浮士德》音乐,同时监听胎儿的心跳。发现有一些胎儿显然觉得这首华尔兹曲悦耳好听,因而心跳随音乐而加快,而另一些胎儿则没有什么异常反应。如果把耳机放在母亲耳朵上,胎儿就没有上述反应。研究人员的结论是,胎儿对某一种音乐有喜或恶的感觉。两年之后,胎儿对华尔兹曲有反应的那些母亲报告说,她们的孩子很柔和。

1985 年英国《妇产科学杂志》有一篇评论《胎儿可以学习吗?》,通过列举一些实验,论证胎儿可以听到母亲和体外的声音,胎儿有辨别不同声音的能力,不仅对声音有反应而且对光也有反应。认为胎儿是有记忆力的,在宫内是可以"学习"的。

此外,还有苏联、澳大利亚、委内瑞拉等国家专家学者也都做过有关胎教的科学实验。

"胎儿大学"在国外已有近 20 年的历史,最早的"胎儿大学"(有的叫围产期讲习班),是 20 世纪 70 年代初法国里昂卫生研究所和美国生理研究所、休斯敦保健中心等优生优育技术咨询机构创办的。现今世界上有许多国家,如英、德、俄罗斯、加拿大、日本都有"胎儿大学"或类似对孕妇与胎儿进行培训的场所。

2. 我国胎教科研与实施状况

我国胎教的历史悠久,但由于种种原因,胎教在我国推行并不广。直到 20 世纪 70 年代以后,由于国外有关胎教的科学研究情况和胎教儿智力超常的新闻,陆续报道引起了人们的充分重视,胎教才在中国大地上开始苏醒了。首先有些家庭,按国外介绍的一些胎教法,进行了胎教的尝试,并取得了成果。在社会上,特别是在医学界和教育界产生了很大影响。此后,胎教在中国有了很大发展,有许多单位先后对胎教进行了一系

第三章 胎教

列的科学实验和研究;有关胎教的论文和著作也陆续问世;许多胎教音乐磁带接踵出现;各种宣传推广胎教的活动在全国各地展开;涌现出一支由专家学者、教师以及广大计划生育工作者组成的人数众多的胎教宣传和推广队伍,使我国胎教宣传和实施工作有了长久的进步和发展。现在有不少人重视用最新的科学方法进行胎教,并收到了良好的效果。

北京人民医院、北京医科大学第一医院和中国科学院声学研究所合作进行了实验,证明了胎儿可以听到外界声音,以及在听到外界吵闹和轻柔音乐等不同声音刺激下,胎儿能作出不同反应。

北京人民医院和北京医科大学第一医院联合实验,发现强光透过腹壁进入子宫,胎儿会作出相应反应;北京天坛医院妇产科也做过类似实验。

中国环境音响医学研究协作中心在胎教科研方面做了大量工作,从人体传声到胎儿对各种声波刺激下的反应等都做了科学实验和研究。

北京医科大学附属人民医院和中国科学院声学所合作,对中期引产的正常孕妇、正常胎儿做了人体传声和实时测量实验。

北京医科大学附属人民医院环境声波医学研究室和中国科学院声学研究所做了人体腹壁传声模拟实验。

先后出版发行的胎教方面的著作更是不胜枚举。接着出现的胎教音乐磁带越来越多,如《秋夜》、《小神童》《爱心胎教音乐》等。

各种形式的胎教宣传推广活动在全国范围展开,有的利用广播、电视宣传胎教知识、组织讲座,有的组织不同形式的培训班。

科学胎教的时间

无数的实验和临床经验告诉我们:胎教不仅要在生命形成后进行,还要向生命形成前延伸,包括婚前优生优育教育和指导,孕期生理、心理卫生营养和胎教训练。也有科学家实验指出:科学的胎教,是指正常孕妇,在保证充足的营养与休息的条件下,从胎龄5个月(即胎儿已有了听力的时刻)开始。美国"胎教大学"课程就是从妊娠第5个月开始的。

对胎教开始时间的判断不同,主要是由于对胎教有不同的理解。第一种意见是把胎教与优生两者当做一个问题提出的,而第二种意见是把胎教与胎养两者作为一个问题来讲的。我们认为,优生主要包括三个阶段,一是优选配偶;二是择时优孕;三是优境胎养。胎教是从胎养阶段中间开始与胎养同步进行到分娩为止。我们之所以认为胎教应从妊娠5个月左右开始,是因为从胎儿发育过程看,5个月的胎儿,脑细胞已处于迅速发育的高峰,并且偶尔出现记忆痕迹,胎儿已有触觉功能。所以这个时候进行胎教是适宜的。

孕妇的情绪与胎教

孕妇的情绪可作为思维信息直接传给胎儿,母亲心情愉快或恐惧,可影响胎儿生长发育。有人试验,将怀孕的母猴放在椅子上,然后以目怒视,给以强烈的刺激,待母猴被激怒后,测量胎儿的血氧,结果发现,母猴越惊恐不安,胎儿的血氧越少,最后死亡。妊娠期孕妇若长期处于悲伤、忧愁、抑郁、焦虑的不良环境下,或者大怒、过喜、骤惊等强烈的刺激,都对胎儿不利。长期焦虑不安、惊恐,可使胎儿出生后形成不稳定的性格和脾气。怀孕第7~10周,孕妇的过度不安易导致自然流产。妊娠后期,过度惊吓、恐惧、忧伤或刺激,可使胎儿的生长受到很大影响,无形的心理因素对胎儿的影响也是如此。为了生一个健康、活泼、聪明的宝宝,母亲应在孕期保持良好的心境和愉快的情绪,避免悲伤、忧郁等不良情绪产生。

1976年唐山大地震给当时孕妇带来巨大的刺激,恐惧、悲伤是可想而知的。10年后对胎儿期度过地震灾难的孩子进行测定,他们的平均智商明显低于其他同龄人的平均智商。人的不良情绪可使人体产生有害物质,相反,愉快的心境会产生有益物质,因而良好的情绪使胎儿趋利避害。我们相信,人体科学必将揭开这个谜。那么,父母怎样做好情绪胎教呢?

①应胸怀宽广,乐观舒畅,多想孩子远大的前途和美好的未来,避免烦恼、惊恐和忧虑。

②把生活环境布置的整洁美观,赏心悦目。还应挂几张健美的娃娃

第三章 胎教

头像,孕妇可以天天看,想象腹中的孩子也是这样健康、美丽、可爱。多欣赏花卉盆景、美术作品和大自然美好的景色,多到野外呼吸新鲜空气。

③饮食起居要有规律,按时作息,适当劳动和锻炼。衣着打扮、梳洗美容应考虑有利于胎儿和自身健康。

④常听优美的音乐,常读诗歌、童话和科学育儿书刊。不可看恐怖、紧张、色情、斗殴的电视、电影、录像和小说。

⑤未来的父母在情绪胎教中负有特殊的使命。丈夫应了解怀孕会使妻子产生一系列生理、心理变化,应加倍爱抚、安慰、体贴妻子,做她有力的心理支柱,尽可能使妻子快乐,多做美味可口的食物。创造一个美好的生活环境,使生活恬静,谈吐幽默诙谐,与妻子共同憧憬美好的未来,这是做父亲给自己孩子的第一份美好的礼物。

孕育聪明小宝贝

正确的胎教心理

孕妇在妊娠期间的心理状态,对胎儿的身心发育具有很大影响,孕妇在妊娠期间受到不良心理的困扰,往往会造成妊娠和分娩合并症,严重者会造成高危妊娠。有严重焦虑心理的孕妇经常伴有恶性妊娠呕吐,还会导致早产、流产、产程延长或难产。科学家们发现,孕妇在妊娠期间若有过度紧张心理和焦虑心理,胎儿出生后往往表现为多动,容易激动,好哭闹,长大以后又会表现为情绪不稳定,易焦躁、激怒。重庆医学院的一个研究小组对多动症儿童进行调查后发现,这些儿童在胎儿期,其母亲都曾有过较大的情绪波动和心理困扰。

良好的心理有利于胎儿的健康发育,为此,孕妇要积极调理好自己的心理,使自己处于最佳状态。孕妇心理调理过程,也就是胎教过程。下面我们就孕妇在妊娠期间可能出现的心理状态,加以分析和调理。

1. 孕妇的求教心理

初次怀孕的妇女,初知自己怀孕很自然地就想读妊娠方面的书籍或求教别人。为此我们觉得孕妇首先要做好迎接妊娠的心理准备。妊娠反应是一种正常的生理现象,正确对待,保持心情舒畅,采取一定措施,就会减轻妊娠的不良反应。其次要听听产科医生对妊娠知识的指导,了解对胎儿的孕育过程,尽量在思想上和心理上做好准备。还可以经常与做了母亲的人交流思想,做了母亲的人对妊娠都积累了一些宝贵的经验。这也就为胎教实施做好了总体上的心理准备。

2. 孕妇的烦躁心理

怀孕初期,多数孕妇会有程度不同的妊娠反应,如恶心、呕吐、厌食等,同时还会有气闷和腹胀、腰痛等不适感觉。妊娠反应大多会持续一段时间,这往往会弄得孕妇心情恶劣,烦闷不堪。而对于那些没有思想准备就怀孕的妇女,心情会更加恶劣,甚至会对怀孕产生不良心理。如果是刚刚建立的小家庭,经济还不宽裕就怀孕了,会让妻子倍感恼火,以致对丈夫产生埋怨心理,向丈夫发一些无名之火,弄得丈夫莫名其妙。

3. 孕妇的担心心理

作为初孕妇,对孕后发生的一切都是陌生的。对将要发生的事有一种担心和恐惧的心理。孕妇担心孩子会不会有缺陷,担心自己过去接触过有毒物质会不会对胎儿产生不良影响,患过病的妇女担心自己服过的药会不会影响到胎儿的发育,特别是有高血压、心脏病的孕妇担心怀孕会加重自身的病情同时影响到胎儿的健康成长。高龄的孕妇则担心会生个畸形儿,同时又担心分娩时会难产。诸如此类的担心,常使孕妇处于不良的心理状态中。

如果长期担惊受怕,精神持续处于高度紧张之中,通过神经分泌机制的调节,肾脏会分泌大量肾上腺素。因体内肾上腺素堆积过多,会直接影响到胎儿的生长发育。

如果孕妇有了担心的心理,要及时消除。这主要是依靠科学手段,分析症结,及时解决。有遗传病史、高龄的孕妇要随时查看胎儿的发育情况,便于发现问题尽快处理。如果孕妇患有高血压、心脏病等疾病,则应按时到医院就诊,随时听取医生的建议,以保证孕妇和胎儿的健康。

4. 孕妇的忧郁心理

有的孕妇怀孕后,情绪会变得异常低落,总感到烦闷,神情沮丧,打不起精神。如果忧郁情绪持续一段时间,会造成孕妇失眠、厌食、性机能减

第三章 胎教

退和植物神经紊乱。有忧郁心境的人往往缺乏活力,神情处于懒散状态。忧郁心理又会使孕妇心情压抑,体内血液中调节情绪和大脑的各种功能的物质含量偏低,直接影响到胎儿的正常发育。受母亲的影响,这样的孩子出生后好委屈,长时间啼哭,长大后,又多表现为缺乏自信心,感情脆弱,郁郁寡欢。由此可见,忧郁不利于胎教,不利于胎儿的发育和发展。为此,有了忧郁心理的人,一定要积极克服。积极的人生观是克服忧郁心理的基础。同时孕妇要努力跳出个人小圈子,多到户外呼吸新鲜空气,多参加社会活动,出外游玩。随着精神的放松,心情也会随之变得开朗起来,平日里多在生活中寻找乐趣,多做一些适当的文体活动,如下棋、唱歌、欣赏优美轻松的音乐,这些活动都十分有助于调节人的情感。多和乐观开朗的人接触,多与人交流思想,敞开胸怀,开阔视野,有助于消除内心忧郁的症结。

5. 喜怒无常

有的妇女怀孕后,有时性格很坏,好发脾气,易动怒,喜欢和丈夫或他人找茬吵架,弄得与人关系紧张。孕妇发怒,这不仅有害于自身的健康,而且还会殃及胎儿。孕妇发怒时,血液中的激素和有害化学物质浓度会剧增,并通过"胎盘屏障"进入胎儿体内,使胎儿直接受害。发怒还会导致孕妇体内血液中的白血球减少,从而降低机体的免疫能力,使后代的抗病能力减弱。如果母亲在胎儿口腔顶和上颌骨形成的第7~10周时,经常发怒,会造成胎儿腭裂的兔唇。因此,孕妇发怒,贻害无穷。

为了孩子,孕妇一定要息怒。十月怀胎期间难免遇到让自己气恼的事。当遇到令人气愤的事情,先不必急躁,一则发火是解决不了问题的,再则,发火伤害自身,危及胎儿。为此,发火之前,还是先克制一下,转移话题或做点别的事情,分散分散注意力,这都会使气闷的心理得到缓解。看看电影、听听音乐、散散步、做做操,都会使精神放松,头脑冷静。能否保证遇事不怒,这与一个人的思想觉悟、品德修养密切相关。孕期的妇女尤其要加强自身的修养,以自身的优秀品质,完善的人格来影响腹中的胎儿,进而提高胎儿日后的心理素质。

6. 孩子性别是否如愿心理

腹内的胎儿是男孩还是女孩,这是夫妻最为关心的问题,也是双方家长十分关注的问题。这就会给孕妇造成一种心理上的压力。孕妇会想:孩子的性别会如愿吗? 不如愿怎么办?

其实,在孩子性别上的多虑是最没有意义的事,孩子是男孩女孩,早在精卵结合的生命之始就已经确定了,无论你想与不想,这都是不以人的意志为转移的。

猜想也好,想象也好,不是什么坏事,关键看你怎么想,想什么,积极的、美好的遐想会给胎儿的生长发育以良好的鼓励;消极的、悲观的乱想,却会给胎儿以不良的影响。因此,在孕期,孕妇不能毫无节制地胡思乱想。

孕妇要把不必要的猜测换成有意义的想象,这也就是想象胎教。我国自古就有"欲子美好,数视璧玉"之说。现代科学论证,"想"不是毫无意义的,想本身是一种念力,这种力会作用于自身,也能作用于他人。因此有人总结:看珠宝玉器,欣赏书画,可使胎儿有美感;音乐可融和人心;观看军人队列,听雄壮的乐曲,可有秩序感等,这也就道出了妻子的感受都会影响到胎儿。胎儿心智方面的发展,更有赖于孕妇本身文化素质、道德情操的提高和深化。

妻子对未来孩子的猜测与幻想,是孕妇的一个美好的愿望,也是妻子的一个美丽的梦。对此,丈夫可以加以正确引导,让孕妇多想一些对胎儿有益的事,消除那些对胎儿不利的想法。

7. 实施胎教勿心切

有的孕妇实施胎教,期望过高,心太切,使得物极必反,收不到好的效果。比方有的孕妇在进行语言胎教时,长时间将耳机放在腹部,造成胎儿烦躁。胎儿生下来以后,变得十分神经质,以致对语言有一种反感和敌视态度。听音乐时,也不能没完没了地听,连孕妇本人都感到疲惫不堪,那胎儿的感觉也绝对不会好。任何事情都有个度,一旦过度其结果就会适得其反,不仅达不到预定的目的,而且会导致不良后果。同样,胎教的每项内容都会使胎儿受益,如果不能适度地对胎儿实施,恐怕胎儿不但不能

获益,还会受害,因此,孕妇对胎儿进行胎教,不能热情过度,心也不能太切。

生育一个健康聪明的孩子,是每一位孕妇的心愿。胎教正是帮助孕妇实现这一心愿的方法。为了正确实施胎教,使胎儿真正受益,孕妇必须认真学习胎教内容,准确掌握胎教的正确方法。在实施胎教过程中,严格按胎教的方法去做,不要认为什么方法比规定的多做一些,就会更有效。孕妇生活要有规律,这既是胎教的一项内容,也是对每位孕妇的起码要求。每项胎教内容,需按一定规律去做方能成功。如抚摸胎教,一天两天不足以和胎儿建立起联系,需坚持长久地、规律地去做,才能使胎儿领会到其中的含义,并积极地响应。母亲和胎儿相互配合,相互协作,乐趣无穷。在这种乐趣中,胎儿的发育得到激励,胎儿的心智发展得到激励,孕妇的信心和毅力,是胎教的成功保证。

孕妇的胎教自修课

胎儿在母体内可以感受到母亲的举动和言行,因此孕妇在怀孕期间所作所为都可以直接影响到胎儿出生后性格、习惯、道德水平、智力等各个方面。传说中有一个神童,看到几篇从未见过的文章,马上可以倒背如流,究其原因,原来这些作品都是他母亲在怀孕时经常朗诵的,可见孕期的行为对胎儿的影响之大。法国心理学家贝尔纳·蒂斯认为,胎儿并不是像白菜那样仅靠营养生长发育,它对来自外界的某些感官影响十分敏感。因此,孕妇应在学识礼仪、审美、情操等方面提高自己的修养。

1. 读一些优美的文学著作

一位哲人说过:"读一本好书,就像是与一位精神高尚的人在谈话,那精辟的见解、丰富的哲理、风趣幽默的谈吐,都会使人精神振奋,耳目一新。"读书不仅可以使孕妇本身得以充实、丰富,同时也熏陶了腹中的宝宝,让他也感受到这诗一般的语言、童话一样美的情境。而且这会使胎儿快速地生长,使其大脑发育优于其他胎儿。由于这种教育使胎儿事先拥有美的意识,出生后较其他婴儿更聪明、活泼、可爱。

2. 欣赏一些名人、名画

欣赏名画不失为一条有效的途径,从一些自然风景画中,可以领略到大自然的美丽景色,从一些人物画中,可以感受到人类美的心灵。

3. 感受大自然的美

大自然不仅可以开阔母亲的视野,对于母婴的身体也大有益处。只有到大自然中去,才可能让人心旷神怡。大自然中清新的空气对人类的健康有极大的益处,对孕妇更是如此。孕妇早上起床后,可到有树林或草地的地方做操或散步,呼吸清新的空气,节假日可与亲朋好友一起去郊游,欣赏秀丽的自然景色。大自然的美能陶冶人的情操,给人带来欢乐,使人的精神世界得到极大的丰富。

多欣赏大自然的美,不仅可以使人得到休息、娱乐,而且会给人幽静、清爽、舒畅之感,还可以使人大开眼界,增长知识,增添青春的活力,极有利于孕妇和胎儿的身心健康。

胎儿的运动协调能力训练

有一个曾在母腹中进行专门锻炼的胎儿,出生后两三个月便可以流利地进行翻身、爬、坐、抓等动作,还可以自己转动袖珍收音机的旋钮,由此可见胎儿期体育锻炼的意义。

如何帮助胎儿做体操呢?下面介绍一套简易的方法:首先孕妇仰卧在床上,头部不要垫高,全身尽量放松,然后用双手捧住胎儿,按从上至下,从左至右的顺序抚摸胎儿,反复 10 次后,用食指或中指轻轻触摸胎儿,然后放松,坚持几周后,胎儿就会有明显的反应。给胎儿做操应注意:

①定时,一般在晚上 9~10 点钟胎儿活动频繁时。

②循序渐进。开始以每周 3 次为好,以后可依次增多。

③每次时间不可过长,一般以 5~10 分钟为宜。

④如配以轻松、愉快的音乐,则效果更佳。

孕育聪明小宝贝

胎儿的语言能力训练

实验表明,与胎儿的语言交流,能促进其出生后语言乃至智力的发展。那么,如何培养胎儿的语言能力呢?培养胎儿语言能力的捷径便是在胎儿期即进行语言诱导。这种诱导包括日常性的语言诱导和系统性语言诱导。

日常性的语言诱导指的是父母经常对胎儿讲一些日常用语。这些谈话的内容较随意,口吻轻柔,例如:"小宝宝,你的手在哪里?""伸个脚给爸爸妈妈看看吧。"父亲与婴儿讲话,不仅能增加夫妻的恩爱,还能将父母的爱传到胎儿那里,对胎儿的情感发育也有莫大的好处。

系统性语言诱导指的是有选择、有层次地给胎儿听一些简易的儿歌等。这些歌谣趣味性较强,而且容易上口。如:

茶杯歌:喝开水,用茶杯,我和茶杯亲亲嘴;

眼睛歌:小眼睛,亮晶晶,样样东西看得清;

不倒翁:不倒翁,眯眯笑,推一推,摇一摇,推来推去推不倒;

大象歌:长鼻子,像钩子,大耳朵,像扇子,四条腿,像柱子,高大的身体像房子等等。

如果爸爸妈妈配上背景音乐进行配合教育,则效果更佳。

胎儿的听力训练

胚胎学研究证明,胚胎从第 8 周开始神经系统初步形成,听神经开始发育。当胎儿发育进入 5~8 个月时听力完全形成,还能分辨出各种声音,并在母体内作出相应的反应。有几个有趣的实验:

(1)有人曾做过这样的实验,让新生儿吸吮一个与录音机相连的奶嘴,婴儿以某种方式(长吸或短吸)吸吮就可听到自己母亲的声音,而且他们通过辨别声响,表示出对自己母亲的声音特别的敏感。

(2)还有人选择在怀孕的最后的 5~6 周时让孕妇给胎儿朗读《戴帽

子的猫》，历时5个多小时，当胎儿出生后进行吸吮试验。先准备两篇韵律完全不同的儿童读物，一篇婴儿在母体内听到过的《戴帽子的猫》，另一篇是婴儿从未听到过的《国王、小耗子与奶酪》，婴儿通过不同的吸吮方法才能听到这两篇不同的儿童读物，结果发生了让人非常惊喜的事情，这些婴儿完全选择了他们出生前学过的《戴帽子的猫》。

(3)有一个曾经引起世界轰动的年轻人，他叫布莱德·格尔曼，当他从医生那里知道了5个月以后的胎儿能够具有听力，并可以进行学习时，他就开始设想他自己怎样才能够同他的未出世的孩子建立联系，后来他发明了"胎儿电话机"。这种电话机有点像收录机，它可以将录下的声音通过母亲的腹壁传递给胎儿，并可以随时记录胎儿在子宫内对外界各种声音刺激的反应，把这些微弱的声音放大，就可以了解胎儿对声音的反应。他相信通过胎儿电话机可以使他和胎儿之间的关系同他太太和胎儿的关系一样密切，因此布莱德·格尔曼每天不间断地将其放在妻子腹部子宫的位置。有时通过话筒直接向胎儿讲话和唱歌，他逐渐发现当胎儿喜欢听某种声音时他会表现得安静而且胎头会逐渐移向妈妈腹壁，听到不喜欢听的声音时头会马上离开，并用脚踢妈妈的腹壁，表示他不高兴。

经过一段时间的观察与训练，布莱德·格尔曼已经知道了他的宝贝喜欢听什么声音和不喜欢听什么声音了。格尔曼常常很兴奋地对他的朋友说："我的孩子生下来不久，当他一听到我的声音就会掉转头来对着我，我简直无法形容他这样做使我多么高兴。"格尔曼发明的"胎儿电话机"的消息传开以后，世界各地许多人打电话给他感谢他的贡献。以上这些事实说明了胎儿在未出生前已经具备了听力。此外科学家们还发现，如果胎儿在母体内患有先天性耳聋，通过听力训练可以作出初步诊断，到胎儿出生就可以采取相应的措施。

胎儿的记忆力训练

对于胎儿是否有记忆这一问题曾经引起了不少国内外学者、专家们的许多争议，并对此进行了长期的深入研究。西班牙萨拉戈萨省一所胎

第三章 胎教

儿教育研究中心对"腹中胎儿的大脑功能会被强化吗"这一课题进行了研究,结果表明胎儿对外界有意识的激励行为的感知体验,将会长期保留在记忆中直到出生后。而且对婴儿的智力、能力、个性等均有很大的影响,有关研究表明胎教是教育的启蒙。由于胎儿在子宫内通过胎盘接受母体供给的营养和母体神经反射传递的信息,使胎儿脑细胞在分化、成熟过程中不断接受母体的调节与训练。因此,妊娠期母体"七情"的调节与子女才干的发展有很大的关系。

加拿大哈密尔顿乐团的著名交响乐指挥家鲍里斯·布罗特在回答记者问题中有这样一段描述:"也许听起来有些奇怪,但是的确在我出生前音乐就已经是我的一部分了。""噢,那是在我年轻的时候,当我发觉自己有异常的天才时,我感到疑惑不解,初次登台就可以不看乐谱指挥,大提琴的旋律不断地浮现在脑海里,而且不翻乐谱就能准确地知道下面的旋律。有一天,当母亲正在演奏大提琴的时候,我向她说了此事。由于脑海里总是清晰地浮现大提琴的旋律,所以引起了母亲的兴趣,当母亲问我脑海里浮现什么曲子时,谜被解开了,原来我初次指挥的那支曲子,就是我还在母亲腹内时她常拉奏的那支曲子。"

联邦德国一位医生保罗·比库博士曾经治疗过一位男性患者,这位患者的发病症状恰恰证明了胎儿期的潜在记忆对人的一生所产生的巨大影响。当这位患者出现不安状态时,全身就会出现暂时性发热反应。为了查明发病原因,比库博士采取催眠术将患者引入睡眠状态。于是这位患者渐渐地回忆到了胎儿时期,回想起当时发生的重大事情。他讲述胎儿7个月以前的情况时,语调平和,神情也很自如,但是当他讲述其后的情况时,突然出现嘴角僵硬、浑身颤抖、身体发烧,露出惊恐的神情。很明显是患者回忆起了导致他出现这一症状的胎儿期的体验,那么这到底是什么原因呢?几个星期后比库博士走访了患者的母亲,据这位母亲回忆说:在她怀孕7个月后曾洗过热水浴,试图堕胎。母亲怀孕末期,胎儿的大脑发育已经基本完善,记忆储存迅速增大。因此,这位患者的母亲在怀孕末期带给胎儿的恐怖直到出生后仍难以消失。

其实在生活中类似的情况很多,不知年轻的母亲们是否有过这样的体会,当你刚出生的宝宝哭闹不止时,如果您马上将宝宝的头转向您的左侧胸部,把宝宝的耳朵贴近您的心脏,那么,您心脏跳动的声音传到宝宝的耳朵里,他会立即停止哭闹或安静地入睡。这是什么原因呢?原来胎儿在母体内生活已经习惯了那里的声音,包括心脏的跳动声。胎儿虽然出生,但记忆犹新,当他来到一个完全陌生,而且听不到他所熟悉的声音的环境时就会产生不安和恐惧,因此出现哭闹,可当他一旦又听到了他所熟悉的心脏跳动声音时,马上又产生一种安全感,认为自己仍然生活在自己的小天地里,故而停止了哭闹,安静入睡。

以上事实告诉人们,胎儿并不是无知的生命,孩子聪明才智的启蒙孕育在胎儿期。因此,根据胎儿的这一能力进行及时合理的训练使其更进一步地发展与完善,是非常必要的。

胎儿的呼唤训练

根据胎儿具有辨别各种声音并能作出相应反应的能力,父母就应该抓住这一时机经常对胎儿进行呼唤训练,也可以说是"对话"。孩子一出生就会马上识别出父母的声音,这不但对年轻父母是一个激动人心的时刻,而且对您的孩子来说刚来到这个完全陌生的世界时如果能听到一个他所熟悉的声音,对他来说是莫大的安慰和快乐,同时消除了由于环境的突然改变而带给他心理上的紧张与不安。

曾有一位父亲从胎儿 7 个月开始常向胎儿说:"小宝贝,我是你的爸爸!"一边抚摸着胎儿,以后每当这句话一出现,胎儿就会兴奋地动起来。当这个孩子出生后因环境的突变产生不安而哭闹不止时,他的父亲突然想到了与胎儿经常说的话,于是马上说:"小宝贝,我是你的爸爸!"话刚出口,婴儿就像着了魔法一样突然停止了哭声,并掉转头来寻找发出声音的方向,后来竟高兴地笑了。以后每当孩子哭闹时这句话就会使孩子从哭闹中安定下来。

可见父母通过声音和动作与腹中的胎儿进行呼唤训练,是一种积极有益的胎教手段。在对话的过程中,胎儿能够通过听觉和触觉感受到来

自父母亲切的呼唤,增进彼此生理上的沟通和感情上的联系,这对胎儿的身心发育是很有益的。

胎儿的游戏训练

谈到胎儿做游戏这一问题,可能会有人疑惑不解,胎儿怎么会做游戏呢? 是啊,一般来说做游戏是出生后的孩子们的"专利"。可近几年来随着医学科学的发展和超声波的问世,发现胎儿在母体内有很强的感知能力,父母对胎儿做游戏胎教训练,不但增进了胎儿活动的积极性,而且有利于胎儿智力的发育。让我们通过胎儿超声波的荧屏显示来观察一下胎儿在母体内的活动情况,胎儿在某一天醒来伸了一个懒腰,打了一个哈欠,又调皮地用脚蹬了一下妈妈的肚子,这使他感到很满意。一个偶然的机会使胎儿的手碰到了漂浮在旁边的脐带,"这是什么东西?"很快脐带成了他的游戏对象,一有机会便抓过来玩弄几下,有时还抓住脐带将它送到嘴边,这个动作使他产生了一阵快意。从胎儿这些动作和大脑的发育情况分析,科学家们认为胎儿完全有能力在父母的训练下进行游戏活动。

据国外报道:天才儿迭戈在母亲腹内第 3 个月起他的父母亲就开始对他进行游戏训练,通过敲他母亲的腹壁观察他的反应。经过一段时间的训练,小迭戈已经会调皮地与人玩游戏了。当有人敲他母亲一下,他也敲一下,你敲两下,他也敲两下。而且他的父母很自豪地说,他们的孩子一出世就马上认出他的父母。可见胎儿是很有潜能的,只要父母不失时机地通过各种渠道对胎儿实施早期胎教,使他获得良好而有益的刺激,就会发现其本身的能力远远超过历史中任何一个天才。

目前有些国家正在研究,通过对胎儿施行一种特殊的训练以达到产生体育方面的超级明星。这一愿望经过人们对胎儿潜能的不断认识和挖掘是一定会实现的。

胎儿的性格培养

性格是儿童心理发展的一个重要组成部分,它在人生的发展中起到举足轻重的作用。人的性格早在胎儿期已经基本形成。这一点已被专家们所证实。因此在怀孕期注重胎儿性格方面的培养就显得非常的必要。胎儿性格的形成离不开生活环境的影响,母亲的子宫是胎儿的第一个环境,小生命在这个环境里的感受将直接影响到胎儿性格的形成和发展。

20世纪初期一直被妇产科医生用来防止孕妇流产的一些药物,如雌激素和黄体酮,最近发现它们对胎儿的性格有着不良的影响。

许多研究表明,孕妇的精神状态、情感、行为、意识等也同样可以引起激素分泌的异常改变,而影响到胎儿的性格形成。

瑞典有一个名叫克列斯蒂娜的女婴,她虽然长得健壮,但却不愿吸吮母亲的奶,母亲把奶头对着她,她居然把头转过去。她情愿去吸别人妈妈的乳汁或奶瓶的奶。后来经过调查后才知道,原来这位婴儿的母亲在怀孕时打算流产但因其丈夫执意不肯才勉强生下了她。克列斯蒂娜在母亲的腹中已经痛感母亲不希望生下自己,出生后就心怀不满,因此拒绝吃妈妈的奶,对母亲仍存有戒心。

如果是一位热爱胎儿的母亲,不论在任何不良环境中都能够表现出坚强的个性,那么对胎儿则产生不同的效果。

曾有一位在妊娠期间遭受沉重打击的妇女,她于怀孕数周后被丈夫所抛弃,家庭负担、经济问题都摆在了面前,常常为此发愁。当她怀孕到6个月时,在一次检查中,发现一侧卵巢患有癌前性囊肿,需要立即手术切除。医生建议她流产,但她毅然拒绝,为了孩子她做好了冒任何风险的准备。最终这位妇女生下了一个完全健康的胖儿子。

从这个实例说明只要母亲有坚强的性格就会感染胎儿使其同母亲一道战胜困难,并从中得到性格方面的锻炼。心理学研究证明,胎儿能敏锐地感知母亲的思维心理活动及母亲对自己的态度。所以说胎儿也并不像人们想象的那样娇弱。通过以上的事例希望能给将要做母亲的妇女一个深刻的启示。

胎儿的行为培养

行为也是一种语言,只不过它是一种不说话的语言。孕妇的行为通

过信息传递可以影响到胎儿。

我国古人在这方面早就有论述，古人认为，胎儿在母体内就应该接受母亲言行的感化，因此要求妇女在怀胎时就应该清心养性、恪守礼仪、循规蹈矩、品行端正，给胎儿以良好的影响。相传周文王的母亲在怀文王时由于她做到了眼不视恶色、耳不听淫声、口不出秽言，甚至坐立端正，以身胎教，因此文王生而贤明，深得人心。

明代一位医生也认为"妊娠以后，则需行坐端严、性情和悦，常处静室、多听美言，令人诵读诗书，陈说礼乐、耳不闻非言、目不观恶事——如此则生男女福寿敦厚、忠孝贤明，不然则生男女鄙贱。"

可见早在古时人们就已经懂得了母亲的良好行为对后代的影响。时至今日虽然我们已经进入了高科技时代，但我国的古代胎教学却一直被中外学者所重视；他们经过长期的研究实践，证明了我国古代胎教理论是有科学性的。

就在几年前华盛顿大学医院的精神科医生罗伯·克洛宁格经过大量调查提出一份报告认为，如果父母是罪犯，出生后的男孩即使给别人哺养，成人后比起亲生父母不是罪犯的人来，犯罪的可能也要大出 4 倍之多。克洛宁格还发现，父母亲如果其中一位是经济犯罪分子，那么他们的儿子很可能也成为经济犯罪分子，而女儿却并不这样。但迷惑不解的是，女儿往往患有头痛之类的毛病。

美国南加利福尼亚大学一位心理学家梅迪尼克耗时 30 年专门研究犯罪和家庭成员的关系。他研究了 1447 名丹麦男性，发现这批人中如果父母是经济犯罪分子，那么孩子成为经济罪犯的可能性达到 20%～24.5%，如果父母是清白公民，那么这个比率将下降为 13.5%。

从以上事例说明父母尤其是孕妇行为的好与坏会对胎儿乃至一生的行为产生重大的影响。

胎儿的习惯培养

我们每一个人都有着各自的生活习惯，有的人习惯早睡早起，而有的人喜欢晚睡晚起,但不论我们每个人有什么习惯,养成一种良好的生活习惯是不容易的,有的人可能一辈子生活都是没有规律的。那么这是为什么呢? 俗话说:"江山易改,本性难移。"也就是说,人一旦养成了一种习惯,想改成另一种习惯是很困难的。

那么一个人的习惯是什么时候养成的呢? 有人说是儿童时期养成的,也有的人说是出生后开始逐渐养成的。如果我们说早在胎儿期一个人的某些习惯就已基本养成,恐怕你不会相信。其实胎儿的生活习惯在母亲腹内就受到母亲本身习惯的影响,而且潜移默化地继承下来,这不是哪个人的凭空想象,而是经过科学家实践证明的事实。让我们通过一项有趣的实验来看。

瑞典有一位医生叫舒蒂尔曼,他曾对新生儿的睡眠类型进行了实验,结果证明:新生儿的睡眠类型是在怀孕后几个月内由母亲的睡眠所决定的。他把孕妇分为早起和晚睡两种类型,然后对这些孕妇进行追踪调查。结果发现,早起型的母亲所生的孩子天生就有同妈妈一样的早起习惯;而晚睡型母亲所生的孩子也同其妈妈一样喜欢晚睡。

通过实验我们是否可以得出这样一个结论:胎儿出生几个月内,可能和母亲在某些方面就有着其共同的节律了。母亲的习惯将直接影响胎儿的习惯。如果有些母亲本身生活无规律、习惯不良,那么从您怀孕起就要从自身做起养成一个良好的习惯,才能培养出具有良好习惯的胎儿。

胎儿的美学培养

我们生活的这个世界里到处充满了各种各样的美,人们通过看、听体会享受着这美的一切。然而对胎儿进行美学的培养则需要通过母亲感受到的美通过神经传输给胎儿,美学培养也是胎教学的一个组成部分。它主要包括音乐美学、形体美学和大自然美学三部分。

音乐美学:对胎儿进行音乐美学的培育可以通过心理作用和生理作用这两种途径来实现。心理作用方面:音乐能使孕妇心旷神怡,浮想联翩,从而使其情绪达到最佳状态,并通过神经系统将这一信息传递给腹中

的胎儿,使其深受感染。同时安静、悠闲的音乐节奏可以给胎儿创造一个平静的环境,使躁动不安的胎儿安静下来,使他朦胧地意识到世界是多么的和谐,多么的美好。在生理方面:悦耳怡人的音响效果能激起母亲植物神经系统的活动,由于植物神经系统控制着内分泌腺使其分泌出许多激素,这些激素经过血液循环进入胎盘,使胎盘的血液成分发生变化,有利于胎儿健康的化学成分增多,从而激发胎儿大脑及各系统的功能活动,来感受母亲对他的刺激(教育)。

形体美学:主要指孕妇本人的气质。首先孕妇要有良好的道德修养和高雅的情趣,常识广博,举止文雅,具有内在的美。其次是颜色明快、适合得体的孕妇装束,一头干净、利索的短发,再加上面部恰到好处的淡妆,会显得精神焕发。据日本《每日新闻》报道,孕妇化妆打扮也是胎教的一种,使胎儿在母体内受到美的感染而获得初步的审美观。

让胎儿接受大自然的陶冶

人类世世代代在大自然这片绿洲上生存、繁衍,感受到了它的广阔、神奇、美丽、富饶和温馨。因此对一个新生命来说首先要让他了解大自然,这也是促进胎儿智力开发的很重要的胎教基础课。

在大自然中您可以欣赏到那飞流直下的瀑布,那"卷起千堆雪"的拍岸惊涛,还有那幽静的峡谷,叮咚的泉水。在领略这诗一般的奇观时不仅使您赏心悦目,而且还可以将这些胜景不断地在大脑中汇集、组合,然后经母亲的情感通路,将这一信息传递给胎儿使他受到大自然的陶冶。

国外曾发生过这样一件令人惊讶的事情。3岁的孩子在人群中大讲异国风光。人们发现,他的"乱说一通"竟然大部分是事实。可是周围的人并未对他进行过这方面的教育,他怎么知道的这么多呢? 经调查,她妈妈在怀孕期间曾到那个国家旅游过,正是母亲的感知变成思维的信息传递给了胎儿。

父亲的胎教责任

胎教不仅是母亲的事,和父亲的关系也很大。父亲是母亲接触最多和最亲密的人,父亲的一举一动,不仅影响到妻子,也影响到妻子腹中的胎儿。

1. 做好后勤工作

妇女在孕期需要大量营养。营养不足,后代不但体质差,而且胚胎细胞数目以及核糖核酸的含量也比正常低,从而影响到胎儿出生后的智力。因此,做父亲的一定要千方百计的做好后勤,以保证母子身体健康。

丈夫要关心、体贴怀孕的妻子,挤出时间多陪陪妻子。除了帮助妻子主持家务,减轻体力劳动外,还要妥善安排好妻子的饮食,保证营养物质的摄入。

孕妇腹部膨大,活动不便,操劳过度或激烈运动,会使胎儿躁动不安,甚至流产。做丈夫的要自觉地多分担家务事,不要让妻子做重活,要让她有充分的睡眠和休息。在乘汽车,逛商店时,要保护妻子,避免腹部直接受到冲撞和挤压。

2. 适当调节妻子的情绪

胎儿发育需要适宜的环境,也需要各种刺激和锻炼。胎儿除生理需要外,还需要一些与神经精神活动有关的刺激和锻炼。例如,丈夫可与妻子开开适度的玩笑,幽默风趣的话会使妻子的感情更丰富;陪妻子观看喜剧;让妻子与久别的亲人重逢;让妻子参与社交或调解邻里纠纷;陪妻子作短途旅游等。总之,让她的情绪出现短暂的、适度的变化,为未出世的孩子提供丰富的精神刺激和锻炼,以适应当今社会快节奏变化的需要。

3. 做点"自我牺牲"

母亲所患的任何一种疾病,对胎儿都是不利的,父亲得了传染病,也会通过母亲而危及胎儿。在疾病流行季节,父母都要少去公共场所,丈夫一旦得了传染病,要与妻子隔离。

吸烟对胎儿危害极大,在烟雾缭绕的环境中生活的孕妇,不仅在呼吸道吸入大量的一氧化碳,而且香烟中的尼古丁还能通过皮肤、胃肠道进入母体,从而祸及胎儿。据国外调查资料说明,胎儿的畸形率,与父亲的吸烟量成正比。

另一个值得注意的是:妊娠初期和后期,夫妻同房易引起流产、早产

第三章 胎教

或阴道感染;在产前一个月性生活频繁,可引起胎儿呼吸困难和黄疸等。孕妇在妊娠期对性的要求多半不高,因而节制房事的主要责任在丈夫身上。

4. 激发妻子的爱子之情

丈夫除了让妻子多看一些能激发母子情感的书籍或影视片外,还要多与妻子谈谈胎儿的情况。如询问胎动,提醒妻子注意胎儿的各种反应;与妻子一起描绘胎儿在"宫廷"中安详、活泼、自由自在的形象;一起猜想孩子的小脸蛋是多么漂亮逗人,体形是多么健壮完美。可别小看这些,要知道,这对增加母子生理、心理上的联系,增进母子感情都是非常重要的。尤其是丈夫要引导妻子去爱护腹中孕育着的胎儿,切不可因妊娠反应、妊娠负担或因肚子大起来影响了外貌、体形,面部出现色素沉淀,损害了自己的容颜等,就怨恨腹中胎儿。许多实验都证明,母亲和胎儿有着密切的心理联系,母亲对胎儿有任何厌恶情绪或流产的念头,都不利于胎儿的身心健康。

5. 协助妻子搞好音乐胎教

音乐胎教不仅可促进胎儿的身心发育,还能培养儿童对音乐的兴趣。据听力学家米歇尔·克莱门斯的调查发现,胎儿喜欢听维伐尔地和莫扎特的乐曲,这些轻松愉快的乐曲,可以解除胎儿的烦躁情绪,使胎儿的心率趋于稳定;反之,听勃拉姆斯的乐曲或摇摆乐舞曲,胎儿会躁动不安。让胎儿听音乐的具体方法是:每日播放几次音乐,将耳机放在妻子的腹部,每次 15～30 分钟。

6. 丰富妻子的业余生活

除了听音乐外,还可作画,观看艺术表演,以提高艺术修养。同时,丈夫要鼓励妻子加强"专业"学习,特别是妊娠后期还可与胎儿一起学习,如看看儿童读物,读读外语等。

孩子是夫妻爱情的结晶,胎教自然要双方共同承担,当你为即将做父亲而欣喜的时候,切莫忘了胎教的责任。

胎教音乐的种类

音乐虽然只有7个音符,但它却以变化无穷的组合方式,编织出一支支像行云流水,似炊烟缕缕,如雷鸣电击,胜诗超画般的乐曲,拨动千百万人的心弦,使人心旷神怡。

音乐的曲调、节奏、旋律、响度不同,对人体可产生不同程度的情感和理性共鸣,下面乐曲的大概分组可供参考。

1. 催眠音乐

如"渔舟唱晚"等,德国浪漫派作曲家门德尔松的"仲夏夜之梦"等。这类作品具有轻盈灵巧的旋律,美好活泼的情绪,而又具有安详柔和的情调。

2. 镇静作用的音乐

如民族管弦乐曲"春江花月夜",琴曲"平沙落雁"等。这类作品优美细致,音乐柔和平缓,带有诗情画意。

3. 舒心的音乐

如"江南好"、"春风得意"等。

4. 解除忧郁的音乐

如"喜洋洋"、"春天来了",奥地利作曲家约翰·施特劳斯的"春之声圆舞曲"等。这类作品使人联想到春天,仿佛看到春天穿着美丽的衣裳,同我们欢聚在一起,曲调优美酣畅,起伏跳跃,旋律轻盈优雅。

5. 消除疲劳的音乐

如"假日的海滩"、"锦上添花"、"矫健的步伐",奥地利作曲家海顿的乐曲"水上音乐"等。这类作品清丽柔美,抒情明朗。

6. 振奋精神的音乐

如"娱乐升平"、"步步高"、"狂欢"、"金蛇狂舞"等。这类作品曲调激昂,旋律变动较快,引人向上。

7. 促进食欲的音乐

如"花好月圆"、"欢乐舞曲"等。

第三章 胎教

音乐胎教的方法

音乐胎教一般采用以下方法。

1. 哼歌谐振法

孕妇每天可以哼唱几首歌,要轻轻哼唱,而不必放声大唱。最好选择抒情歌曲或轻歌,也可唱些"小宝宝,快睡觉"等类似摇篮曲的歌子。唱时心情舒畅,富于感情,如同面对你亲爱的宝宝,倾诉一腔柔肠和母爱。这时,母亲可想象胎儿正在静听你的歌声,从而达到爱子心音的谐振。

2. 音乐熏陶法

母亲每天多次欣赏音乐名曲,如"春江花月夜"、"雨打芭蕉"、"江南好"等传统名曲:在欣赏音乐中,借曲移情,幻想翩翩,时而沉浸于一江春水的妙境,时而走进芭蕉绿雨的幽谷。在这时如醉如痴,旁若无人,如同进入美妙无比的仙境,神驰魂荡,遐思悠悠。

3. 器物灌输法

可准备一架微型扩音器,将扬声器放置于孕妇腹部。乐声响时,不断移动(要轻)扩音器,将优美的乐曲透过母腹的隔层,源源不断地灌输给胎儿。每一次可播放 2~3 支乐曲,既要让胎儿欣赏音乐美感,又要防止胎儿听得过于疲乏,才会收到良好的灌输效果。这种方法是英国心理学家奥尔基发明的。

4. 母教子"唱"法

胎儿有听觉,但胎儿毕竟不能唱。母亲应充分合理地发挥自己的想象,让你腹中的宝宝神奇地张开蓓蕾似的小嘴,跟着你音律和谐地唱起来。

母亲可先练音符的发音,或较简单的乐谱,这样使之容易学容易记,一教即会。比如 1234567,7654321,反复轻唱若干遍,每唱完一个音符,等待几秒钟,这几秒钟即是胎儿复唱的时间,而后再依次进行。

第四章　孕早期

孕早期的合理营养

妊娠早期，虽然胎儿生长缓慢，每日体重只增加 1 克左右，但这是胎儿发育的决定性阶段，最为重要。胚胎各类脏器的分化形成全在这三个月，所以不能忽视营养的调配。营养缺乏也是重要的致畸因素，特别是叶酸、维生素 B_{12} 缺乏对胎儿的发育影响最大。

孕妇在此期间应进食适量的含有蛋白质、脂肪、钙、铁、锌、磷、维生素 A、维生素 B、维生素 C、维生素 D、维生素 E 和叶酸的食物，这样才能使胎儿正常地生长、发育。否则，就很容易发生流产、早产、死胎和畸形等。

孕妇早期摄取营养的原则：

（1）需要全面、合理的营养。妊娠早期，正是胚胎各器官形成和发育的阶段，需要包括蛋白质、脂肪、碳水化合物、矿物质、维生素和水在内的全面营养素。因而孕妇不可偏食，也不要因妊娠反应而过少进食。为了适应妊娠反应的特点，应依照孕妇的口味，在饭菜调味上尽量使孕妇满意，以求能吃多少就尽量吃多少，尽量进食，满足胚胎发育所需的各种营养。

（2）保证优质蛋白质的供给。妊娠早期，胚胎发育虽然缓慢，但它是胚胎发育的关键时期。若此时母体缺乏蛋白质和氨基酸，会引起胎儿生长迟缓、身体过小等症状，甚至造成胚胎畸变，出生后无法弥补。妊娠反应有时会影响孕妇的摄食量，因而要选取易于消化、吸收和利用的优质蛋白质，如奶类、蛋类、畜禽肉类等食品，确保妊娠早期胚胎发育所需的蛋白质。

（3）适当增加热量摄入。妊娠早期胚胎发育缓慢，母体组织变化不大，基础代谢增加不明显，因此热能需求量不多，但仍要适当增加热量的摄入，

以保证胎儿所需的能量。孕妇可增加面粉、稻米、玉米、小米、食糖、红薯、土豆等碳水化合物类食物。这些食物易于消化，能缓解"早孕反应"。

（4）保证无机盐、维生素的供给。无机盐和维生素在胚胎各器官的形成发育中具有重要的意义。妊娠早期若缺乏无机盐，后果将难以弥补，如缺铜会引起中枢神经发育不良，缺锌可使胎儿生长发育迟缓。因而，在妊娠早期，孕妇应注意摄入富含铁、铜、锌、钙的食品，如核桃、芝麻、畜禽肉类、奶类、海产品等。此外，孕妇还特别需要维生素 B_1、维生素 B_2、维生素 B_6，因此要少吃加工过细的米面。

（5）禁止或尽量少喝含乙醇的饮料。我们知道，长期饮酒或饮含乙醇的饮料会影响母体健康和胎儿发育。尤其在胚胎发育阶段，其危害更大。就是不含乙醇的饮料，如汽水、酸梅汤、橘子水、果子露、浓茶，以及咖啡等，在怀孕初期也应尽量不饮或少饮。

（6）多吃防止腹泻与便秘的食物。腹泻不仅损失营养，而且会因肠蠕动亢进而刺激子宫，甚至引起流产。因为流产易在妊娠早期发生，所以在饮食上一定要注意卫生和吃一些易消化的食物。怀孕早期也容易发生便秘，如果便秘，可以多食用含纤维素多的蔬菜、水果以及薯类食品，平时也可以适量食用以上食品，以防便秘。

达到孕早期合理营养应注意以下几点：

（1）烹调多样。根据孕妇的口味和妊娠反应情况，选用烹调方法。对喜酸、嗜辣者，烹调中可适当增加调料，以引起孕妇食欲。呕吐脱水者，要多食水果、蔬菜，以补充水分、维生素和无机盐。热食气味大，妊娠呕吐者会比较敏感，可以适当食用冷食或晾凉再食用，以防呕吐。

（2）少食多餐。孕妇恶心呕吐严重的时间多在早晨起床时或是傍晚。对此，孕妇可采取少食多餐的方法，不必拘泥于正常的进餐时间，想吃就吃，但要细嚼慢咽，尤其要多吃蛋白质和维生素多的食物，如乳酪、牛奶、水果等。多喝水，少饮汤。早上起床前先喝一杯白开水，再将食物吃下去，稍躺一会再起来，可减轻恶心与呕吐。

（3）多吃易于消化的食物。孕妇应该选用易于消化、清淡、在胃内存留时间短的食物，如大米粥、小米粥、烤面包、馒头、饼干等，以减少呕吐的发生。

(4)忌食动物肝脏。怀孕初期的妇女尽量少吃、最好不要吃猪肝等动物肝脏之类的食物,以减少胎儿患先天性疾病的危险,这是英国卫生部门正式发出的告诫。

因动物肝脏尤其是鸡、牛、猪的肝脏,每100克含维生素A的平均值为正常每日规定食量所含维生素A值的4~12倍。孕妇吃动物肝脏等于摄入大量维生素A。研究表明,孕妇在孕早期如果过量食用维生素A,会引起胎儿发育异常。所以,孕妇在孕早期要忌食动物肝脏,即使孕中期、孕晚期也应少吃动物肝及其制品。

然而,维生素A又是人体不可缺少的营养物质,对胎儿也必须供给一定量的维生素A。专家指出,人体若需补充维生素A,可以多吃些富含胡萝卜素的新鲜果蔬之类食物,因为胡萝卜素不仅可以在人体内转变为维生素A,同时还可以获得孕妇所必需的叶酸,有助于预防胎儿先天性无脑畸形,此可谓一举两得。

孕早期科学的膳食调配

妊娠早期每天膳食应包括:主食(米面、杂粮)200~300克,蔬菜(以绿叶蔬菜为主)300~400克,大豆及豆制品50~100克,水果50~100克,蛋类50克,牛奶200~250毫升,动物性食品(畜禽肉及内脏和水产品)100~150克,植物油25毫升。

孕早期每天的膳食调配的总原则是清淡和多样化。要纠正不良的饮食习惯和嗜好。可以吃一些易消化、干的食物,如烧饼、烤面包干、蛋糕、馒头、饼干等可以减轻恶心呕吐的食品。对于呕吐严重有脱水的孕妇,要多食水分丰富的蔬菜水果来补充水分,同时补充B族维生素、维生素C和钙、钾等。孕妇应忌酒、忌烟,不饮浓茶、咖啡等刺激性饮料。

第四章 孕早期

孕早期四季食谱

春季

【早餐】稀饭（粳米50克），蛋糕50克，酱蛋（鸡蛋）50克。

【加餐】草莓50克。

【午餐】米饭（粳米）50克，炒青菜150克，青椒肉片（青椒100克，猪肉50克）。

【加餐】牛奶220毫升，面包50克。

【晚餐】米饭（粳米）50克，香干马兰（香豆腐干25克，马兰100克），糖醋小排（猪小排100克）。

每天烹调用油20毫升，食糖10克，食盐及调味品适量。

夏季

【早餐】豆浆鸡蛋（豆浆220毫升，鸡蛋50克），烧饼50克。

【加餐】西瓜150克。

【午餐】米饭（粳米50克），糖醋黄瓜（黄瓜150克），面筋塞肉（面筋25克，猪肉50克），虾皮紫菜汤（虾皮10克，紫菜10克）。

【加餐】梳打饼干50克，绿豆汤（绿豆20克）。

【晚餐】米饭（粳米50克），炒青菜（青菜150克），清蒸鳊鱼（鳊鱼100克）。每天烹调用油20毫升，食糖10克，食盐及调味品适量。

秋季

【早餐】红肠面包（面包50克，红肠25克），牛奶220毫升。

【加餐】苹果100克。

【午餐】米饭（粳米50克），炒鸡块（鸡块100克，青椒100克，茭白50克），番茄豆腐汤（番茄50克，豆腐100克）。

【加餐】甜饼干50克。

【晚餐】米饭（粳米50克），花菜炒肉片（花菜100克，猪肉50克）。

每天烹调用油20毫升，食糖10克，食盐及调味品适量。

冬季

【早餐】稀饭(粳米 50 克),甜馒头 50 克,酱黄豆 10 克。

【加餐】橘子 100 克。

【午餐】米饭(粳米 100 克),五香牛肉(牛肉 100 克),炒塌菜(塌菜 100 克)。

【加餐】年糕汤(年糕 50 克,猪肉丝 25 克,青菜 50 克)。

【晚餐】米饭(粳米 100 克),炒菠菜(菠菜 100 克),慈菇烧肉(慈菇 100 克,猪肉 50 克)。

每天烹调用油 20 毫升,白糖 10 克,食盐及调味品适量。

按以上食谱营养素摄入量为:蛋白质 70～75 克,脂肪 50～100 克,糖类 250～350 克,钙 >800 毫克,铁 >25 毫克,锌 >15 毫克,视黄醇当量 >800 微克,维生素 B_1 >1.5 毫克,维生素 B_2 >1.5 毫克,能量 8372 千焦耳(2000 千卡)左右。

第 1 个月(妊娠 0～3 周)

1. 第 1 个月的备忘录

·禁止强行节食或偏食,注意均衡饮食。

·有妊娠可能又需服药时,要与大夫商量。

·戒掉烟酒、咖啡等对身体有害的嗜好。

·注意不被小猫和小狗等宠物携带的病菌感染。

·从妊娠 3 周开始有轻微的初孕反应。

2. 胎儿的发育

0.2 毫米左右大的受精卵,在受精后 7～11 日着床,然后渐渐地长大。

3 周左右的胎芽,其大小刚能用肉眼看到,长度为 5 毫米至 1 厘米,重量不足 1 克。从外表上看身体是二等分,头部非常大,占身长的一半。头部直接连着躯体,有长长的尾巴。其形状很像小海马,这时还看不出和其他动物的胎芽有什么区别。胳膊腿大体上有了,但因为太小还看不清

楚。表面被绒毛组织（细毛样突起组织）覆盖着。这个组织不久将形成胎盘。

脑、脊髓等神经系统，血液等循环器官的原理，几乎都已出现。心脏从第二周末开始形成，从第三周左右开始搏动，而且肝脏也从这个时期开始明显发育。

眼睛和鼻子的原型还未形成，但嘴和下巴的原型已经能看到。与母体相连的脐带，从这个时期开始发育。

3. 母体的变化

·子宫如鸡蛋般大。

·月经不来。

·基础体温持续高温。

·乳头的颜色变深、变黑，有些孕妇的乳头变得比较敏感。

·容易觉得疲倦。

·饮食习惯可能改变。

4. 注意事项

·自觉可能怀孕时，就要避免服用药物与接受强光照射。

·注射疫苗要小心，不可注射麻疹疫苗。

·有传染性疾病，如淋病、梅毒、衣原体、尖锐湿疣，最好先治疗好再怀孕。

·怀孕前要接受子宫颈防癌抹片检查，确认没有子宫颈癌症。

·利用血液或尿液检查可早期判断出怀孕（目前市面上较敏感的验孕试剂可在月经尚未过期前即验出怀孕）。

5. 早孕反应的饮食调节

（1）少吃多餐

为减少呕吐反应，三餐切勿多食，以免引起胃部不适或恶心呕吐；加餐，即准备少量、多品种的食品，如苏打饼干、咸味面包、口味清淡的点心、奶制品、瓜子等，感觉胃部不适时，立即吃下可缓解。

（2）注意调味，促进食欲

孕妇可随意选用山楂、糖葫芦、酸梅、杏、柑橘、咸菜、牛肉干、陈皮梅、冰淇淋、冰棍、酸奶、凉拌粉皮、凉拌西红柿、黄瓜等,以增进食欲。多吃蔬菜等还可以起到通便作用。

（3）不要因吐废食

不要怕引起早孕反应而拒食。即便是吐了,仍要再吃,只要有一部分食物留在胃里,就可供消化、吸收。

（4）增加体液,以免脱水

频繁呕吐者应选择稀粥、藕粉、酸梅汤、西瓜汁、山枣汁、椰子汁及多汁的水果,这样既增加水分、营养,又调解了口味。

6. 防治孕妇心烦意乱的食单

孕妇在妊娠期间,由于火热乘心,热邪扰心,则神明不宁,从而出现烦闷不安、郁郁不乐或烦躁易怒等现象。饮食的防治方法如下。

（1）地黄枣仁粥:生地30克,酸枣仁30克,粳米100克。枣仁研细,水煎取汁100毫升;生地水煎取汁100毫升。粳米洗净,煮成粥加入药汁,再煮沸。早晚温服。

（2）黄连阿胶鸡子黄汤:黄连5克,生白芍、阿胶各10克,鲜鸡蛋2个。前两味加水先煎取汁,以30毫升沸水烊化阿胶,合并两汁,打入蛋黄,搅匀,煮沸,每晚睡前顿服。

（3）海橘饼:胖大海500克,广柑500克,白糖100克,甘草50克。先将胖大海、甘草加水炖成茶;再将广柑去皮核,放小锅中,加白糖50克,腌渍一日,至广柑肉浸透糖,加清水适量,文火熬至汁稠,停火;又将每瓣广柑肉压成饼,加白糖50克,搅匀倒盘,通风阴干,装瓶。每服5~8瓣,用已做好的胖大海甘草茶冲下,每日3次。

7. 营养食单

清蒸河鲫鱼

【主料】新鲜鲫鱼1条,重500克以上。

【制法】将鱼去鳞、肠、肚,放置菜盘中,放入笼中蒸15~20分钟,取出后稍凉即可食用。

【特点】少用油盐调料。妊娠呕吐者会愈吃愈香,对治疗妊娠呕吐有良好效果。

第四章 孕早期

花生蹄花汤

【主料】花生仁 200 克,猪蹄 1000 克。

【调料】老姜 30 克,盐 25 克,葱 10 克,胡椒粉 0.15 克,味精 0.1 克。

【制法】将猪蹄去毛、燎焦皮、浸泡后刮洗干净;把火锅置于旺火上,加入清水 2.5 千克,下猪蹄,烧沸后捞尽浮沫,放入花生仁、生姜。猪蹄半熟时,将锅移至小火上,加盐继续煨炖。待猪蹄炖烂后,起锅盛入汤罐中,撒上胡椒粉、味精、葱花即可。

【特点】汤白、肉烂,富于营养。

番茄烧豆腐

【主料】番茄 250 克,豆腐两块。

【调料】油 75 毫升,糖(最好是白糖)少许,酱油少许。

【制法】此菜有两种做法:

第一种,先用开水把番茄烫一下,去皮,切成厚片。把豆腐切成 3 厘米左右的长方块。锅上火,油热,放番茄片小炒片刻,随即把切好的豆腐放入,加酱油、白糖滚几滚,待豆腐炒透即好。

第二种,在炒完番茄片后,加适量清水,煮开。放入豆腐块和糖、酱油适量,加少许盐,煮透。放入少许绿色蔬菜,即可装盘。此菜红、白、绿相间,色美而鲜。番茄含有大量的维生素 C,对于骨、齿、血管、肌肉组织的生长发育极为重要,并能刺激食欲,增加对疾病的抵抗能力。豆腐的营养价值也十分高。

【特点】番茄酸甜可口,营养丰富,豆腐含有丰富的植物蛋白,两者搭配,具有健脾开胃,生津止渴之功效,可用于治疗食欲不振、热病、伤暑、口渴等症。

白奶汁汤

【主料】白菜心 500 克,鸡汤(肉汤也可)150 毫升,牛奶 50 毫升。

【调料】精盐 5 克,味精 0.5 克,湿淀粉少许,食油、鸡油各少许。

【制法】白菜去筋洗净,切成 4.5 厘米长,1.5 厘米宽的条,放入水中煮熟捞出,挤去水分。另锅置火上,放入食油烧热,倒入汤,再加入味精、精盐、白菜,继续煮 1~2 分钟,放入牛奶,开锅后,勾入淀粉,淋上鸡油,盛入盘中即可。

【特点】色泽乳白,奶味浓郁,使人食欲顿开。

萝卜炖羊肉

【主料】羊肉500克,萝卜300克,生姜少许。

【调料】香菜、食盐、胡椒,醋适量即可。食用时,加入少量食醋,味道更佳。

【制法】将羊肉洗净,切成3厘米见方的小块;香菜洗净,切断。将羊肉、生姜、食盐放入锅内,加入适量的水,置武火烧开后,改用文火煮熬1小时,再放入萝卜块煮熟。放入香菜、胡椒。

【特点】适用于消化不良等症,且味美,可增加食欲。

豆腐馅饼

【主料】豆腐250克,面粉250克。

【辅料】白菜1000克,肉末100克,虾米25克,麻油25毫升。

【调料】笋、姜、葱、味精、精盐少许。

【制法】豆腐切碎;白菜切碎用开水氽一下,挤出水分。加入调料与之调成馅。面粉250克,加水10毫升,调成面团,将其分成10等份,每一等份擀成小汤碗大小的皮子;菜分成5份;2张面皮中间放一团馅,再用小汤碗一扣,去掉边沿,即成一个很圆的豆馅饼,共做5个。将烧锅煮热精制油25毫升,将馅饼煎成两面金黄即可。

【特点】含有极易消化吸收的蛋白质,丰富的钙和其他矿物质及维生素。

砂仁鲫鱼汤

【主料】砂仁3克,鲜鲫鱼一条约250克。

【制法】将鲫鱼去鳞、鳃,剖去内脏,洗净。将砂仁放入鱼腹中,投入锅内(砂锅最好),加水适量,用文火烧开。锅内汤烧开后,放入生姜、葱、食盐,即成。

【特点】醒脾开胃,利浊止呕,适用于恶心呕吐、不思饮食或病后食欲不振者。

第2个月(妊娠4~7周)

1. 第2个月的备忘录

· 与丈夫一起谈谈妊娠期间的生活方式和胎教方法。

· 这是易流产的特殊时期,不能过分操劳,要充分休息。

· 如果有流血或小腹疼痛的症状,应及时去医院诊断治疗。

· 这是胎儿各器官形成的重要时期。孕妇需服药时,一定要遵医嘱。

· 记好孕期日记。

2. 胎儿的发育

妊娠7周左右,胎牙的身长是2~3厘米,重量是4克左右。长长的尾巴逐渐缩短,头和躯干也能区别清楚了,大体上像个人形了。手、脚已分明,甚至5个手指及脚趾都有了,连指头长指甲的部分也能看得出来。眼睛、耳朵、嘴也大致出现了,已经像人的脸了。但是,眼睛还分别长在两个侧面。骨头还处于软骨状态,有弹性。胃、肠、心脏、肝脏等内脏已初具规模,特别是肝脏在明显地发育。神经管鼓起,大脑急速发育。

从外表上还分不出性别,但内外生殖器官的原基已经能被辨认。在羊膜腔里积有羊水,胎儿好像漂浮在里面。

母体和胎儿的联系已很紧密。在子宫内的底蜕膜内绒毛不断地繁殖,开始准备制造胎盘,而且将成为脐带的组织出现了。

3. 母体的变化

· 子宫像鹅蛋般大。

· 基础体温持续高温。

· 乳房变大,乳头、乳晕的颜色变深而且变得敏感。

· 膀胱被子宫压迫,小便次数增加。

· 乳白色、无臭味的阴道分泌物增加。

· 开始害喜,可能出现下列现象:①身体容易疲倦;②胃部有灼热感、闷胀,容易感到恶心,食不下咽;③唾液分泌增加,对食物的味道特别敏感;④对食物的喜好有明显的改变;⑤头晕目眩;⑥也有人完全没有上列的现象。

·绒毛大量繁殖,子宫内膜增厚,分泌大量荷尔蒙。

4. 注意事项

·可以用超声波扫描来确定胚胎着床的位置、胚胎的发育大小、是否正常以及胚胎是否存活。

·在预定月经该来的日子,有时会流出少量经血,称为"怀孕性的月经"。

·如果出血延续数天或出血合并有下腹疼痛时,应接受医师检查(可能是流产、子宫外孕或葡萄胎的现象)。

·怀孕最初的 3 个月是最容易流产的月份,应特别注意:①不可从事粗重或下腹部太用力的工作;②保持身心愉快,不可做太耗费精神的工作;③避免过度及长时间的焦虑、紧张或悲伤;④避免长时间维持相同的姿势;⑤预防跌倒、撞击;⑥爬楼梯要小心;⑦避免下腹及腰部受凉;⑧减少工作时间,增加休息时间;⑨可做适当的运动。以上事项在整个怀孕期间都应该注意。

·避免照射 X 光,尽量不要服用药物及注射活菌制成的疫苗。

·避免发烧。如果体温上升(超过 38.5℃ 以上),应立即退烧,以免胚胎受伤。

·高温对胎儿有害,因此不要洗太热的热水澡或浸泡太烫的温泉。

·即使害喜而食不下咽也不需担心,胎儿的发育不会受影响。

·害喜时可食用苏打饼干,少食多餐,若太严重可请医师开处方或住院治疗。

·小便次数频繁,只要确定膀胱没有发炎,可以不必在意。

5. 营养食单

雪里红烧豆腐

【主料】水豆腐 300 克。

【辅料】雪里红适量。

【调料】豆油 30 毫升,酱油 100 毫升,白糖 5 克,味精 2 克,鲜汤 250 毫升,淀粉 20 克,葱花、香油各少许。

孕育聪明小宝贝

【制法】豆腐切成小长方条,摆在盘中。雪里红洗净后用热水烫一下,用刀切成碎末。将切好的豆腐上屉蒸5~10分钟取出,去净水分。炒勺加底油,油热时投入葱花炝锅,然后把雪里红炒片刻,添鲜汤,加酱油、白糖,再把豆腐从盘中轻轻推入勺中,待汤沸后,用文火再煨烧一会儿,加味精,调好口味,用淀粉勾芡,点香油即可食用。出勺时要轻轻装,以保持豆腐条形状整齐。

【特点】软滑鲜嫩,清淡爽口,滋味甚美。

豆腐皮粥

【主料】豆腐皮2张,粳米10克。

【调料】冰糖150克,清水1000毫升。

【制法】豆腐皮用水洗净,切成小丁块。粳米淘洗干净,下锅,加清水,上火烧开加入豆腐皮,冰糖,慢慢用文火煮成粥。

【特点】肺热咳嗽,妊娠热咳。

咖喱牛肉土豆丝

【主料】牛肉500克,土豆150克。

【调料】咖喱粉5克,食油10毫升,料酒少许,盐5克,葱、姜各1克。

【制法】将牛肉自横断面切成丝,将面粉、料酒调汁浸泡牛肉丝。土豆洗净去皮,切成丝。将油热好,先干炒葱、姜,随即将牛肉丝下锅干炒后,放入土豆丝,再加入盐及咖喱粉,用旺火炒几下即成。

【特点】富含铁、维生素 B_2、烟酸等,适合孕妇食用。

软烧仔鸡

【主料】仔公鸡2只(2000克左右)。

【辅料】猪肉150克(肥3瘦7),生菜叶数片。

【调料】葱、姜、盐、料酒、桂皮、八角、花椒、酱油、香油、花生油、白糖、普通汤水、味精。

【制法】鸡由腋下开膛,从下腿关节处剁去足爪,斩下头脖,翅扭向背上,猪肉切成丝,生菜叶洗净,葱、姜成片。水煮开,用钩钩住鸡的脖根骨,在开水内涮几下,取出擦去水分,趁热用料酒加少许盐在鸡身上抹遍,挂于通风之处,晒干皮面。在晾鸡的同时,烧热锅,放入花生油50毫升,油热时下入肉丝、姜、葱干炒,待肉丝断生时,加酱油、料酒、盐、桂皮、八角、花椒、白糖、味精、汤(以能灌 2 只鸡腹的一半为度),开后倒入容器内晾凉。用一节高粱秆堵住鸡的肛门,由腋下开膛处灌入炒好的肉丝和汤汁,挂入烤炉内烤热,刷上香油。烧菜时,在鸡的两大腿间部顺拉一刀,将汁和肉丝流入碗内,剔下腿(连骨)、脯(去骨),剁成块,摆入盘内(脯在上)。围上生菜时,浇上汁(肉丝不用)即可。

【特点】色泽红亮,质地嫩香。

泡菜炒肉末

【主料】净猪肉 100 克(肥 30%,瘦 70%),四川泡菜 200 克。

【调料】花生油 50 毫升,精盐 2 克,味精 1 克,白糖 3 克,料酒 3 毫升,花椒 10 粒。

【制法】将猪肉切碎剁末,泡菜剁成末(轻轻挤去水分)。炒锅上火,放花生油烧热,下花椒炸煳捞出去掉,放肉末,用手勺推动煸炒,待肉末水分炒干时,加入精盐、白糖、料酒、味精、泡菜,翻炒均匀即成。

【特点】鲜嫩略酸,美味适口,含丰富的蛋白质、脂肪及钙、磷、铁等。泡菜清脆爽口,适宜于怀孕早期的孕妇食用。

鸡脯扒小白菜

【主料】小白菜 1000 克,熟鸡脯半个。

【调料】花生油 50 毫升,精盐 4 克,味精 2 克,料酒 10 毫升,牛奶 50 毫升,水淀粉 15 克,葱花 5 克,鸡汤适量。

【制法】将小白菜去根,洗净,每棵劈成 4 瓣,切成 10 厘米长的段(注意让菜心相连,不能散乱),用开水焯透,捞出用凉水过凉,理齐放入盘内,沥去水分。炒锅上火,放入花生油烧热,下葱花炝锅,烹料酒,加入鸡汤和精盐,放入鸡脯和小白菜(顺着放),用旺火烧开,加入味精、牛奶,用水淀粉勾芡,滑入盘内即成。

【特点】鲜嫩爽口,含有丰富的蛋白质、钙、磷、铁、胡萝卜素等,有利于胎儿生长发育。

炝虾子菠菜

【主料】菠菜 500 克,水发虾子 5 克。

【调料】花生油 10 毫升,香油 3 毫升,精盐 4 克,味精 1 克,花椒少许。

【制法】将菠菜择洗干净,切成 6 厘米长的段。炒锅上火,放入花生油使其烧至七成热,下花椒炸香后捞出,再把发好的虾子放入油锅中氽一下备用。将菠菜放入沸水锅内略焯,把菠菜放入凉开水后捞出,挤干水分,放入盘内,加入精盐、味精、香油和炸好的虾子花椒油,拌匀即成。

【特点】色泽翠绿,鲜香利口。菠菜富含维生素有补血、助消化、通便的功效。食用时应注意现洗现吃,避免维生素流失;食用前用开水焯一下,去掉涩味并除掉大部分草酸,减少草酸对人体吸收钙的影响。

韭菜炒虾丝

【主料】鲜大虾肉 300 克,嫩韭菜 150 克。

【调料】花生油 60 毫升,香油 15 毫升,酱油 5 毫升,精盐 3 克,味精 1 克,料酒 5 毫升,葱 20 克,姜 10 克,高汤 30 毫升。

【制法】虾肉洗净,沥干水分,从脊背片开(不要片断),抽去虾筋,将虾肉摊开切成细丝。将韭菜洗净,沥干水分,切成 2 厘米长的段。葱、姜洗净切丝。炒锅上火,放花生油烧热,下葱、姜丝炝锅,炸出香味后放入虾丝煸炒 2~3 秒钟,烹料酒,加酱油、精盐、高汤稍炒,放入韭菜,急火炒4~5秒钟,淋入香油,加味精炒匀,盛入盘内即成。

【特点】色泽美观,鲜嫩清香,含有丰富的胡萝卜素、维生素及钙、磷、铁等多种营养素。中医学认为韭菜味辛,性温,有温中行气,散血解毒的功效。

第 3 个月(妊娠 8~11 周)

1. 第 3 个月的备忘录

·初孕反应严重时,不要考虑营养,想吃什么就吃什么。

·养成有规律的进食与排便习惯,多吃纤维质丰富的蔬菜,以防便秘。

·随着胎儿的发育会伴有腰痛。站立时要注意保持身体平稳,重心均衡,以免摔倒。穿高跟鞋时注意跟要宽,跟高不要超过 3cm。

·行动要沉稳,不要急躁,处理事情要留有充分的时间和空间余地。

·外出归来时一定要先洗好手脚,注意保持清洁卫生。

2. 胎儿的发育

从第 8 周开始,称为胎儿。胎儿的身长为 7～9 厘米,体重约 20 克,和 4～7 周时相比,猛然增长了 3.4 倍以上,尾巴完全消失,躯干和腿都长大了,头还是明显的大。下颌和脸颊发达,更重要的是已长出鼻子、嘴唇四周、牙根和声带等,和以前比,更像人形了。眼睛上已长出眼皮。

因皮肤还是透明的,所以可以从外部看到皮下血管和内脏等。心脏、肝脏、胃、肠等更加发达,肾脏也渐发达,已有了输尿管。为此,胎儿可进行微量排泄了。骨头开始逐渐变硬(骨化),长出指甲,还有眉毛、头发也长出来。

这时,从外表可以清楚地区分性别了。内生殖器分泌机能也活跃起来。脐带也渐长了,胎儿可以在羊水中自由转动。

3. 母体的变化

·子宫像拳头般大小。

·体温持续高温。

·害喜现象持续,到本月末可望改善。

·乳房胀大。

·腹部有胀大的感觉,但外观仍不见凸出。

·除了膀胱受压迫、小便次数频繁外,直肠也受到压迫,可能发生便秘或出现大便松软的现象。

4. 注意事项

·超声波扫描可见到胎儿的形体及胎动。

·避免服用药物、照射 X 光及注射活菌制成的疫苗。

·避免激烈运动、过度劳累及长途旅行,以免流产。

·避免太激烈的性行为。

·阴道分泌物增加,容易感染白色念珠菌,应尽可能保持身体清洁及阴部的干燥。

·避免浸泡太热的水。

·定期接受产前检查。产前检查项目包括验血、确定血型、是否贫血

（包括地中海型贫血）、是否有梅毒等。

5. 营养食单

珊瑚萝卜卷

【主料】白萝卜500克，胡萝卜100克。

【调料】白糖100克，白醋50毫升，精盐6克，葱、姜各5克，蒜3瓣。

【制法】将白萝卜洗净去皮，切成薄片。将胡萝卜洗净，去皮、去黄心，切成细丝，放入淡盐水中浸泡，半小时后取出，用凉开水浸透，捞出挤干水分。将葱、姜切丝，蒜瓣剁成泥，一起放入盘内，加入白糖、白醋，兑成糖醋汁。将白萝卜片、胡萝卜丝放入糖醋汁中浸渍4小时，使之入味。然后将白萝卜片逐片摊开，用胡萝卜丝做馅，裹成卷，斜切成马耳朵形，装入盘内即成。

【特点】色泽素雅，红白相间，甜酸脆爽，含有多种营养素。萝卜还含有能提高人体巨嗜细胞活力和增强机体抵抗力的木质素。中医认为萝卜有消食、顺气、化痰、止喘、解毒、利尿等多种功效。

炒胡萝卜酱

【主料】胡萝卜150克，豆腐干3块，虾米15克，青豆25克，水发香菇100克。

【调料】植物油50毫升，香油5毫升，甜面酱100克，酱油7毫升，白糖10克，淀粉、料酒各5毫升，生姜2片。

【制法】胡萝卜洗净，与豆腐干一起分别切成小方丁，虾米用料酒、沸水泡发。香菇切丁，姜切末。炒锅上火，放入植物油烧热，下胡萝卜、豆腐干丁炸透，呈黄色时捞出，继续下青豆滑炒后起锅。用锅内留下的余油，下甜面酱、姜末及水100毫升，炒至均匀，放入虾米，翻炒至上色，下胡萝卜、豆腐干、青豆，水发香菇，加酱油、白糖调味，再炒至酱汁入味，用水淀粉勾芡，淋入香油即可。

【特点】色泽美观，鲜香不腻，含有丰富的胡萝卜素、蛋白质、糖类、钙、磷、铁、维生素和纤维素。因此，常吃胡萝卜既能防治维生素缺乏症，还能刺激胃肠蠕动，有助于食物消化。

甜椒牛肉丝

【主料】牛肉、甜椒各 200 克,蒜苗段 15 克。

【调料】植物油 100 毫升,酱油 15 毫升,甜面酱 5 克,精盐 4 克,味精 1 克,嫩姜 25 克,淀粉 20 克,鲜汤适量。

【制法】牛肉去筋洗净,切成 0.3 厘米粗的丝,加入精盐、淀粉拌匀。将甜椒、嫩姜分别切成细丝。取碗 1 只,放入酱油、味精、鲜汤、淀粉,调成芡汁。炒锅上火,放入植物油,烧至六成热,放入甜椒丝炒至断生,盛入盘内。炒锅置火上,放入植物油少许,烧至七成热,下牛肉丝炒散,放甜面酱炒至断生,再放入甜椒丝、姜丝炒出香味,烹入芡汁,最后加入蒜苗段,翻炒均匀即成。

【特点】色泽美观,牛肉细嫩,香鲜微辣,甜椒含丰富维生素及辣椒素,辣椒素能健胃、发汗,促进消化液分泌,增强肠胃蠕动,帮助消化,孕妇常食,对防止便秘很有益处。

南瓜蒸肉

【主料】老南瓜 1 个,带皮猪肉 500 克。

【辅料】酱豆腐汤 15 毫升。

【调料】酱油 40 毫升,红糖、米酒各 15 克,净葱、花椒各 10 克,净姜 5 克,粳米 100 克,高汤 25 毫升。

【制法】将南瓜带蒂从把的周围划入四方形刀缝,取把作盖,挖净瓤。猪肉刮洗干净,切成 0.3 厘米厚、5 厘米长的片。将粳米、花椒混合,入锅炒黄,磨成粗粉。葱、生姜切成末。猪肉片用葱、姜、酱豆腐汤、酱油、红糖、米酒和高汤拌匀,加入米粉再拌匀,装入南瓜内,盖上盖,放在盘内,装上蒸笼蒸烂取出即成。

【特点】肉烂瓜甜,鲜香可口,富含多种营养素。南瓜性味甘、寒,药用价值较高,具有定喘、明目、消炎、止痛的作用。

土豆烧牛肉

【主料】牛腩脯肉 750 克,土豆 300 克。

【调料】酱油 75 毫升,精盐 8 克,白糖、葱段、姜片各 10 克,茴香、花椒各 5 克,植物油 500 毫升。

【制法】将牛肉洗净,切成3厘米见方的块,放入开水锅内氽透捞出,同花椒、茴香放在一起。将土豆洗净,去皮后切成滚刀块,放入八成热的油内,炸成金黄色后捞出沥油。锅内留底油50毫升,下牛肉、花椒、茴香、葱段、姜片煸炒出味,加酱油、白糖、精盐和水1000毫升,汤烧沸时撇去浮末,用文火炖约90分钟,最后下土豆再炖几分钟,待汁浓菜烂,把牛肉和土豆盛入盘内即成。

【特点】汁浓菜烂,香美可口并含有丰富的蛋白质、脂肪、糖类、矿物质和维生素等多种营养素。土豆还含有大量的钾,是"高钾蔬菜"。

肉片烧海参

【主料】水发海参200克,猪里脊肉75克,水发冬菇、冬笋各25克,火腿肉20克。

【辅料】半个鸡蛋的蛋清,水淀粉25克,高汤130毫升。

【调料】葱油30毫升,酱油25毫升,精盐1克,白糖3克,花生油400毫升,料酒、味精各适量。

【制法】先将海参择洗干净,竖着用刀片切成长坡刀条状。猪里脊肉切薄片。水发冬菇去蒂用刀一片两半。冬菇、火腿切片。葱、姜洗净后切末。将水发海参放入沸水锅内氽一下,捞出沥净水分。肉片放入碗内,加鸡蛋清及适量水淀粉拌匀上浆。炒锅放在火上,放入花生油,把油烧至四至五成热,下肉片滑开,待七至八成熟,倒入漏勺沥油。炒锅内留油20克烧热,下葱、姜末炝锅,加入适量高汤(或水)、酱油、料酒,加入肉片、精盐后再稍炒一下,用水淀粉勾芡,加入味精,再把肉片盛入盘内。将炒锅放置火上,放入花生油,把葱、姜末放入炝锅,放入海参、酱油后略炒,倒入高汤,加料酒、白糖、冬菇、笋片、火腿,开锅烧一会儿,撇去浮沫,调好口味,用水淀粉勾芡,加入味精、葱油后把它们搅匀,盛盖在盘中的肉片上即可。

【特点】色泽金红,味道鲜美。海参是高蛋白、低脂肪食品,每100克海参中含蛋白质61.1克,而脂肪只含0.9克,它的矿物质含量也很高,将其制作成滋补食品,有很好的滋补作用。

第五章　孕中期

孕中期的合理营养

到怀孕中期,孕妇已克服早期的"害喜"现象,而渐渐地有了食欲,开始胃口大开。此时母体除维持自身日常所需的营养物质外,还必须满足胎儿对营养物质的需求。但是,妊娠中期的饮食不能只是量的增加,还要注意某些营养素的重点补充。所以,在食物的摄取上应注意以下的营养需求原则。

1. 增加能量

增加热量摄入有利于胎儿的生长发育和母体的生理代谢。由于多数妇女怀孕后劳动强度降低,因此,能量增加就可以因人而异,同时,还应根据孕妇体重的增长情况,调整热量供给。孕妇体重的增加一般应控制在每周 0.3~0.5 千克。

2. 增加蛋白质

孕中期要增加蛋白质的摄入量,因为胎儿身体的成长和孕妇的子宫、胎盘、乳房等器官的发育,以及分娩时的大量失血,都需要消耗蛋白质。此外,孕妇体内还要储存一定量的蛋白质,以备产后哺乳的需要。

这里要特别指出的是,妊娠中期的胎儿脑细胞分化发育仍处于第一个高峰期,缺乏蛋白质可导致脑细胞的永久性减少,使胎儿生下后智力不佳,这是以后无法弥补的问题。

世界卫生组织建议每日增加优质蛋白质 9 克,相当于牛乳 300 毫升,或鸡蛋 2 个,或瘦肉 50 克。如以植物食品为主,则每日应增加蛋白质 15 克(相当于干黄豆 40 克,或豆腐 200 克,或豆腐干 75 克,或主食 200 克)。中国建议的标准为每日增加蛋白质 15 克,其中动物蛋白质以占总蛋白质量的 1/2 为宜。

3. 注意矿物质和维生素的摄取

妊娠中期对矿物质中的铁、钙、磷的摄入是至关重要的。怀孕中期，孕妇易发生生理性贫血现象，而且胎儿的骨骼和牙齿的发育都需要大量的钙、磷和维生素 D，孕妇每天需要从膳食中得到 1.5 克的钙和 2 克的磷，才能满足母体和胎儿的需要。孕期补碘对胎儿的身体和智力发育都具有重要意义，另外锌、镁等也能促进胎儿的生长发育和适应母体的需要，孕妇应适量食用含锌、镁丰富的食物。

同时，妊娠中期，孕妇对各种维生素的需求量增加，特别是维生素 A，它有促进胎儿生长发育的作用，并能增强母体抵抗感染疾病的能力。孕妇每日需要胡萝卜 6 毫克，比平时多 20% ~60%。

4. 保证适量的脂肪供给

除了上述几种营养物质外，还有脂肪的摄入也是必不可少的，而脂肪恰恰又是某些"唯美主义"者和挑食者最讨厌的物质。但是，脂肪是提供能量的重要物质。妊娠中期，脂肪开始在孕妇的腹壁、背部、大腿及乳房等部位存积，为分娩和产后哺乳作必要的能量储备。怀孕 24 周时，胎儿也开始储备脂肪。脂肪还是构成脑和神经组织的重要成分，若缺乏必需的脂肪酸，会推迟脑细胞的分裂增殖。脂肪的摄入量以占全部热能的 25% ~30% 为宜。植物油和动物油都含有丰富的脂肪，而植物油所含的必需脂肪酸比动物油更为丰富，但二者一起食用时要有适当比例。动物性食品，如肉类、奶类、蛋类已含有较多的动物性脂肪，因而平时进食肉类就已足够，不必再额外摄取动物油，烹调菜肴时，只用植物油就够了，应尽可能避免过多食用猪油、羊油和鸡油。

孕中期科学的膳食调配

孕中期每天的膳食应包括：主食（米面、杂粮）350 ~400 克，大豆及豆制品 50 克，肉、蛋、禽、鱼和动物内脏 150 ~ 200 克，蔬菜（以绿叶蔬菜为主）500 克，水果 100 ~200 克，牛奶 220 毫升，植物油 25 毫升。

妊娠中期的膳食要求食物品种多样化，为了保证能提供足够的热能，除了增加主食,如粳米、面粉的摄入量外,还应搭配一些小米、玉米、燕麦片等杂粮,这是因为杂粮中含有更为丰富的氨基酸和B族维生素;还应多摄入富含优质蛋白质的肉鱼蛋等动物性食品;动物内脏(尤其是肝脏)能提供铁、锌、维生素A、维生素B$_2$、维生素B$_{12}$、叶酸等,最好每周能进食2~3次,每天都应摄入牛奶、虾皮、豆制品和绿叶蔬菜,以得到更多的钙,这就可以预防孕妇发生小腿抽搐、多汗等缺钙症状;增加豆油、花生油等植物油的摄入,以提供必需脂肪酸。另外,孕中期还应选择花生、核桃、葵花子、芝麻等含油脂较高的硬果类食物。由于热能和营养素供给量的增加,每天进食总量也随之增加。但是由于妊娠进展和子宫的增大,子宫进入腹腔可能挤压胃部,出现饭后胃部有饱胀感的孕妇可以通过增加餐次,分4~5次进食,减少每餐进食量来解决。

孕中期四季食谱

春季

【早餐】稀饭(粳米50克)、生煎馒头(50克)。

【加餐】牛奶麦片粥(牛奶220毫升,麦片50克)。

【午餐】米饭(粳米150克),炒草头(草头100克),红烧猪肉(猪肉50克),虾米豆腐汤(豆腐50克,虾米10克)。

【加餐】苹果50克。

【晚餐】米饭(粳米150克),荠菜肉末(荠菜100克,猪肉末25克),鲫鱼汤(鲫鱼100克),水果(桃子100克)。

每天烹调用油25毫升,食糖20克,食盐及调味品适量。

夏季

【早餐】冷面(切面100克,花生酱25克,绿豆芽50克)。

【加餐】酸牛奶220毫升。

【午餐】米饭(粳米150克),荷包蛋(鸡蛋50克),炒苋菜(苋菜150克),土豆炒肉片(土豆100克,猪肉100克)。

【加餐】绿豆汤(绿豆10克)。

【晚餐】米饭(粳米 100 克),番茄炒猪肝(番茄 100 克,猪肝 100 克),炒蕹菜(蕹菜 150 克),水果(西瓜)500 克。

每天烹调用油 25 毫升,食糖 20 克,食盐及调味品适量。

秋季

【早餐】豆浆 220 毫升,大饼 50 克。

【加餐】香蕉 100 克,梳打饼干 25 克。

【午餐】米饭(粳米 150 克),五香牛肉(牛肉 100 克),炒青菜(青菜 150 克),番茄蛋汤(番茄 50 克,鸡蛋 50 克)。

【加餐】鲜肉月饼 50 克。

【晚餐】米饭(粳米 100 克),蘑菇炒青菜(蘑菇 50 克,青菜 150 克),熏青鱼(青鱼 100 克),水果(葡萄 100 克)每天烹调用油 25 毫升,食糖 20 克,食盐及调味品适量。

冬季

【早餐】豆浆鸡蛋(豆浆 220 毫升,鸡蛋 50 克)、糙饭(元米 100 克)。

【加餐】油条 25 克。

【午餐】米饭(粳米 150 克),火锅(羊肉 100 克,菠菜 150 克,粉丝 50 克)。

【加餐】烤红薯 200 克。

【晚餐】米饭(粳米 100 克),小排海带汤(小排 100 克,海带 25 克),炒卷心菜(卷心菜 150 克),酱鸭(鸭 150 克),水果(橘子 100 克)。

每天烹调用油 25 毫升,食糖 20 克,食盐及调味品适量。

按以上食谱,每天营养素摄入量为:蛋白质 85～95 克,脂肪 50～100 克,糖类 350～450 克,钙 900 毫克左右,铁 >30 毫克,锌 >20 毫克,视黄醇当量 >100 微克,维生素 B_1 1.5～2.0 毫克,核黄素 1.5～2.0 毫克,维生素 C 100～140 毫克,能量 9628～10465 千焦(2300～2500 千卡)。

第 4 个月(妊娠 12～15 周)

1. 第 4 个月的备忘录

·请在本月尽量医治虫牙等口腔疾病。接受治疗时,一定要向大夫说明自己是孕妇。

- ·保持均衡的饮食结构,下工夫管理好体重。
- ·自妊娠 15 周起开始锻炼肌肉,如做分娩体操等。这有助于自然分娩。
- ·这一时期,基础体温从高温期向低温期转变。
- ·进入了稳定期,所以不要惧怕出门或旅行。
- ·后背和腰部容易酸痛,注意保持正确的姿势。
- ·分泌物和汗水增多,应经常冲澡,保持清洁卫生。

2. 胎儿的发育

到 15 周末,胎儿的身长约有 16 厘米,体重约有 120 克。

胎儿皮肤在颜色加红的同时,也加厚了,有利于保护胎儿的头部。脸上长出叫做毫毛的细毛。此外,胎儿的胳膊、腿能稍微活动了。这是因为骨头和肌肉发达、长结实了的缘故。不过,母体还感觉不到胎儿的活动。

心脏的搏动也更加活跃,内脏几乎已形成。还有胎盘也形成了,与母体的连接更加紧密,流产的可能大大减少。由于胎盘长出,改善了母体供给胎儿的营养,胎儿的成长速度加快。胎股长结实了,羊水的数量也从这个时期开始急速增加。

3. 母体的变化

- ·子宫大小像婴儿的头。
- ·基础体温下降。
- ·胎盘已经形成,胎儿进入稳定期,不易流产。
- ·小腹略为隆起,可触摸到圆形、有弹性的子宫。
- ·由于子宫变化大造成压迫,有时大腿根部或腰部会有酸痛、抽筋的感觉,是正常的现象。
- ·乳头的颜色变深。

4. 注意事项

- ·此期受药物的影响减少,但服药仍须与医师商量。
- ·阴道分泌物增加,要保持外阴部的干燥与清洁。
- ·大多数孕妇的"害喜"现象已经消失,可于此时补充营养。改善贫血现象,可服用铁剂及综合维生素。

第五章 孕中期

·此期间可开始穿宽松的孕妇装,最好穿平底鞋或半高跟的便鞋,以免滑倒或跌跤。

·可抽血检验母体血液中的胎儿甲型蛋白及绒毛膜向性腺刺激素,以检测生下唐氏症(蒙古症)及神经管缺陷儿的概率。

·年龄超过35岁的孕妇,可于此月份或下个月份接受羊膜穿刺检查。

·可接受超声波扫描,看看胎儿是否有明显的畸形或缺陷。

·向医院或卫生所领取"母子手册",以便记下完整的怀孕历程。

5. 营养食单

虾仁炒韭菜

【主料】韭菜250克,鲜虾150克。

【调料】芝麻油150毫升,食盐3克。

【制法】将韭菜洗净,切成3厘米长的节;鲜虾剥去壳,洗净;葱切成段,姜切成片。将锅烧热,放入植物油烧沸后,先将葱下锅煸香,再放虾和韭菜,烹黄酒,连续翻炒,至虾熟透,起锅装盘即可。

【特点】清香味美,补血养血。

牡蛎粥

【主料】鲜牡蛎肉100克,元米100克。

【辅料】大蒜末50克,猪五花肉50克。

【调料】料酒10毫升,葱头末25克,胡椒粉1.5克,精盐10克,熟猪油2.5克,清水1.5毫升。

【制法】元米淘洗干净备用,鲜牡蛎肉清洗干净,猪五花肉切成细丝。元米下锅,加清水烧开,待米稍煮至开花,加入猪肉、牡蛎肉、料酒、精盐、熟猪油。一同煮成粥,然后加入大蒜末、葱头末、胡椒粉调匀,既可食用。

【特点】牡蛎肉味极鲜美,是优良的营养食品,以牡蛎入粥食用,是南方沿海民间风行的小吃饮食。牡蛎气味咸平、微寒,可供食用。牡蛎粥对维生素D缺乏症有辅助疗效。

菠菜煎豆腐

【主料】菠菜500克,豆腐3块(约150克)。

【调料】素油、酱油、糖、味精、盐各适量。

【制法】锅烧热加油,豆腐切片放入油锅两面煎黄,加上配料,烧 1 ~ 2 分钟,再加菠菜即可。

【特点】色味鲜美,含大量维生素。

炒素蟹粉

【主料】水发冬菇 15 克,熟红萝卜 12.5 克,熟鲜笋 12.5 克,熟土豆 250 克。

【辅料】时令绿叶菜少许。

【调料】生油 150 毫升,白糖、精盐、米醋、姜末、味精各适量。

【制法】把熟土豆、红萝卜去皮揿成泥,鲜笋斩细,绿叶菜和水发冬菇切成丝。炒锅放生油熬熟,投入土豆、红萝卜泥煸炒,炒到起酥,再放绿叶菜和冬菇、笋同炒,并随加白糖、味精、姜末稍炒,最后淋少许米醋,随即起锅。

【特点】含有大量维生素。

橘味海带丝

【主料】干海带 150 克,白菜 150 克。

【辅料】白糖、味精、醋、酱油、香油、香菜段、干橘皮各适量。

【制法】干海带放入锅内蒸 25 分钟左右,捞出,放热水浸泡 30 分钟,捞出备用。把海带、白菜切成细丝,整齐地装在盘内,加酱油、白糖、味精和香油,撒入香菜段。把干橘皮用水泡软,捞出。剁成细碎末,放入碗内,加醋搅拌,把橘皮液倒入盘内拌匀,即可食用。

【特点】富含维生素。

第 5 个月(妊娠 16 ~ 19 周)

1. 第 5 个月的备忘录

·如果外出方便,最好参加医院或保育机关办的孕妇学习班,接受育儿教育,并听一听其他母亲的经验。

·如果感觉到胎动,就开始做乳头准备工作。

·穿着宽松的短裤和胸罩等内衣。

·记下第一次胎动的日子。

- 做孕妇体操、游泳或散步等,积极地让身体动起来。
- 选择生产的医院。
- 注意体重管理和均衡的营养,减少食盐和白糖的摄取量。

2. 胎儿的发育

这个时期胎儿的成长很惊人,身长 18～27 厘米,体重 250～300 克。

全身长出细毛(毫毛),头发、眉毛、指甲等已齐备。脑袋的大小像个鸡蛋。头重脚轻的身体分成三部分终于匀称了。

皮肤渐渐呈现出美丽的红色,皮下脂肪开始沉着。为此,逐渐变成不透明的了。由于皮下脂肪少,所以不至于长得很胖。

随着骨骼和肌肉的健壮,胳膊、腿的活动活跃起来,这时会感到明显的胎动。心脏的活动也活跃起来,可以听到强有力的心立音。

3. 母体的变化

- 子宫大小如同成人的头。
- 子宫底的高度约 15 厘米,满 5 个月时,上升到肚脐附近。
- 可看出腹部变大。
- 经产妇在本月初可能感觉到胎动,初产妇可能到月底或下月初才会感觉到胎动。
- 母体的脂肪明显增加,体重每星期增加约 300 克。

4. 注意事项

- 注意乳房的清洁,可做乳房按摩,但不宜过度刺激,以免引起早产。
- 可穿戴胸罩以保护乳房。
- 性行为要小心,避免压迫腹部。
- 牙齿不舒服,可以接受牙医诊治。
- 维持饮食均衡,注意营养摄取。在此期间要开始多摄取蛋白质与维生素,例如牛奶、蛋类、鱼、肉、豆类及各类蔬菜、海带等。为避免便秘,必须多吃蔬菜和水果。

5. 营养食单

金果银耳

【主料】银耳 10 克,金果 50 克(梨、苹果、香蕉、橘子均可)。

【辅料】桂花少许。

【调料】白糖、淀粉各适量。

【制法】银耳用湿水发1小时,清洗干净后,放入碗内,加水300毫升,上屉用中火蒸2小时。蒸好后,把原汁滤入锅内,加入白糖和适量清水,用文火略煮,使之溶解,撇去浮沫。鲜果切成指甲大小的块,放入锅内煮沸,用水淀粉调稀勾芡,倒入碗内。吃时,碗上铺一层银耳,撒上桂花。

【特点】养阴利咽。

鱼土司

【主料】面包、净鱼肉各150克,鸡蛋1只,猪油150克。

【调料】料酒、淀粉、盐、味精、葱、姜少许。

【制法】面包去边皮,切成厚4~5毫米的片4块,鱼肉斩成泥,加蛋清、葱、姜、酒、味精一起拌匀。将调好的鱼泥分4份抹在切好的面包上,用刀摊平。猪油锅五成热时,放入鱼土司炸,炸至呈黄色后出锅。每块切成8小块,盘边上加甜酱(甜酱加少许水、糖,用筷拌匀,上笼蒸5分钟,加麻油)。

【特点】软嫩清香,味美可口,能增加孕期妇女的食欲。

红烧兔肉

【主料】兔肉(带骨)1000克。

【调料】葱20克,姜15,绍酒10毫升,白糖5克,青蒜5克,桂皮0.5克,胡椒粉0.5克,八角0.5克,味精1克,花生油100毫升。

【制法】将兔肉洗净泡去血水,剁成3厘米见方的块,放入清水锅中煮开后捞起,再冲洗1次。葱切块、姜用刀拍松,青蒜切成末。中火烧锅,放油烧热,下兔肉块炒干水分,放入绍酒、酱油、精盐、葱、姜、白糖、桂皮、八角和开水(浸平肉块)一起烧开,撇去浮末,盖上锅盖,改用文火烧至兔肉熟烂时,再用旺火烧浓汁汤,拣去葱、姜、八角、桂皮等,放入味精、青蒜末,撒上少许胡椒粉起锅即可。

【特点】色泽红润,兔肉熟烂,鲜香味浓,富含营养素,肥而不腻,瘦而不硬。

春笋烧兔

【主料】新鲜兔肉500克,葱段20克,姜20克,净春笋500克。

【调料】酱油20毫升,水淀粉50克,肉汤1000毫升,味精1克,精盐2克,花生油60毫升。

【制法】将兔肉洗净,切成3厘米见方的块。春笋切滚刀块。旺火烧锅,放花生油烧至六成热,下兔肉块炒干水分,再下豆瓣同炒,至油呈红色时下酱油、精盐、葱、姜、肉汤一起焖,约30分钟后加入春笋。待兔肉焖至软烂时放味精、水淀粉,收浓汁起锅即可。

【特点】色红油亮,肉酥味鲜。

拌合菜

【主料】菠菜150克,胡萝卜100克,白菜心50克,豆腐皮25克,蒜苗15克,香菜1棵,瘦猪肉100克。

【调料】香油15毫升,精盐3克,味精1克,醋10毫升,花生油、水淀粉各适量。

【制法】将菠菜择洗干净,用沸水余一下,再把菠菜捞出后放进凉开水内投凉,捞出沥水,切成约3厘米长的段,放在大盘内。将胡萝卜洗净,切成细丝,放入沸水锅内余一下,把胡萝卜丝捞出后放进凉开水内投凉,捞出沥水,放在菠菜上,白菜心切成细丝,放在胡萝卜上。蒜苗、香菜择洗干净,均切成3厘米长的段,撒在白菜丝上。豆腐皮切成细丝,放在盘内。猪肉洗净,切成细丝,加水淀粉上浆。把炒锅放在大火上,放入花生油,将油烧至五成热,下肉丝滑散,至颜色变白熟透时捞出,放入温水中冲去油水,沥净水,放在菜的最上面,加入精盐、味精、醋、香油,拌匀即成。

【特点】色泽艳丽,鲜美诱人,并且含有人体必需的各种营养物质。

碧玉金钩

【主料】油菜250克,海米15克,姜丝少许。

【调料】植物油25毫升,白糖15克,味精、鲜汤各适量。

【制法】油菜洗净,切成片。海米用温水泡好。炒锅上火,放入植物油烧热,把姜丝放入锅内略微炸一下,再把油菜放入锅内进行翻炒,炒至油菜快熟时下海米,加精盐、白糖、鲜汤,稍微炒后放味精,盛入盘内即成。

【特点】色泽淡雅,清淡爽口,含有丰富的钙、磷、铁、锌、胡萝卜素、维生素C、维生素E等多种营养素。油菜与海米一同烧,既可增加菜的味道,又能增加其营养成分。

干贝烧盖菜

【主料】盖菜心 500 克,干贝 35 克,鸡汤 100 毫升。

【调料】烧猪油、鸡油各 30 克,精盐 3 克,味精 1.5 克,料酒 15 毫升,水淀粉 10 克。

【制法】将干贝上的筋撕去,洗净,加少量的水上笼蒸烂,捞出干贝(蒸贝的汤澄去沙子留用),搓散成丝状,再用水漂洗去沙,仍用原蒸的汤水泡上。削去盖菜心菜叶,剖开修整成长 8 厘米的大块,用开水烫至半熟,捞出用凉水浸凉,取出再修削整齐。沙锅上火,放入猪油烧热,下盖菜用火稍煸一下,加鸡汤、精盐、料酒和干贝(连原汤)烧透。先把盖菜捞出,整齐地摆在盘内。同时再把锅内的口味调一下,放入味精,用水淀粉勾芡,淋鸡油,把干贝连汤汁一起浇在盖菜上即成。

【特点】色泽美观,味道鲜美,含有丰富的优质蛋白质、脂肪、钙、磷、铁、维生素 C、胡萝卜素等多种营养素。干贝有平肝、化痰、补肾、清热等功效,是孕产妇一种较好的滋补菜肴。

第 6 个月(妊娠 20 ~ 23 周)

1. 第 6 个月的备忘录

·收拾房间时,注意把常用的东西放在容易找到的地方。

·准备好一份分娩用品单。

·需准备孕妇用内衣。

·每天核实体重,体重增加幅度一周不能超过 0.5kg。一周之内突然超过 0.5kg 时,应去医院检查是否有妊娠中毒症。

·做精密超声波检查,可诊断出胎儿是否为畸形。同时,通过心脏搏动检查可查出其心脏是否有异常。

·有原因不明的出血时,一定要去医院接受检查和诊断。

2. 胎儿的发育

胎儿已长到身长 28 ~ 34 厘米。体重约 660 克了。身体逐渐匀称。

第五章 孕中期

皮下脂肪的沉着进展不大,因此还很瘦,由于皮下脂肪的缘故皮肤呈黄色。从这时起,在皮肤的表面开始附着胎脂。胎脂是从皮脂腺分泌出来的皮脂和剥落的皮肤上皮的混合物。它的用途是,给胎儿皮肤提供营养、保护皮肤;同时在分娩时起润滑的作用,使胎儿能顺利地通过产道。

已可清楚地看出胎儿浓浓的头发、眉毛、睫毛等。骨骼已相当结实了,如采用 X 线摄片,能清楚地看到头盖骨、脊椎、肋骨、四肢的骨骼等,关节也在这个时期开始发达。如果这个时期胎儿产出,新生儿有浅浅的呼吸,能存活几个小时。

3. 母体的变化

·子宫底上升到肚脐上一指幅的高度,从耻骨到子宫底的长度在18～20厘米之间。

·腹部明显凸出。

·即使是初产妇也能感觉到胎动。

·久站时,下肢的静脉可能浮肿弯曲,形成静脉曲张,因此应避免站太久。

4. 注意事项

·胎儿较稳定,可外出旅行。

·注意营养,不要吃得太咸。

·应该有胎动,若无胎动,须到医院检查。

·每星期体重增加约 300 克。体重增加超过 500 克应接受医师检查。

·性行为应避免压迫到腹部,可采用侧位或后背位。

5. 营养食单

柿椒炒嫩玉米

【主料】嫩玉米粒 300 克,红、绿柿椒 50 克。

【调料】花生油 10 毫升,精盐 2 克,白糖 3 克,味精 1 克。

【制法】玉米粒洗净。红、绿柿椒切成小丁。炒锅上火,放入花生油,烧至七八成热,下玉米粒和盐,炒 2～3 分钟,加清水少许,再炒 2～3 分钟,放入柿椒丁翻炒片刻,再加白糖、味精翻炒均匀,盛入盘内即成。

【特点】嫩玉米香甜可口,佐以辣椒,色泽美观,鲜嫩诱人。夏秋两个季节均可食用。含维生素 C 和粗纤维极为丰富,适宜于孕妇妊娠期便秘时食用,效果极佳。

口菇烧茄子

【主料】茄子 500 克,口菇 25 克,毛豆 50 克。

【辅料】蒜片 15 克。

【调料】香油 10 毫升,酱油 20 毫升,白糖 10 克,精盐 2 克,味精 1 克,醋 2 毫升,料酒 8 毫升,水淀粉 10 克,花生油 500 毫升。

【制法】将茄子去皮洗净后切成 0.7 厘米厚的大片;在一面切十字花刀,再把茄子片用刀斜切成象眼块,用热油把它们炸至呈金黄色时捞出。口菇用温水泡好,洗净泥沙(留净泡的原汁),切成薄片。毛豆剥皮,放入锅内煮熟。用泡口菇的原汁、口菇片、酱油、醋、白糖、精盐、味精、料酒、水淀粉和毛豆兑成芡汁。烧锅上火,放入花生油 10 毫升烧热,下葱、蒜片炝锅出味,倒入兑好的芡汁,下茄子翻炒均匀,淋香油,盛入盘内即可。

【特点】香味浓厚,软烂可口,含有丰富的营养素。中医认为茄子味甘、性寒,有散淤血、消肿止痛、止血等功效。另外茄子所含维生素 P,具有降低毛细血管脆性、防止出血、降低血中胆固醇浓度和降低血压的作用。

排骨冬瓜汤

【主料】猪排骨 250 克,冬瓜 500 克。

【调料】精盐、味精、胡椒粉、葱花各适量。

【制法】将猪排骨洗净,剁成 3.3 厘米宽、5.5 厘米长的小块,随温水下锅后煮去血水,捞出备用。把冬瓜去皮、去瓤以后洗净,切成与排骨大小相同的块。把锅放在火上,放入排骨,加清水烧开后,转文火炖烂。在排骨炖至八成烂的时候,下冬瓜炖熟,加入味精、精盐、胡椒粉,撒入葱花,盛入大的汤碗内即成。

【特点】鲜香味美,清淡利口,含有丰富的蛋白质、脂肪、钙、维生素 C 及人体必需的锌、钾、硒等微量元素。冬瓜味甘淡、性凉,有清热、利水、化痰、降脾胃火等功效,并能抑制因胃火旺引起的贪食。

孕育聪明小宝贝

桂花肉

【主料】五花猪肉 150 克，鸡蛋 2 个。

【辅料】面粉少许，肉汤适量。

【调料】白糖 15 克，醋 10 毫升，酱油 3 毫升，精盐、椒盐、香油各 1 克，料酒 6 毫升，元米粉 5 克，干淀粉 2.5 克，味精、葱末、姜末各 2 克，花生油 500 毫升。

【制法】将五花肉切成 0.7 厘米厚的片。把鸡蛋磕入小碗内，加入味精、精盐、料酒、面粉、元米粉调匀成糊状，放入肉片，均匀挂糊。将白糖、醋、酱油、干淀粉放入碗内，加肉汤调匀成味汁。炒锅上火，放入花生油，烧到六成热，下肉片炸至肉片的颜色呈淡黄色，浮在油面上时，捞出沥油。将炒锅放至火上，注入底油，下葱末、姜末略炸，放入已炸过的肉片，烹入余下的料酒，加椒盐、香油，炒匀即成桂花肉，盛入盘内，再将锅放在火上，放油少许，把调好的糖醋汁倒入，勾成卤汁，盛入小碗内，供蘸食。

【特点】色泽金黄，甜酸适口，含有丰富的优质蛋白质、脂肪、糖类、钙、磷、铁、锌、维生素 A、维生素 B、维生素 B_2 和维生素 D 等营养素。

醋椒鱼

【主料】活鲤鱼、鸡汤各 1000 克，香菜 10 克。

【调料】熟猪油 75 克，精盐 4 克，味精 2 克，白胡椒粉 1 克，醋 10 毫升，料酒 25 毫升，葱、姜各 15 克。

【制法】切十字形刀纹，用开水略烫一下。炒锅上火，放猪油烧热，下葱、姜、胡椒粉，煸出香味后烹料酒，加鸡汤、味精、精盐，用旺火将汤煮沸几次，把鱼放入汤内再煮 15 分钟，捞出倒入汤盆内。原汁加醋，倒入汤盆内，撒上香菜段即成。

【特点】鲜美适口，去油腻，助消化，含有丰富的优质蛋白质及矿物质和多种维生素，是孕妇在妊娠中晚期极佳的营养汤菜。

奶汤鲫鱼

【主料】鲫鱼 2 条(约 500 克)，熟火腿 3 片，豆苗 15 克，笋片 15 克，白汤 500 毫升。

【调料】熟猪油 50 克，精盐 3 克，味精 2 克，料酒 15 毫升，葱 2 段，姜 2 片。

【制法】鲫鱼去鳞、去鳃、去内脏,洗净,用刀在鱼背两侧每隔1厘米切成人字形刀纹。将炒锅放置在旺火上,放入熟猪油25克,烧至七成热,下葱、姜炸出香味后,放入鱼,两面略煎,烹入料酒稍焖,加白汤及清水150克,熟猪油25克,上盖煮3分钟左右,见汤汁白浓,转中火煮3分钟,焖至鱼眼凸出,放入笋片、火腿片,加精盐、味精,转旺火煮至汤浓呈乳白色,下豆苗略微煮一下,去掉葱、姜,出锅装盘,笋片、火腿片齐放在鱼上,豆苗放两边即成。

【特点】鱼汤味鲜色美,鱼肉香醇,含钙、磷较多,对胎儿骨质发育有较好的作用,能预防婴儿佝偻病等。

第五章 孕中期

第六章　孕晚期

孕晚期的合理营养

妊娠晚期也就是怀孕期的最后 3 个月，即怀孕第 29～40 周，是胎儿生长最快的一个阶段。胎儿体重的增加约为出生前的 70%。这时，除满足胎儿生长发育所需要的营养素外，孕妇和胎儿体内还需要贮存一些营养素，因而孕妇的进食必须有明显的增加。值得注意的是，此期间不要进食过多的高热量食物，以免孕妇过于肥胖和胎儿过大。正常孕妇每周增加体重以不超过 500 克为宜。

1. 增加优质蛋白质的摄入

妊娠晚期，母体子宫、乳房和胎盘增大，蛋白质约需储留 375 克，是蛋白质储留最多的一个时期。胎儿体重由第 28 周的 1000 克增至第 40 周的 3000 克，也是蛋白质储留最多的一个时期。因此，妊娠晚期的蛋白质供给量，应在原有的基础上每日增加 25 克，这些蛋白质均需从膳食中得到。

2. 保证能量供给

此一时期的能量供给一般应不低于中期的供应量，但至妊娠最后两个星期，应适当限制脂肪和碳水化合物等热量摄入，以免胎儿长得过大，影响分娩。

3. 摄入足量的钙

妊娠全过程都要注意补钙，不过到妊娠晚期，为了孕妇健康和胎儿增长的需要，摄入的钙量必须增加。胎儿牙齿的生长和骨骼的钙化在这个时期明显加速，新生儿体内的钙一半以上是他在母体的最后两个月储存下来的。如果孕妇的饮食中缺钙，胎儿可动用母体骨骼中的钙，这样会致使孕妇发生软骨病。而胎儿缺钙时还会发生腭骨及牙齿的畸形、不对称现象。我国规定,妊娠晚期钙的供应量为每日 1500 毫克,是未孕妇女的 2.5 倍。

为了促进钙的吸收,孕妇在多吃含钙丰富的食物的同时,还应多摄入维生素 D,它能促进钙的吸收。含维生素 D 丰富的食物有鱼肝油、禽蛋等。

4. 摄入足量的水溶性维生素

充足的水溶性维生素是妊娠晚期所必需的,其中以维生素 B_1 尤为重要。如果维生素 B_1 不足,不仅易引起呕吐、倦怠、机体无力,还会影响分娩时的子宫收缩,使产程延长,分娩困难。

5. 摄入充足的脂肪酸

孕晚期,除需大量的葡萄糖供胎儿迅速生长和体内糖元、脂肪储存外,还需要一定量的脂肪酸,尤其是亚油酸。孕晚期是胎儿大脑发育的高峰,丰富的亚油酸可在维生素 B_6 的作用下转化成大脑发育所需的物质。

孕晚期科学的膳食调配

在孕中期的基础上适当增加食物的摄入量,每天的膳食应包括:

主食(米面、杂粮)350 ～ 400 克,大豆及豆制品 100 克,肉蛋禽和动物内脏 150 ～ 200 克,蔬菜(以绿叶蔬菜为主)500 克,水果 100 ～ 200 克,牛奶 220 毫升,植物油 20 毫升。

此外,由于随着胎儿的增长、子宫进一步增大后会压迫胃部,使孕妇的食量减少,在吃了较少的食物后就有饱腹感,其实并不能满足机体营养素的需要量。根据这种情况,在这阶段孕妇的膳食组成应是体积小、营养价值高的食物。

孕晚期孕妇餐次每日在 5 次以上,以少食多餐为原则。

孕晚期四季食谱

春季

【早餐】稀饭(粳米 50 克),馒头(面粉 50 克),松花蛋(鸭蛋 75 克)。

【加餐】牛奶220毫升,蛋糕25克。

【午餐】米饭(粳米150克),炒蚕豆(蚕豆150克),蘑菇炒蛋(鲜蘑菇50克,鸡蛋50克)。

【加餐】红枣赤豆汤(红枣10克,赤豆10克)。

【晚餐】米饭(粳米150克),炒菠菜(菠菜150克),葱烤大排(猪大排100克),虾皮紫菜汤(紫菜10克,虾皮10克),水果(香蕉100克)。每天烹调用油25~30毫升,食糖20克,食盐及调味品适量。

夏季

【早餐】绿豆稀饭(粳米25克,绿豆10克),花卷100克,榨菜10克。

【加餐】牛奶220毫升,梳打饼干25克。

【午餐】米饭(粳米150克),糖醋藕片(藕150克),青椒炒猪肝(青椒100克,猪肝100克),冬瓜番茄虾米汤(冬瓜50克,番茄50克,虾米10克)。

【加餐】西瓜500克。

【晚餐】米饭(粳米150克),凉拌黄瓜(黄瓜100克),清蒸鲫鱼(鲫鱼100克),丝瓜蛋汤(丝瓜100克,鸡蛋50克)。每天烹调用油25~30毫升,食糖20克,食盐及调味品适量。

秋季

【早餐】牛奶220毫升,烧饼50克,茶叶蛋(鸡蛋50克)。

【加餐】杏仁酥50克。

【午餐】米饭(粳米150克),清炖鸡(鸡100克),炒芹菜(芹菜100克),鸡血豌豆苗(鸡血100克,豌豆苗50克)。

【加餐】豆沙包50克。

【晚餐】米饭(粳米150克),炒青菜(青菜150克),红烧带鱼(带鱼100克),海带小排汤(海带50克,小排50克),水果(葡萄100克)。每天烹调用油25~30毫升,食糖20克,食盐及调味品适量。

冬季

【早餐】稀饭(粳米50克),馒头50克,酱黄豆25克。

【加餐】牛奶鸡蛋(牛奶220毫升,鸡蛋50克)。

【午餐】米饭(粳米150克),炒塌菜(塌菜150克),红烧鸭块(鸭100

克),萝卜骨头汤(萝卜100克,猪骨头100克)。

【加餐】糖年糕50克。

【晚餐】米饭(粳米150克),火锅(肉圆50克,鱼圆50克,蛋饺50克,粉丝25克,冬笋25克,菠菜100克),水果(苹果100克)。

每天烹调用油25~30毫升,食糖20克,食盐及调味品适量。

按以上食谱,每天的营养素摄入量为:蛋白质95~105克,脂肪80~120克,糖类400~500克,钙1200毫克,铁40毫克左右,锌20毫克左右,视黄醇当量1500微克左右,维生素$B_1$1.8毫克左右,维生素$B_2$1.8毫克左右,维生素C120毫克左右,能量10465~11302千焦耳(2500~2700千卡)。

第7个月(妊娠24~27周)

1. 第7个月备忘录

·去美容院整理发型,以准备生产。

·核实一下分娩时需要的东西,一件一件地准备好。

·腹部鼓起来了,走路要小心,注意摆平身体重心。

·不要忘记定期检查的日子。平时记录好疑难点,去医院时尽量解决疑难问题。

·注意不要长时间站立,以免引发静脉曲张和痔疮。

·减少热量、糖分和食盐的摄取量,以防妊娠中毒症。

·腰痛严重时,做孕妇体操或游泳、按摩等,以放松肌肉。

2. 胎儿的发育

胎儿身长为35~38厘米,体重为1000克,脸也像人了。尽管这么说,但由于皱纹很多,相貌却像个老人似的。头发已长出5厘米左右,全身被毫毛覆盖着。眼睑的分界清楚地出现,眼睛能睁开了。外生殖器中,男孩子的睾丸还没有降下来,但女孩子的小阴唇、阴核已清楚地突起。吸乳的力量还不充分,气管和肺部还不发达。为此,如在这个时期早产,尽管胎儿有浅浅的呼吸和哭泣,但很难存活。但是,随着未成熟儿医学的发展,胎儿存活的可能性越来越大。此外,这时脑的发育也有进展。

第六章 孕晚期

孕育聪明小宝贝

3. 母体的变化

· 从耻骨至子宫底的长度为 21 ~ 24 厘米,可在肚脐上方二指幅的地方触摸到子宫底。

· 腿部可能抽筋,可按摩抽筋的肌肉。

· 本月份可能开始出现下肢静脉曲张、外阴静脉曲张(静脉瘤)的现象。建议穿弹性绷带袜,避免久站以减轻症状,但不可以按摩静脉曲张的部位。静脉曲张愈到怀孕末期愈严重。

· 开始出现痔疮,愈到怀孕末期愈严重,生产时最严重;应避免久站、久坐及便秘。

· 腰、背容易酸痛,易感觉疲劳。

4. 注意事项

· 体重增加,行动不便,应小心行动以免跌跤或滑倒。

· 85% 的胎儿胎位已经转正。如果胎位不正,可接受医护人员的指导,做矫正胎位的运动。

· 应注意羊水量是否正常。

· 请留心是否发生妊娠毒血症。

· 由于子宫变大,压迫到下半身,静脉血液无法顺利回流到心脏,容易引起静脉曲张。所以孕妇必须注意:①避免久站;②避免久坐;③睡觉时,把脚部略为垫高;④穿弹性绷带袜;⑤适度运动,但勿让脚部过度疲劳。

· 按摩乳房时,可能流出初乳;可用温水擦拭乳头,保持乳头清洁。

· 注意身体与头发的清洁。

· 每月按时接受产前检查。

· 接受乙型肝炎检查。

5. 营养食单

糖醋排骨

【主料】排骨 250 克,油 750 毫升。

【辅料】面粉、淀粉。

【调料】酱油、酒、白糖、盐、醋等各适量。

【制法】将排骨斩成小块,酒、盐、湿淀粉、面粉等拌匀,余作料倒在碗中,加水50毫升调成汁待用。油锅烧至六成热,将排骨一块块放下炸两分钟,等油锅热至九成再炸1分钟,捞出,油倒出。锅内流入少量油,将糖醋汁倒下,浓汁倒入排骨翻炒几下即成。

【特点】排骨酥烂,糖醋口味。

荷包鲫鱼

【主料】鲫鱼350克,精肉200克,油100毫升。

【调料】葱、姜少许,香油少许,酱油、料酒、糖、味精少许。

【制法】鲫鱼从背脊开刀,挖去内脏,洗净,在身上刮几刀。将精肉切成细末,加盐、味精拌匀,塞入鲫鱼背上刀口处。片刻后将鱼放入油锅,两面煎煮,放入料酒、酱油、糖、汤水。加盖烧20分钟,启盖后加味精,淋少量香油起锅。

【特点】鲫鱼味道鲜美,肉质细嫩,对妊娠期水肿有一定的疗效。

莲子芡实粥

【主料】糖莲子50克,芡实50克,元米100克,鲜荷叶1张。

【调料】桂花卤10克,白糖150克,清水1500毫升。

【制法】把鲜荷叶洗净,用开水烫过待用。将元米淘洗后放入锅内,加入去心莲子、芡实及清水,上火烧开,转用文火煮成粥。粥好后关火,覆以鲜荷叶,盖上盖,5分钟后,弃荷叶,加入白糖、桂花卤即可食用。

【特点】滋养之品,可补益心脾,治疗妊娠水肿。

蜜汁甜藕

【主料】藕750克,元米150克,蜜莲子25克。

【辅料】蜂蜜50克,湿淀粉15克,蜜桂花5克。

【调料】白糖200克。

【制法】将藕洗净,切去一端藕节将元米用清水漂洗干净,浸泡2小时,捞起晾干。藕孔内灌入元米,边灌边用筷子顺孔向内戳,使元米填孔。加入白糖125克,再放入笼屉,置旺火上蒸10分钟。入笼屉上火蒸30分钟,取出,再用清水浸泡2分钟,撕去藕皮晾干,切去一端藕节,从中剖开,切成0.7厘米厚的块,整齐摆入碗中。待糖溶化取出,扣入盘内,再将炒

第六章 孕晚期

锅置火上,放清水 50 克,白糖 75 克,蜂蜜、蜜桂花、蜜莲子烧沸,用调稀的湿淀粉勾芡,起锅浇在藕块上即可。

【特点】元米含有蛋白质、脂肪、钙、糖类、磷、铁及维生素,且富含纤维素等成分,能增进胃肠蠕动。藕含有丰富的蛋白质、维生素、天门冬素等,加工后,呈粉红透明,香甜似蜜。

紫菜卷

【主料】河鳗 750 克,紫菜 5 张,鸡蛋 3 只。

【调料】姜末、黄酒、盐、味精、淀粉、麻油适量,小葱 5 根。

【制法】河鳗洗净,用刀沿脊背剖开,剔去背骨,去皮,除去筋、刺,用刀斩成细泥,放入碗内,加姜末、黄酒、精盐、味精、鸡蛋清(1 只)。冷水 100 毫升,用力搅拌,拌上劲后,再拌以淀粉、麻油,即成。鸡蛋敲碎入碗内,加淀粉、盐,用筷子打匀,在锅内分别摊成 5 张蛋皮待用。台板上摊开一张紫菜,覆上一层蛋皮,再抹上一层鱼泥,中间放入一根小葱,顺次卷拢。依此方法,做成 5 条,放入蒸笼,用旺火蒸 10 分钟,取出冷却后,切成斜刀块即成。

【特点】唐代《食疗本草》谈及鳗鲡鱼时说:"疗湿脚气,腰肾间湿风痹"。但是,又因河鳗含脂丰富,痰湿之体不宜多进。紫菜含有丰富的碘质,吸收入血液和组织后,能促进炎性渗出物的吸收。并有清热利尿,软坚散结的作用。

第 8 个月(妊娠 28～31 周)

1. 第 8 个月的备忘录

·事先整理好住院用品放在包里。

·睡眠时不要仰卧,最好向左侧斜躺,两腿间夹个椅垫,这样会舒服些。

·过度疲劳会导致腹部抽痛,要小心。

·要注意高血压、浮肿、蛋白尿等妊娠中毒症。

·为预防便秘和痔疮,注意摄取含有丰富纤维质的食物。

· 熟知分娩全过程和呼吸法。

2. 胎儿的发育

胎儿的身长为 40~44 厘米,体重达 1500 克左右。从这时起,羊水量不再像以前那样增加了,迅速成长的胎儿身体,紧靠着子宫。一直自由转动的胎儿,到了这个时期,位置也固定了,由于头重,一般头部自然朝下。

胎儿对外界的强烈影响也有反应。假如在这个时期早产,如慎重保育,胎儿可以存活。肺等内脏器官和脑、神经系统都发展到一定程度。

3. 母体的变化

· 从耻骨到子宫底的长度为 25~28 厘米,在肚脐与心窝间可触摸到子宫底。

· 下腹明显扩张,开始出现妊娠纹。

· 胎动明显。

· 久站后,脚部容易浮肿。

· 乳头、乳晕及外阴部颜色变深。

· 下腹中央,由肚脐至耻骨间出现一条明显的、由色素沉着而形成的线,称为"黑线"。

· 脸部可能出现褐色斑点,称为"妊娠斑",在生产后多半会消失。

· 情绪略为不稳。

4. 注意事项

· 避免久站,以免下肢浮肿及加重静脉曲张。

· 注意是否发生妊娠毒血症。

· 每月接受 2 次产前检查。

· 上下楼梯或行动时要避免摔跤。

· 上班族应调整工作量,切勿从事太劳累或粗重的工作。

· 如有出血现象,应到医院检查,以确定是否早产、胎盘早期剥离或前置胎盘。

· 胎位不正者,可继续做矫正胎位的运动。

· 做好生产的准备工作,万一早产时不致惊慌失措。

· 想回家乡或娘家生产者,可在这个月或下个月动身。

孕育聪明小宝贝

5. 营养食单

鱼肉馄饨

【主料】净鱼肉125克,猪肉馅75克,绿叶菜50克。

【调料】绍酒5毫升,葱花5克,干淀粉50克,味精0.5克,精盐1克,熟鸡油5克。

【制法】将鱼肉剁成膏,加精盐0.5克拌和,做成约18个鱼丸;砧板上放上干的淀粉,把鱼丸放在干淀粉里逐个滚动,使鱼丸渗入干淀粉后有黏性,并用擀面杖做成直径7厘米左右的薄片,即成鱼肉馄饨皮。将猪肉馅做成约18个馅心,用鱼肉馄饨皮卷好捏牢。旺火烧锅,放入清水1000毫升烧沸,下馄饨,用筷子轻搅,以免黏结。用文火烧到馄饨浮上水面5分钟左右,即可捞出。在汤中加精盐和绍酒,烧沸后放入绿叶菜(韭菜、香菜均可),加入味精,倒入盛有馄饨的碗中,撒上葱花,淋鸡油即可食用。

【特点】皮白肉红,质地滑嫩,鲜香可口。

醋熘白菜

【主料】莲花白750克。

【调料】菜油50毫升,酱油10毫升,醋2.5毫升,盐0.5克,水淀粉50克。

【制法】莲花白(卷心白也可)除去老叶和菜梗,洗后切成约4厘米见方的片,加盐(1克)和匀腌约1分钟。用碗将酱油、盐(1.5克)、醋、水淀粉等调成滋汁。烧锅置火上烧热,下白菜炒熟,加汤(75毫升),烹下滋汁,将汁收浓起锅。

【特点】味鲜可口,醋味突出,有健脾开胃功效。

黄鱼羹

【主料】黄鱼500克,精肉100克,韭菜50克,鸡蛋1只。

【调料】酱油、料酒、味精、姜末、醋、淀粉少许。食油100毫升。

【制法】黄鱼去头、尾、骨头,留皮用清水洗净,放入盘内,上放姜片、料酒少许,上笼蒸10分钟,取出再理净小骨,拨碎备用。精肉切成丝,锅烧热,放入食油100毫升,肉丝下锅煸炒,加入料酒、酱油。即将鱼肉下锅,加汤水1碗,滚起后加入醋、淀粉,最后放打散的鸡蛋、韭菜、生姜末、加上熟油50克,出锅即成。

【特点】此菜具有蟹肉的鲜味。

清汤慈笋

【主料】慈笋 500 克。

【辅料】清汤 1000 毫升,鲜桑叶数张。

【调料】盐、料酒、胡椒面、白矾。

【制法】白矾砸碎用凉水溶化。选用鲜嫩实心慈笋,切下老根,剥去内皮,顺直径切成极薄的片,放入白矾水内漂上。桑叶洗净。将慈笋和白矾水倒入锅内,加入桑叶氽煮一会,捞在凉水内,拣出桑叶,把笋片洗去白矾的苦、涩味,再用凉水漂上。烧开清水,加入盐、胡椒面、味精、料酒,调好味,下入笋片,烧开撇去浮沫即可。

【特点】清鲜嫩笋,为夏令菜之一,具有清暑的功效。

虾子海参

【主料】干海参 150 克,干虾子 15 克。

【辅料】肉汤 500 毫升。

【调料】盐 3 克,味精 3 克,淀粉 6 克,葱、姜各 15 克,猪油 30 克,料酒 30 毫升,酱油 6 毫升。

【制法】将干海参放入锅内,加入清水,加盖用文火烧开后,将锅端离火位,待其发胀至软时捞出,剖肚挖去肠,刮净肚内和表面杂质,洗净。再放入锅内,加清水,用文火烧开,又将锅从火位端开,待其发胀(按此方法多次反复进行),海参即可发透(但在此发胀过程中,切忌沾上油和盐,因油对海参起溶化作用,盐对海参起收缩作用,均会影响海参的发胀)。然后将发透的海参肚内先划十字花刀,入开水锅内氽一下,捞出,沥干水分备用。将虾子洗净盛入小碗内,加入适量的水和酒,上笼用大火蒸约 10 分钟取出。将锅烧热,放入猪油,投入姜、葱,煸炒后捞出,烹入料酒,加入肉汤、盐、酱油、海参、虾子。煨透成浓汤汁,用淀粉勾芡,加味精,起锅,整齐地装入盆内即可。

【特点】菜呈象牙白色,鲜糯味浓,四季均宜。

海参烧猪肉

【主料】水发海参 50 克,荷兰豆 15 克,猪肉 200 克,冬菜 10 克,熟火

腿 25 克,笋片 25 克。

【辅料】清汤 750 毫升,豆粉面 25 克。

【调料】酱油 25 毫升,葱段 50 克,精制油 500 毫升。精盐、鸡蛋白、料酒、姜末及香油各少许。

【制法】把葱(10 克)、姜切末,海参、火腿及笋片切成碎丁。把猪肉洗净,剁成肉馅,用葱姜、精盐(少许)、酱油(10 毫升)、香油、鸡蛋白、豆粉面、海参、火腿、南荠、笋丁及荷兰豆调匀煨上。把炒锅放火上,倒入精制油烧至七成热时,把肉馅捏成直径约 1.5 厘米的扁形丸子下锅,待炸成粉红色捞出;放入香葱段炸好捞出。把香葱段、肉丸子放在沙锅中,加上精盐、酱油、料酒、冬菜、清汤,放火上烧开 3 分钟,再改用文火烧约 40 分钟即成。此菜端上桌时,一般盛放在大汤盘中,下面有水锅子,上面有盖,以便保温。

【特点】红墨相间,味鲜汁浓,四时皆宜。

第 9 个月(妊娠 32～35 周)

1. 第 9 个月的备忘录

· 没有胃口时可少吃多餐,饭后注意充分休息。

· 用橄榄油擦拭乳头以清除分泌物。

· 和丈夫一起共同练习呼吸法、辅助动作,了解分娩过程。

· 这是早产的危险期,不要过度疲劳,注意身心稳定。

· 每两周进行一次产前检查。

· 外出时一定要携带母子保健手册,避免长时间在外逗留。

· 事先整理好婴儿用房,以防早产。

2. 胎儿的发育

胎儿身长为 45～48 厘米,体重增加了 1000 克左右,有 2500 克了。全身开始出现皮下脂肪,身体变成圆形的,皱纹也多了,皮肤呈有光泽和肤色。长满全身的毫毛开始逐渐消退,脸上和肚子上的细毛已经消失。指甲很快长出,直达指尖,但是不会超过指尖。男孩子的睾丸下降至阴囊中,女孩子的大阴唇隆起,左右紧贴在一起,也就是说,生殖器几乎已齐备。

到这时,肺和胃肠也都很发达。已具备呼吸能力,婴儿喝进羊水,能分泌少量的消化液。尿也排在羊水中。因此,胎儿若在这个时期娩出,有在暖箱中生长的能力。

3. 母体的变化

·从耻骨到子宫底部长度为 28～30 厘米,在心窝下方可触摸到子宫底。

·腹部外凸更明显,容易造成腰痛。

·胃肠、肺脏、心脏受到压迫,会有胃胀、胸闷、呼吸不顺等现象。

·阴道分泌物增加,容易感染白色念珠菌。

·小便次数增加,老觉得小便解不干净。

·按压乳房,有乳汁流出。

·胎儿的位置大多已经固定,不容易再改变。

4. 注意事项

·每两周接受 1 次检查。

·注意是否有妊娠毒血症。

·勿摄取过多盐分。

·胃部容易发闷,宜少量多餐。

·避免长途旅行,不要到交通不便或拥塞的地区。

·应每天沐浴,保持身体清爽,但进出浴室要小心,以免跌跤。采取淋浴,水温不可太高。

·有性行为时,不要压迫到腹部。

·回家乡或娘家生产者,本月末前应回家待产。

·将生产住院所需的用品准备好,放在一个提包或手提篮中,以备不时之需。

第六章 孕晚期

5. 营养食单

青椒里脊肉

【主料】猪里脊肉 200 克,青椒 150 克,鸡蛋 1 个。

【调料】香油、精盐、水淀粉各 5 克,味精 2 克,料酒 10 毫升,干淀粉 6

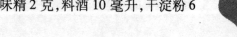

克,花生油500毫升。

【制法】猪里脊肉剔去筋膜,切成柳叶形薄片,放入清水内漂净血水,取出放入碗内,加精盐、味精、鸡蛋清、干淀粉,拌匀上浆。青椒去蒂、子,切成与肉片大小相同的片。出锅上火,用油滑锅,放入花生油,烧至四成热,下里脊片滑熟,捞出沥油。原锅留油少许置火上,下青椒片煸至变色,加料酒、精盐和清水40毫升烧沸,用水淀粉勾芡,倒入里脊肉片,淋香油,盛入盘内即成。

【特点】色泽白绿,淡雅美观,青椒爽脆,肉片滑嫩,味美可口,含有丰富的各种营养素,尤其是维生素 C 的含量极为丰富。

香菇炒菜花

【主料】菜花250克,香菇15克,鸡汤200毫升。

【调料】花生油15毫升,鸡油10克,精盐3克,味精、葱、姜各2克,水淀粉10克。

【制法】菜花择洗干净,切成小块,放入沸水锅内焯一下捞出。香菇用温水泡发,去蒂,洗净。炒锅上火,放花生油烧热,下葱、姜煸出香味,加鸡汤、精盐、味精,烧开后捞出葱、姜不要,放入香菇、菜花,用文火稍煨入味后,用水淀粉勾芡,淋鸡油,盛入盘中即可。

【特点】色鲜味美,清淡适口,含有丰富的蛋白质、脂肪、糖类及矿物质和维生素等多种营养素。香菇味甘、性平,有益气、补虚、健胃等功效,对食欲不振、吐泻乏力等有辅助治疗的作用。

雪映红梅

【主料】豆腐100克,胡萝卜50克,猪肥膘肉100克,水发香菇3个,鸡蛋3个。

【调料】熟油15克,干淀粉5克,精盐、味精、料酒各适量。

【制法】豆腐片去表皮,用刀抹成泥,把猪肥膘肉剁成泥。将两种泥放入碗内,加入精盐、味精、料酒、干淀粉拌匀。取3个鸡蛋的蛋清放入碗内,搅打成泡沫状,倒入豆腐和肉泥在里面,搅拌均匀。胡萝卜洗净刮皮,雕刻成梅花状。取大盘1个,抹上油,将豆腐肉泥倒入摊平。把香菇切成粗细不等的小条作梅花的枝干,摆在豆腐和肉泥上,将梅花放在枝干上,上笼用旺火蒸 5 分钟,取出即成。

【特点】豆腐似雪,映衬朵朵红梅(胡萝卜),造型美观,质软味嫩,鲜美可口,含有多种营养素,其中钙、磷的含量较高,孕妇常食,有利于胎儿骨质发育。

雪里红炖豆腐

【主料】豆腐 100 克,雪里红咸菜 150 克。

【调料】熟猪油 40 克,精盐、味精、葱丁、姜末、清汤、花椒水各适量。

【制法】雪里红咸菜洗净用冷水稍泡,挤去水,切成末。豆腐切成 1 厘米厚、1.5 厘米宽、3 厘米长的块,放入沸水锅内烫一下,捞出沥水。炒锅上火,放熟猪油烧热,下葱丁、姜末略炸,放入雪里红,炒出香味,添汤下豆腐(汤浸没豆腐),用旺火烧开,转文火炖,加精盐、花椒水,炖 4 分钟,待豆腐入味、汤汁不多时,放味精,起锅装盘即成。

【特点】滋味鲜美,柔嫩爽口,富含大豆蛋白质、脂肪、糖类等多种矿物质,以及多种营养素,孕妇经常食用,有利于钙、铁的补充。

炒腰花

【主料】猪腰子 250 克,木耳 25 克,青蒜 100 克。

【调料】酱油、葱各 25 克,醋、料酒各 5 毫升,味精 2 克,水淀粉 50 克,姜水少许,花生油 500 毫升,清汤少许。

【制法】把猪腰子从中间切开,去腰臊,切麦穗花刀,每片按大小切成 4 ～ 6 块。把葱切成丝,青蒜切段,木耳撕成小片,一起放入小碗内,加酱油、料酒、姜水、醋、味精、水淀粉和少许清汤,兑成芡汁。猪腰块用开水焯一下,捞出沥水。炒锅上火,放油烧热,下腰块稍爆,倒入漏勺内,炒锅留底油置火上,倒入芡汁炒浓,再下爆好的腰块,翻炒均匀,淋少许热油,装盘。

【特点】色泽金红,脆嫩爽口,含有丰富的维生素 C、维生素 B_1、维生素 B_2 和矿物质及蛋白质、脂肪等多种营养素,具有健脾生血、补中益气、养肝明目、补肾益精等功效。

四喜蒸蛋

【主料】鸡蛋 2 个,小海米、冬笋各 5 克,熟鸡脯肉、蘑菇各 10 克。

第六章 孕晚期

113

【调料】精制菜油、葱姜汁各15克,酱油、料酒各10毫升,精盐3克,味精1克,胡椒粉0.5克。

【制法】鸡蛋磕入碗内,搅打均匀。下海米用温水泡软,洗净剁成细粒。蘑菇去蒂,与冬笋、熟鸡脯肉分别切成细粒。取一只大碗,倒入蛋液、海米、蘑菇、冬笋、熟鸡脯肉,加清水400毫升和酱油、料酒、精盐、葱姜汁、胡椒粉、精制菜油搅和均匀。将盛蛋液的大碗放入蒸锅内,加水盖上锅盖,用旺火烧沸,转文火蒸约15分钟,见蛋液成豆腐脑状即可。

【特点】鲜嫩异常,美味可口,含有丰富的维生素以及多种营养素。具有养血生津、健肌壮体、补益脏腑的功效,尤其是维生素A的含量较高,对维生素A缺乏症有很好的治疗作用。

第10个月(妊娠36~39周)

1. 第10个月的备忘录

· 做好临产的思想准备。保持身体清洁,以准备随时入院。

· 为防备突如其来的阵痛,记下丈夫和亲近人的联系电话,并事先弄清通往医院的交通手段。

· 再次核实住院用品和分娩用品。

· 住院用品中一定要带上产妇手册和医疗保险证。

· 外出时,随身携带母子手册和卫生巾,以防破水。

· 每周接受一次定期检查。超过预产期时,应每5天检查一次。

· 留下一张大腹便便的纪念照也会很有意义。

2. 胎儿的发育

身长为48~50厘米,体重为3000克左右,皱纹已消失,变成一个淡黄色的胖乎乎的胎儿了。头盖骨变硬,指甲也长到超出手指尖,头发长2~3厘米。细毛几乎看不见了,胎脂在后背、屁股、关节等处已达稍许可以看到的程度。乳房稍稍隆起,用手指一按,有时还会流出"魔乳"。

以心脏、肝脏为首的循环、呼吸、消化、泌尿等器官已全部形成,已经可以在体外独立生活了。还有胎儿的头部,已进入母体的骨盆之中,身体的位置稍有下降,胎动比以前更加频繁。

胎儿在子宫内已处于进入人世的前夕时,它除了一边仍在继续成长和成熟外,最突出的一点在于如何为体外生活准备条件。其中首要的问题是中枢神经系统的成熟,使胎儿的首脑部位能从成熟中获得掌握生命和应付环境的最基本能力。

3. 母体的变化

· 耻骨至子宫底的长度为 32 ~ 34 厘米。

· 接近足月时,胎儿下降,子宫底的位置也会下移。

· 大腿根部有压迫、酸痛或抽筋的现象,腹部常因子宫收缩而有变硬的感觉,腰部会酸痛。

· 由于子宫下降,胸部的压迫感减轻,会感觉比较轻松。

· 下腹部向前倾,重心不稳,容易摔跤。

· 由于腹部变大,常睡不安稳。

· 手指经常肿胀、发麻,甚至疼痛。

· 手腕可能疼痛、无力。

· 阴道流出大量黏液分泌物。

· 小便次数增加,常觉得解不干净。

· 腹部常感到疼痛,如果有规则阵痛,表示已经进入产程,必须与医师联络。

· 下肢静脉曲张,痔疮变得较严重。

· 体重总共增加约 11 千克。

4. 注意事项

· 每星期接受 1 次产前检查。

· 保持适度的运动,睡眠要充足。

· 每天洗澡,保持清洁。

· 应避免性生活,以免造成早期破水。

· 不要到交通不便的地方或塞车的高速公路。

· 避免独自外出。

· 温习生产的过程及临产注意事项。

第六章 孕晚期

·情况紧急时,可打电话给120。

5. 营养食单

五香酱肥鸭

【主料】鸭子1只(约1000克)。

【调料】香油15毫升,酱油200毫升,料酒、白糖各40克,味精2克,香葱段50克,姜片25克,桂皮15克,大料1.5克,花椒、茴香各10粒。

【制法】将鸭子收拾干净,胸脯朝上,在鸭腹部的上方(靠近肛门处)顺划一刀,再左右划开,掏出两侧的油和内脏,用凉水冲洗干净。将鸭子放入锅内,加凉水(以漫过鸭子为度),上火烧开,煮10分钟捞出,洗净。将煮熟鸭子的锅置火上烧开,放入鸭子及花椒、茴香、桂皮、大料、葱段、姜片、酱油、白糖、料酒、味精,烧开后转文火煮1.5小时,再用武火煮沸收汁,使鸭上色,10分钟后,捞出放凉,刷一层香油即成。

【特点】鲜香味美,营养丰富,含有较多的蛋白质、脂肪、钙、磷、铁、锌等多种营养素。鸭肉味甘、咸、性微寒,有滋阴补肾、化痰利水等功效,适于便干、便秘、水肿、食欲不佳者。

干煎黄鱼

【主料】黄鱼100克,鸡蛋50克,肥猪肉、青蒜各20克,冬笋35克,香菇10克。

【辅料】面粉35克,高汤适量。

【调料】花生油75毫升,香油、精盐各7克,味精3克,料酒10毫升,葱、姜各5克。

【制法】黄鱼去鳞、鳃、骨、刺,在鱼身上两面切成人字形花刀,用精盐、料酒、葱、姜腌10分钟。炒锅上火,放入花生油烧至温热时,把鱼两面粘上面粉,再拖一层鸡蛋液,放入锅内煎至呈金黄色,盛入盘内,上笼蒸10分钟。炒锅留底油,上火烧热,下肥猪肉丁、冬笋丁,加葱、姜、味精煸炒后,再加入高汤(或水),将鱼放入汤中后再烧5分钟,收汁后放入青蒜段,淋入香油即成。

【特点】外酥里嫩,香味四溢,鲜美诱人,并含有丰富的蛋白质、维生素和钙等多种营养素。鱼肉蛋白质的氨基酸组成与肉类似,而含少量脂肪,生物价值较高。

鱼羊锅仔

【主料】鲈鱼1条(约400克),带皮羊肉400克,白萝卜200克,青蒜叶20克,清水750毫升。

【调料】胡椒粉0.5克,黄酒5毫升,味精1.5克,干辣椒2只,葱节和姜片各5克。

【制法】将羊肉斩成块放开水中焯水;鱼洗净后一面切成牡丹花块,另一面剞直刀,开水中烫一下;萝卜去皮,一半切成条,另一半切成大块;青葱叶切成段。羊肉入锅,加清水、葱姜、萝卜块、辣椒,加盖用文火烧2～3小时,见羊肉酥烂时,加入萝卜条、盐,烧10分钟,再将鲈鱼放入锅,加入黄酒,撒入胡椒粉,加盖后烧5分钟,最后拣去姜葱、辣椒,加入味精,撒上青蒜段。装入锅内即成。

【特点】汤浓醇,味鲜美。古人说羊肉和鱼结合的食品最鲜,"鲜"字由此而来。

鸡肉卤饭

【主料】粳米饭250克,净鸡肉、青豌豆角各50克,半个鸡蛋的蛋清,香菇25克,冬笋半个。

【调料】熟猪油50克,水淀粉、酱油各10克,精盐、味精各2克,葱6克,肉汤适量。

【制法】香菇用热水泡发,洗净,切成小丁;葱剥洗干净,切末;冬笋剥去外壳,切成小丁;青豌豆去壳。鸡肉切成小丁放碗内,加水淀粉和鸡蛋清,抓匀上浆。炒锅上火,放入熟猪油烧热,下浆好的鸡丁,炒熟盛出。随即将香葱末放入锅内,炒出香味,下冬笋丁、香菇丁、青豌豆和精盐,炒几分钟,倒入粳米饭,翻炒几下,再倒入炒好的鸡丁和酱油炒透,盛入盘内。炒锅上火,放入适量的肉汤和精盐,烧开后用水淀粉勾芡,放入味精,浇在炒好的饭上即成。

【特点】香软油润,鲜香可口,营养丰富,含有丰富的蛋白质、脂肪及多种矿物质、维生素。

第七章　孕期禁忌

不宜服用蜂王浆

蜂王浆是工蜂分泌的一种白色或淡黄色的略带甜味并有些酸涩的黏稠状液体,是专供蜂王享用的食物。据检测,每100克蜂王浆中含有水分66克,蛋白质12克,脂肪6克以及其他20多种氨基酸、多种维生素、乙酰胆碱、油脂、矿物质等共70多种成分。

蜂王浆和蜂蜜配制成的液体称为"蜂乳",蜂乳中如果再掺入人参等滋补品,则可制成人参蜂王浆等口服液。这类口服液往往被认为是较好的滋补品。但是,其中的激素类物质可能会刺激孕妇的子宫,引起子宫收缩,干扰胎儿的生长发育。所以,孕妇不宜服用蜂王浆。

应远离咖啡

现代人崇尚咖啡,咖啡确实是一种令大多数人青睐的饮料。热腾腾的咖啡不仅使空气中逸出一股沁人心脾的清香,而且使人提神醒脑,精神振奋。所以,不少人喜欢用喝咖啡来作为休闲时分的伴侣;大脑混沌不清时,用浓郁的咖啡作为维持写作灵感的催化剂;体力不济时,用咖啡作为继续工作的兴奋剂。

咖啡号称世界三大饮料之首,咖啡性温,味苦,气味芳香浓郁。具有醒脑提神,振奋精神,利水消脂的功效。现在对咖啡比较一致的看法是:少量饮用有益健康,过量饮用则有害处。据科学研究表明,1杯咖啡饮料中约含有100毫克咖啡因,每天喝上1杯一般不会有任何不良反应,相反还能促进血液循环。咖啡中的亚油酸可以阻止血块形成,对动脉硬化有一定防治作用。

但是,大剂量的咖啡能加快心率,引起心肌剧烈收缩,从而诱发室性心动过速或室性早搏等心律失常症状。过量的咖啡尤其是其中的咖啡因使人兴奋、急躁、焦虑不安以及产生血压升高、失眠等症状;对于精神病患者则会加重精神病。研究表明,连饮 8 杯咖啡,能使人情绪紧张、忧虑、呼吸急促;连饮 10 杯以上,可出现耳鸣、视物模糊、心律失常、肌紧张和肌震颤等严重症状。

在怀孕期间,不要大量饮用咖啡、浓茶和可乐型饮料。这些饮料中大都含有较多的咖啡因,咖啡因是一种中枢神经兴奋药物,虽然毒性不大,但对孕妇和胎儿仍有不良作用。口服咖啡因 1 克以上时,可出现中枢神经系统兴奋症状,如躁动不安、呼吸加快、心动过速等;即使服用 1 克以下,也有副作用,例如刺激胃黏膜产生恶心、呕吐、心悸、眩晕、心前区痛等症状。曾有人做动物实验报道,咖啡因可以诱发子代畸形,这是值得大家注意和警惕的。

1980 年 9 月,美国食品管理局曾发出警告,要求孕妇停止饮用含有咖啡因的一切食物,理由是咖啡因可致胎儿畸形。此外,丹麦研究人员表明,在 11858 例孕妇中发现,每天饮咖啡 4 杯或更多的妇女,会降低新生儿体重,特别是在抽烟的妇女中更为明显。因此,孕妇为了自身和胎儿的健康应当远离咖啡,远离含咖啡因的浓茶。

不可滥用补药

妊娠期间,由于胎儿生长发育的需要,母体各系统将产生一系列的适应性变化,各系统的生理功能都增强了。例如体内蛋白质合成增加、心率增快、心搏出量增加,血容量增多、血压轻微上升、消化功能旺盛、内分泌腺功能活跃等。许多孕妇在此时除了注意平时一日三餐的饮食外,还吃各种亲朋好友、长辈们送来的营养补品。有些孕妇认为,什么食物营养价值高就多吃这种食物,其实这种做法是不对的。因为各人的体质是不同的,比如,按中医的说法有人是阴虚,有人是阳虚。而食物又有寒凉温热之分。所以,应该根据孕妇的体质状态辨证论治:体热的可以用寒凉食

物,体寒的用温热食物;实者当泻,虚者当补,不能一概而论。

现在城市中的女性进食过多的冷饮和生冷水果,往往形成寒体,其实在怀孕后不能进食大量的苦寒食物,否则会伤及母体与胎儿的阳气,此时可进食鹌鹑、鸽蛋、河鱼、牛肉等平性或微温健胃的食物,增加营养。

如果孕妇在怀孕之前内热比较重,怀孕之后新陈代谢更旺,出现口干舌燥、内热便秘、五心烦热等症状,此时不能进食热性食物,而应进食寒性食物,如西瓜、苦瓜、芹菜、蓬蒿菜、广柑、香蕉等清虚热、通大便的食物。

如果孕妇胃部不适,舌胎腻滞者,怀孕后胃气不调,受了风寒后往往引起妊娠呕吐(恶阻),对于这类孕妇可吃些冬瓜、白萝卜、生姜、陈皮等具有顺气、和胃、利湿功能的食物,但忌吃人参、蜂蜜、大枣等黏腻、留湿的食物。如果孕妇出现小腹疼痛时,则应立即去医院请医生检查胎儿是否正常,切记不要随便乱吃药。

产后虽然妇女往往血虚而多汗,易感冒,津液伤缺而且大便秘结。仍然要请中医辨证后治疗,"虚则补之,实则泻之",是中医的治则。补什么,泻什么,应由经验丰富的中医师作出决定,不能误补、误泻。由于产后子宫内有胎盘剥离后留下的创面,中医提出"产后必淤"的观点,所以,产后吃益母草煮鸡蛋特别有助于子宫的恢复。因为益母草具有活血化淤、益气补血促进子宫复原的功效,鸡蛋是营养价值很高的食物。另外对于胃酸不高的产妇,产后第五天起可吃些山楂糕、果丹皮之类的消闲食品,每天吃 15 克,连吃 1~2 周,恶露干净后则可停食。胃酸过高者,可用生鸡内金 1 个,洗净、烤干(不能烤焦),研成细末。再用山药粉 30 克,煮成糊,糊成后,等温度稍降,将生鸡内金末调入即可食用。每天 1 次,连服 1 周,有活血化淤,帮助消化、润肠通便的功用。

总之,孕产妇不能乱吃,尤其不能乱吃补药和泻药,吃错了,将会影响胎儿发育,损害孕产妇的身体健康。要根据个人的身体情况辨质论食才行。

饮酒危害大

佳肴美酒一直是人们节假日和喜庆日不可缺少的佳品,然而孕妇与酒常常是无缘的,这是因为酒的主要成分是酒精(学名"乙醇"),当孕妇大量饮酒时,酒精进入人体,被胃肠吸收进入血液。孕妇血液中的酒精通过胎盘进入胎儿体内,对胎儿产生毒害作用。酒对胎儿的生长发育的害处是:它容易使胎儿发育不良,严重的可出现流产、早产、死胎;酒还会影响胎儿脑的发育,患儿中约有93%的头畸形,严重影响智力;各种各样的畸形包括小眼睛、眼睑下垂、小下颌、唇裂、腭裂、小关节、短腿、先天性心脏病等。孕妇长期大量饮酒,甚至酗酒,可引起"酒精中毒胎儿综合征",患儿出生后前额突出,塌鼻梁、鼻孔朝天,上嘴唇向里收缩,扇风耳等。同时还会合并精神异常,心脏、四肢畸形等。

饮酒不但对胎儿有害,也严重影响孕妇的健康。孕妇即便少量饮酒,也可能引起兴奋、多语、语无伦次、颜面潮红等反应。大量饮酒的孕妇可出现恶心、呕吐、不安、步履蹒跚等,重者可导致呼吸抑制、昏迷,酒精在体内会抑制葡萄糖的生成,引起低血糖、血压下降,继发乳酸血症。如酒后洗澡,肝糖元的耗损量骤增,可加重病情。

从以上的介绍中可知,孕妇饮酒对胎儿和孕妇自己的健康都十分不利,所以,孕妇千万不要饮酒。

疫苗注射禁忌

怀孕期间接种疫苗必须格外小心。一般来说,活病毒制造的疫苗严格禁止使用。孕妇注射疫苗须留意的情形归纳如下。

1. 麻疹疫苗:孕妇禁用。一般认为注射后3个月内,不宜怀孕。

2. 腮腺炎疫苗:孕妇禁用。

3. 天花疫苗:除非有感染的可能,否则禁止使用。万一孕妇必须注射天花疫苗,则要在孕妇的另一部位同时注射免疫球蛋白,以防止胎儿牛痘的发生。

4. 枯草热疫苗:除非到枯草热疫区,否则孕妇禁用。

5. 小儿麻痹疫苗:小儿麻痹疫苗成年人通常不用,孕妇更不可使用,但如果此病正在流行,是否使用请遵医嘱。

6.破伤风和白喉疫苗:孕期是否注射请遵医嘱。

7.狂犬病疫苗:孕妇可能得狂犬病时,可同时使用狂犬病免疫球蛋白和狂犬病疫苗。

8.肝炎疫苗:孕妇的配偶或家庭成员若有乙肝表面抗原阳性及 e 抗原阳性者,或孕妇在孕前或孕中因特殊需要而从事高度感染乙肝危险的工作者,而孕前没有接种上乙肝疫苗,也应及时到医院注射乙肝疫苗,能否注射及注射的时间请遵医嘱。

孕育聪明小宝贝

第八章　产前准备

产前运动有好处

做产前运动必须注意几个原则：

· 有早产现象时,不可做。

· 有前置胎盘的并发症时,不可做。

· 多胎怀孕者尽量不做。

· 最好持之以恒,做到生产时。

· 穿着宽松的衣服。

· 最好排空尿液再做。

1. 腰部运动

手扶椅背,慢慢吸气。将脚尖立起,身体重心集中于椅背。腰部挺直,使下腹部紧靠椅背。慢慢呼气,手臂放松,还原。

（作用——减少腰部酸痛;生产时可加强腰部及会阴的弹性,使胎儿顺利娩出。）

2. 腿部画圆运动

手扶椅背,左腿固定,膝盖伸直,右腿画一圆圈。换腿继续做。

（作用——增加骨盆肌肉的韧性;增加会阴肌肉的弹性;有助于分娩的进行。）

3. 举腿运动

仰卧,右腿微屈,左腿伸直,往上抬起,与地面成45°斜角。然后弯曲再还原。换右腿以同一方法练习。

（作用——增加腿部肌肉的弹性;减轻腿部水肿。）

4. 双腿抬高运动

仰卧,双腿抬高与身体垂直。足部抵住墙壁。维持3～5分钟。

（作用——增强脊椎骨及臀部肌肉的张力；促进下肢血液循环；减轻腿部水肿。）

5. 骨盆振动运动

成爬行状，手掌及小腿接触地面，保持不动。抬头，背部向上下弯曲运动。抬头，腰部向前后摇动。

（作用——训练腰及骨盆肌的力量；使产道柔软，促进分娩顺利进行。）

6. 膝胸卧式

采跪伏姿势，两手贴住地面，脸侧贴地面，双腿分开与肩同宽。胸与肩尽量贴近地面。双膝弯曲，大腿与地面垂直。维持此姿势约2分钟。

（作用——矫正不正常的胎位；促进骨盆腔血液循环。）

产前预兆

1. 子宫底下降

一般初产妇在临产前2周左右，开始感觉上腹部轻松，呼吸舒畅，食量增加，同时还会出现腰酸腿疼，伴有下坠感、尿频、走路不便等临产先兆。

2. 子宫规律性收缩

从临产开始，子宫规律性收缩，最初5～6分钟一次，以后间隔时间逐渐缩短，持续时间逐渐延长，宫缩强度逐渐增加。这种有规律的子宫收缩，称为阵缩，是分娩开始的标志，通常称为临产。随着子宫的收缩，子宫口逐渐扩张，孕妇有想解大便的感觉。

3. 阴道有少量血性黏液流出

子宫收缩到一定程度，阴道会出现少量血性黏液，即"见红"。大多数初产妇在见红24小时左右就会自然临产。

4. 阴道流出羊水

由于子宫强有力的收缩，子宫腔内的压力逐渐增加，子宫口开大，胎头下降，引起胎膜破裂，从孕妇阴道流出羊水，俗称"破水"。这时胎儿很快就要出生了。

新生儿所需用品

新生婴儿所需的用品和大约数量如下：

1.衣物

纸尿布、包巾3条、纱布内衣6件、长衫3件、宽外衣3件、纱布手帕6条、小袜子及帽子。

2.寝具

小床、床褥、床单、小被子、毛巾被或小被毯及蚊帐。

3.洗澡用具

婴儿香皂、小毛巾、大浴巾、婴儿油、爽身粉、浴盆、棉花球、纱布、肛温表、凡士林。

4.喂奶用品

奶瓶6~8个、奶嘴、奶瓶盖、量匙、热水瓶、冷开水壶、消毒锅、长镊子、奶瓶刷等。

5.其他用品

安全别针、体温计、小指甲剪、纱布巾、小手套。

临产心理障碍疏导

在妊娠晚期,难免会产生这样或那样的担心。因此有必要做好产前心理疏导,排除恐惧与紧张的情绪,以保持良好的心态,有利于顺利分娩。常用的方法有：

心理转移法。孕妇可根据自己的爱好及特点,参加一些文化活动,如唱歌、绘画、编织等项目,以分散注意力和消除身心的一些消极情绪,如害怕难产,担心胎儿的性别不理想等。

暗示法。用语言进行暗示可消除孕妇的恐惧心理。例如,医生可对孕妇说:你的骨盆较宽,很适合分娩;你体格很强壮,有利于分娩。

除此以外,还可以采用无声的语言进行鼓励,送上一束鲜花,上面附

有一张纸条,写上"阵痛的到来是幸福的开始"或"世界因为有了女人而五彩缤纷"等赞美的语言,会给产妇带来巨大的精神力量。

心理抚慰法。孕妇诉说内心焦虑,也是一种宣泄渠道,是调节心理情绪的一种好方法。这需要丈夫与亲属耐心地"洗耳恭听"。

当临产"宫缩痛"引起产妇恐惧、紧张、沮丧等情绪时,孕妇可以用轻柔的动作抚摸腹壁,这样可以缓解宫缩疼。这是放松的一种方法,使孕妇的依赖保护心理得到满足,情绪随之安定下来。

当然,从心理学角度来调节和疏导的方法还有很多,如心理互补法、幽默、否认法等。

给孩子准备必需品

(1)房间

新生儿房间最好有充足的阳光。阳光中的紫外线可以促进维生素 D 的形成,可预防小儿佝偻病。但不要使阳光直射新生儿的面部。如果房间光线不充足,最好每天抱着小宝宝去晒晒太阳,当然也要避免阳光直射面部。

(2)床铺

新生儿要和母亲住同一个房间,但最好给他单独准备一个小床铺。床铺的大小,以足够供婴儿睡到五六岁为好。婴儿睡单床可以减少感染,有利于正常生活规律和习惯的形成。床铺四周栏杆的高度以婴儿站起来不会掉落为尺度,不要有横棱。栏杆与栏杆之间的距离要小,避免婴儿的头部挤出。栏杆起落要方便。用钩子扣住的栏杆,要检查挂钩是否安全,如果孩子出生时来不及准备安全的婴儿床铺,可以使用简易的摇篮。

(3)尿布

尿布是新生儿和婴儿时期重要的用品之一,要用质地柔软、吸水能力强的布做成。最好选用淡色的布来制作,以便观察大小便的颜色。如果家中有旧床单或旧的棉布衬衣、裤,也可用来制作尿布,但必须认真洗净,用开水烫后在阳光下曝晒以消毒。还应再制作一些棉尿垫,放在尿布和褥子之间,以减少褥子被大小便弄脏弄湿的次数和程度。棉尿垫的尺寸以 30 厘米长为宜,外用棉布做套,内用腈纶棉或涤纶棉做絮。准备 6 块左右。

(4)衣服

新生儿的衣服,一定要用柔软、手感好、通气性和保暖性好、易于吸水的棉制品做,颜色宜浅淡,这样容易发现污物。式样可选用我国传统的斜襟衣式。衣服要宽大些,便于穿脱。至少准备 3 件以上,可采用衬衣式样。要用棉布制作里子和面子,用新棉花做絮,但不要太厚,以保证柔软。

(5)洗澡用品、药品

婴儿的洗澡用具一般包括澡盆、脸盆、脚盆、浴巾、毛巾、婴儿皂、痱子粉、爽身粉。

(6)其他用品

体温表、热水袋、便盆、手纸等。

自然生产还是剖宫产

自然分娩是人类繁衍后代的正常生理过程,胎儿经过自然分娩有很多好处:临产后子宫收缩和胎儿经过产道的挤压都有利于胎儿出生后呼吸顺利。据临床调查,经阴道分娩的胎儿"吸入性肺炎"和"新生儿湿肺"的发生率比剖宫产的胎儿少得多。对产妇来讲,剖宫产毕竟是一个剖宫的手术,存在一定的危险性和并发症,而且剖宫产产妇身体远远没有自然分娩的产妇恢复快,当剖宫产后的产妇捂着肚子、弯着腰在病房走廊里蹒跚移步时,自然分娩的产妇已经在昂首挺胸地自己照顾宝宝了!

在分娩过程中,由于子宫收缩,产妇会有腹痛,而且相当剧烈,这给产妇带来了痛苦。随着医疗制度的改革,医院改变传统的医疗护理模式,由过去以疾病为中心发展为以人为中心的服务模式,改善环境,改变观念,相继推出家庭分娩和"责任制一对一"的陪伴助产,消除了产妇对产房环境的陌生感和产妇与家人分离的孤独感,让产妇在家人的支持鼓舞下充满信心,在专业人员的指导下适当减轻疼痛,学会自然放松,以利于顺利分娩。

当然,当自然分娩遇到阻力时,适时剖宫产及早结束分娩也是对孕妇和胎儿的一种保护。

选择什么样的分娩方式还是多听听医生的建议,力求母婴安康。

分娩的窍门

人们都知道阵痛是分娩的前兆,但专家们统计后发现:有 10% 的产妇分娩前没有疼痛的感觉。医生们发现,疼痛的强度与子宫收缩的强度不成比例,而产痛的程度却和产妇精神紧张的程度成正比,精神越紧张,疼得越厉害。于是有人得出这样的结论:害怕是产痛的根源,特别是初产妇,对分娩有很多猜测、忧虑,甚至恐惧。英国产科专家格·迪里德说:"精神最不紧张的产妇,感到的疼痛最轻。"

在真正进入产程以后,大多数产妇因精神心理因素,感觉到程度不同的痛感。有些产妇从一开始便大喊大叫,手足挥舞,不思饮食,哭喊得声嘶力竭,疲惫不堪。这种闹法除了确实感到疼痛外,恐惧占了很大成分。因为喊叫哭闹消耗了体力,中枢神经系统得不到休息,子宫也得不到有力的收缩,就会发生宫缩乏力,或不协调的宫缩。这样一来,不仅给产妇带来剧痛,胎儿也因供氧不足而发生宫内窘迫、心率变快,还会胎粪泄出,污染羊水。而且胎儿出生后,易发生新生儿肺炎等严重并发症。有的孕妇到子宫开全后,已经疲劳过度,子宫乏力,需要医生助产才能将胎儿娩出,这会增加产妇的创伤以及胎儿的危险,甚至有的产妇能把顺产"闹"成难产。

实际上,分娩是一种自然的生理过程,自古以来,绝大多数分娩活动都是正常顺利的。在现代医疗条件及良好的围产监护下,产妇应该更乐观! 如果出现异常情况,医生会作出妥善的处置。作为产妇,要镇静、坚强,要与医生相配合,共同克服困难,大叫大闹则于事无补。

下篇　婴儿期

第九章　宝贝第一个月

 宝宝什么样

新生儿

从刚出生到生后 28 天的宝宝,我们称为新生儿。

新生儿阶段很短暂,这是宝宝从母体内寄生的生活到独立生活转变阶段,这时他的各个内脏的形态和功能要起很大的变化,才能适应出生后的生活环境。因此,该阶段是一个很重要的过渡阶段。

帮助新生儿逐渐适应"新环境"、"新生活"是我们每一个做父母义不容辞的责任。更多地了解有关新生儿的保健知识会使你的宝宝能更好地成长。

新生儿的分类

新生儿有几种分类法:

1.按妊娠周数(即胎龄)分类

足月儿是指胎龄满 37 周至不满 42 周(259～293 天)。如果胎龄不满 37 周也就是小于 259 天时,称为早产儿;如果妊娠满 42 周即达 294 天时,称为过期产儿。

2.按出生体重分类

正常体重儿是指出生体重在 2500～4000 克之间的新生儿。如果出生体重不足 2500 克称低出生体重儿;其中体重不足 1500 克又称极低出生体重儿;如果出生体重大于或等于 4000 克,则称为巨大儿。

左侧竖排文字:孕育聪明小宝贝

宝宝常见的生理现象

宝宝降生后,由于环境的改变,往往会出现这样或那样的生理变化,一些父母不了解,常以为孩子生了病。如果了解了这些变化,就不必忧虑了。

宝宝常见的生理现象有以下几种。

1. 生理性黄疸

有50%~70%的正常新生儿,在出生后的2~3天,会出现皮肤、巩膜黄疸,第4~6天最重。足月儿在生后10~40天消退,早产儿可延迟至第3周才消退。发生生理性黄疸的原因主要是胆红素产生过多,肝脏酶系统发育不完善的缘故,毋须治疗。

2. 假月经(阴道出血)

有的女婴出生后,于第5~7天,可见阴道少量出血,持续1~2天自止。

3. 乳腺肿大

男女婴儿皆可见,多在出生后3~5天出现。大小如蚕豆至鸽蛋,一般于生后2~3周消退。原因也是孕妇雌激素对胎儿影响中断所致。不可强力挤压,以免造成继发感染。

4. 板牙

又称"马牙",表现为新生儿上腭中线上和齿龈切缘出现黄白色小斑点,常在生后数周到数月内自行消失。发生原因是上皮细胞堆积或黏液潴留肿胀的缘故。切勿挑破,以免感染。

5. 螳螂嘴

新生儿两侧颊部出现脂肪垫隆起,对吸奶有利,"俗称螳螂嘴",不必治疗,切忌挑割,以免招致感染。

6. 脱发

大多数新生儿在出生后的2~3周内发生显著脱发。这是由于婴儿出生后,大部分头发毛囊在数天内由成长期迅速转为休止期所致,一般经

第九章 宝贝第一个月

过 9～12 周后,小儿的毛囊会重新形成毛球,并向成长期活动,重新生长出新发。

7. 大便过于用力

小婴儿大便时会发出"吭哧吭哧"的声音,全身都会变红。别担心,这是因为胎儿在子宫里没有排泄大便的活动,他的腹部肌肉缺乏锻炼,因此没有足够的力量。出生后的宝宝要非常用力才能排出大便。

8. 屁股上起细疹

小屁屁上的红疹大多是由宝宝的大便造成的,新生儿的消化系统难以完全消化掉母乳或配方奶中的碳水化合物,那些未被消化的在大肠中发酵,产生气体、酸性物质以及泡沫样大便——这对宝宝柔嫩的小屁屁造成的刺激是极大的。一定要给宝宝勤换尿布,多擦护臀霜。

9. 指甲往肉里长

宝宝的脚指甲看起来好像是往肉里长这是正常的。小婴儿的指甲易折易弯,深深地置于甲床中。判断宝宝的指甲是否有问题,只需轻轻地挤压一下他的脚趾:如果宝宝的脚指甲真的是往肉里长,那宝宝的脚会感到疼痛,他会以哭声告诉你。

10. 扁平足

事实上,新生儿足底扁而平是正常的。相反,如果婴儿在头几个月里就有很高的足弓反而是一种不良的信号,因为它预示着宝宝会有神经或肌肉方面的问题。宝宝到了 4～6 岁的时候足弓才会发育好。

11. 内八脚和罗圈腿

由于子宫中空间有限,胎儿是以双腿交叉蜷曲,臀部和膝盖拉伸的姿势生长的,因此他的腿、脚向内弯曲。出生后,随着宝宝经常的运动,臀部和腿部的肌肉力量加强,宝宝的身体和脚就会慢慢变直。

12. 有时有点"对眼"

一只眼睛的肌肉比另一只有力,会使宝宝有时看起来有点"对眼"。这种现象只是间断性的,不必担心。

13. 只能用鼻子呼吸

这是因为新生儿的喉咙位置比较高,较高的喉咙位置可以让他在吃奶时进行呼吸,并且保证液体不会流入气管。缺点是宝宝不能用嘴呼吸。如果宝宝发生鼻塞,要及时用吸鼻器吸通鼻子。

14. 不流眼泪

这是因为新生儿的泪腺所产生的液体量很少,只能保持他眼球的湿润。而且,宝宝在出生时,其泪管是部分或全部封闭的,要等到几个月以后才能完全打开。

15. 呼吸快而不规则

新生儿的呼吸频率相对比成人快很多,而且也不规律。这是因为婴儿的肺还很小,其神经系统没完全发育好的缘故。

16. 体温不规律

新生宝宝的甲状腺——宝宝体内的温度调节器尚未发育完善,汗腺也不够发达,所以,宝宝的体温会时高时低。好在宝宝有充足的脂肪来保护,体温不会降得太低。

17. 易脱水

虽然新生儿的体重中百分之七十五到八十都是水分,但是由于新生儿的新陈代谢速度很快,是儿童或大人的两到三倍,导致水分的快速流失,所以小婴儿容易脱水。要判断宝宝是否处于脱水状态,可把小拇指放入宝宝的口中,如果湿润则没事,如果干而黏,就说明宝宝需要奶水。

18. 爱打嗝

宝宝出生后的几个月内,一直都有较频繁的打嗝。这是在锻炼横膈膜,它对宝宝的呼吸运动起着至关重要的作用。有时打嗝是由于宝宝过于兴奋,有时则是由于刚喂过奶,某种程度上讲,打嗝是由于横膈膜还未发育成熟。到了3~4个月的时候,宝宝打嗝就会少多了。

19. 软塌塌的小耳朵

新生宝宝的小耳朵非常柔软,显得有些像招风耳。其实,这只是因为宝宝的小耳朵里的软骨尚未发育好的缘故。几个星期之后,随着软骨日渐发育成熟,宝宝的小耳朵就会慢慢变硬,直立起来,有一个正常的形状了。

第九章 宝贝第一个月

孕育聪明小宝贝

宝宝的体重小秘密

宝宝满月时的体重至少比出生时增加 800～1000 克。然而,在刚出生的头几天里,他们的体重不仅不增加,反而比出生时体重下降,大都在 3～4 天时达最低点,直至 7～10 天才恢复至出生时的体重。

出现这种情况是因为新生儿最初几天多睡少吃,吸乳量不足,而肺和皮肤却蒸发大量水分,大小便的排泄也相当多,因此体重减少。体重恢复很慢的新生儿,并不意味着以后一定发育不好。细心的父母只需分析体重不增长的原因加以改进就是了。例如是否母乳不足? 喂养是否合理? 两次吃奶间是否喂水太少? 包裹太严以致过热而出汗太多? 如果由于生病而体重不增长,则应及时诊治。

宝宝的胎记

上了年纪的老人对胎记的解释是:投胎时阎王老爷盖的印,动不得,会慢慢消失。这样丰富的想象说服不了年轻的爸爸妈妈。因为背部、屁股上的"印章"还好说,额头上、脸上来一小块,可怎么办啊。

医学上的解释是,出生不久的婴儿身上有胎记,大多数情况下属于正常生理现象。

背部和臀部等部位形状各异、大小及数目不等的淡青色或灰青色的胎记,是真皮内细胞的特殊色素积聚沉着所造成的。这是炎黄子孙的一个特殊标记,白种人和黑种人是没有的。随着孩子年龄增长,真皮内细胞沉积的色素逐渐减少,会自行消退。大约 2 岁完全消失,但少数可部分地保留终身。它不会给身体健康和发育带来不良影响,因为部位隐蔽,也不影响外观,不需采取任何治疗措施。

极少数情况下,孩子的胎记与体内疾病有关。如正好发于一侧头、面、颈部的大片鲜红斑痣,1 岁内逐渐增大,常与三叉神经海绵状血管瘤同时存在,有时还可能同时存在脑膜血管瘤和先天性的神经系统畸形。当孩子皮肤出现多处的持续不退大片青记,并发生不明原因抽搐等异常现象时,应考虑一些以皮肤和神经系统异常为主要表现的特殊疾病的可能。

胎记是一种先天性的遗传病,必须引起注意。

半数胎儿有淡红色的胎记。如发生在前额或颈背部,无须治疗,虽在孩子哭闹或环境温度变化时此胎记颜色会加深,但随着孩子年龄的增长,"淡红色"会逐渐消失。只是面部的血管痣要注意,此痣颜色较红,与周围皮肤界限清楚,用手压迫不能褪色;此痣可合并生成脑膜血管瘤,使部分病儿智力低下或患青光眼。

身上有白色胎记,有的形状不规则,有的像两头尖尖的树叶,不痛不痒,不脱屑,在紫外线下特别明显。这是一种"色素脱失斑",多见于结节性硬化症的病人,患儿有智力低下并可能合并癫。

棕色胎记的颜色像"牛奶咖啡",全身都可出现,如只有 1 ~ 2 块,问题不大,但若有 6 块以上直径超过 1.5 厘米斑块,要考虑神经纤维瘤的可能。小时候无症状,随着年龄的增长,棕色胎记也可在皮下出现肿瘤,如此肿瘤压迫神经,则应做手术切除。

上面长有毛发或逐渐长着毛发的黑色胎记,是由黑色素沉着引起的,其一般没有危险;但如发现黑褐色花纹状的色素沉着,则可能是"色素失调症",此症可能合并智力低下与癫。

只有蓝色胎记没有问题。绝大部分胎儿会在背、腰、臀部出现蓝灰或蓝黑色胎记。此胎记会逐渐消退,不需治疗。

宝宝的八大特点

1. 皮肤嫩软

小宝宝的皮肤特别细嫩柔软,摸起来像丝绸一样顺滑。原来,他在羊水里浸泡了整整 10 个月,再加上婴儿的皮肤分层少,较硬的角质层尚未发育好,又比成人的脂肪与水分含量都多,所以摸起来十分光滑。

要想宝宝的皮肤柔软度能长时间地保持下去,到户外活动时别忘记使用婴儿霜,否则阳光与风沙会加快其皮肤变粗变硬的速度。

孕育聪明小宝贝

2. 体味好闻

小宝宝的体味清新,很好闻,主要得益于他的汗腺还没有发育成熟,没有汗自然不像大人那样有一股汗味。由于没有汗,也就没有细菌滋生,而细菌正是难闻体味的"酿造者"。另外,母亲对婴儿格外呵护,洗浴频繁,衣裤常换,当然体味就好闻了。

3. 呼吸香甜

首先"得益"于他们没有长牙,因牙齿最容易残留食物残渣,从而滋生细菌,使口气变味。其次,宝宝大部分时间张着嘴,空气流动抑制了细菌的生长。另外,婴儿的食物单纯,没有大蒜、洋葱这些辛辣味重的食物成分。

4. 体形圆胖

宝宝的皮下脂肪较多,在刚出生的几天里,他们要靠这些脂肪生活,直到母亲的奶水质量趋于稳定。至于以后仍然保持着这种肥胖体形,直到蹒跚学步,科学家认为这是婴儿的自我保护,多余的脂肪为他们保温。到孩子 3 岁以后,脂肪在全身重新分布,体形发生变化,就开始向"婴儿胖"说拜拜了。

5. 常打喷嚏

打喷嚏常被视为感冒的信号,不过这只适用于大孩子与成人,从出生到三四个月内的小宝宝例外。原来,孩子刚从密封的、与外界不接触的子宫里出来,自然界的温度与湿度的任何改变,都可以刺激鼻黏膜里丰富的嗅神经纤维末梢,诱发他不断地打喷嚏。新生儿适应外界环境有一个过程,一般到出生三四个月后逐渐稳定,常打喷嚏的现象慢慢减少。

当然,伤风感冒或者患上了过敏性鼻炎,婴儿也打喷嚏,此时就需要看医生了。

6. 嗝声不断

婴儿打嗝很普遍,因为孩子出生后一两个月,调节横膈膜的植物神经发育尚不完善,一旦受到哪怕是很轻微的刺激,如吸入冷空气、吸奶太快等,膈肌会突然收缩,引起快速吸气而发出嗝声。有时候孩子嗝声可持续 5～10 分钟,看起来很难受,不过打嗝本身对孩子的健康并无任何不良影响,用不着担心。一般在出生 3 个月后,调节横膈膜的神经发育趋于完好,打嗝现象会自然减少。

如果宝宝嗝声不断,不妨让他吸奶、喝温开水,或者通过其他刺激,如光亮、声音等使之缓解。

7. 小手紧握

小宝宝出生后,如果你用手指接触他的手掌,他会牢牢地抓住你的手指不放,有时你可以用手指将他的胳膊提起来,可见握得好紧。这种反射称为握持反射,是人类的先天反射,发育成熟的足月宝宝都会这样。至于个中奥秘,医学专家尚未弄清楚。这种先天反射多在 6 个月以后逐渐消失。

8. 吞气

有些吃奶的婴儿,正吃得香甜之际,突然中止吃奶,两手握拳、双腿伸直、全身用力,好像在做运动,一直到面红耳赤后才停止,又恢复正常吃奶。有人认为这是婴儿的一种长高运动,其实是一种误解。医学上将此称为婴儿吞气症。

原来,婴儿吸奶时,附带吞入的空气进入胃的下部,被位于胃上部的奶汁所覆盖,难以逸出,只好向下进入小肠与大肠。而肠壁受到空气压力刺激后,引起阵发性痉挛而出现腹痛。婴儿无法说话,只有握拳伸腿,直到肚子咕咕作响或者放屁后,空气排出去了,症状才得以好转。这不是病,不必担忧,会随着年龄增长而逐渐消失。

如果症状较重,也可采用一些措施:如轻拍宝宝背部,让他打嗝,促使空气从口腔里逸出;或者自下而上地在其肚子上轻轻按摩 5 ~ 10 分钟,也可用湿热毛巾敷于婴儿腹部,使空气较快排出。

宝宝的条件反射

你的宝宝有很多技能,有一些技能是简单的条件反射。

1. 眨眼

当你在她面前拍巴掌的时候,他就会眨眼。

2. 觅食

当你用手指或者乳头触摸他的脸颊时,他的头会随着你的手指、乳头转动。

3. 吸吮

有节奏地吸吮你的手指或乳头。

4. 迈步

当你竖着抱起他,把他的脚放在平面上时,他会做出迈步的动作。

5. 惊吓

在他的头部突然向后倒下时,会伸腿、伸胳膊或者弓起背来。

6. 握拳

当有物体接触他的手掌时,他会握起拳头。

7. 潜水

在水中,他肺部的管道会自动关闭,张嘴,睁眼睛,用手和脚来游动。

8. 追踪

眼睛跟随着物体转,自然能辨识一些东西。

宝宝的睡眠

新生儿的大脑皮层兴奋性低,外界来的刺激对新生儿来说都是过强的,因此持续和重复的刺激使之非常易于疲劳,致使皮层兴奋性更加低下而进入睡眠状态。所以在新生儿期,除饿了要吃奶才醒来,哭闹一会儿外,几乎所有的时间都在睡眠。以后随着大脑皮层的发育,小儿睡眠时间逐渐缩短。睡眠可以使大脑皮层得到休息而恢复其功能,对孩子健康是十分必要的。一般新生儿一昼夜的睡眠时间为 18～20 个小时。

美国和荷兰各有一位心理学家,仔细观察、研究了新生儿的行为表现,按照新生儿觉醒和睡眠的不同程度分为 6 种意识状态:两种睡眠状态——安静睡眠(深睡)和活动睡眠(浅睡);三种觉醒状态——安静觉醒、活动觉醒和哭;另一种是介于睡眠和醒之间的过渡形式,即瞌睡状态。

1. 安静睡眠状态

宝宝的面部肌肉放松,眼闭合着。全身除偶尔的惊跳和极轻微的嘴动外,没有其他的活动。呼吸是很均匀的。小宝宝处于完全休息状态。

2. 活动睡眠状态

眼通常是闭合的,仅偶然短暂地睁一下,眼睑有时颤动,经常可见到眼球在眼睑下快速运动。呼吸不规则,比安静睡眠时稍快。手臂、腿和整个身体偶尔有些活动。脸上常显出可笑的表情,如做怪相、微笑和皱眉。有时出现吸吮动作或咀嚼运动。在觉醒前,通常处于这种活动睡眠状态。以上两种睡眠时间约各占一半。

3. 瞌睡状态

通常发生于刚醒后或入睡前。眼半睁半闭,眼睑出现闪动,眼闭合前眼球可能向上滚动。目光变呆滞,反应迟钝。有时微笑、皱眉或撅起嘴唇。常伴有轻度惊跳。当小宝宝处于这种睡眠状态时,要尽量保证他安静地睡觉,千万不要因为他的一些小动作、小表情而误以为"宝宝醒了","需要喂奶了"而去打扰他。

 妈妈做什么

学会哺乳

哺乳前滴乳汁于手腕内测试温度,以不烫手为宜。

哺乳时,对于较小的婴儿,抱在怀里喂奶比让婴儿躺在床上要好。因为躺在床上吃奶很容易一吃完就入睡,长期下去就会养成睡前含奶嘴的坏毛病,而且会给以后断奶增加不少困难。正确的方法是:将孩子抱在怀里,一手把奶瓶底托高,以使奶汁充满奶嘴,这样可以防止婴儿吸入空气。有些母亲喂奶时,担心奶汁过多会呛着孩子,往往将奶汁充填一半奶嘴,这样反而使孩子吸入大量空气,容易造成溢奶和腹泻。当孩子头部能支撑得住时,就可以让小儿坐在膝盖上喝奶。以后可逐渐让孩子自己手握

着奶瓶喝奶,这样有利于孩子的发育。

哺喂完毕应抱直宝宝,用手轻拍宝宝背部,将吸入空气排出,以防溢奶。

知道喂哺的相关注意事项

①配乳及哺乳前必须洗净双手,奶粉配制必须用开水。

②每个宝宝对牛奶的需要量个体差异很大,应灵活掌握,以吃饱并能消化为度,不必严格限制。

③奶液的调制量和浓度要适宜,过稀过少、过浓过多均可引起宝宝营养不良或消化紊乱。两次喂奶之间应补给适量温开水、鲜果汁及菜汁。奶瓶中剩余乳汁不能再喂,可由母亲饮用。

④要特别注意奶瓶、乳头、匙、碗、杯等食具消毒。每次用后应刷清洗净,置锅内煮沸消毒。橡皮奶头煮沸 3 分钟即可,其他食具应煮沸 10 分钟。可多备几只奶瓶、奶头,每天集中消毒一次备用。奶粉罐不要放在冰箱里。奶粉开罐 10 天以上的不要再使用。奶粉罐要盖严实,不要把勺一直放在罐里。

⑤不能用炼乳、麦乳精、糕干粉、米面糊等食品来代替母乳或牛羊奶。这些食品都以含糖为主,蛋白质含量不足,长期用这些食品喂婴儿会使婴儿虚胖,发生营养不良、贫血、抵抗力下降等现象。

注意观察宝宝的囟门

囟门是反映小儿健康状况的窗口之一。如何观察囟门呢?观察囟门应注重以下几个方面情况,如囟门大小、闭合时间、饱满情况,等等。

囟门过大,超出相应年龄的正常值,提示小儿骨骼发育及钙化障碍,可能患佝偻病、呆小症等。囟门闭合延迟亦是如此。

囟门闭合过早,提示有脑发育不良可能,此时头围亦明显小于正常。

囟门至 18 个月仍不闭合,则为闭合延迟,常见原因有:颅骨生长减慢,如甲状腺功能低下,侏儒症等;患佝偻病常伴有多汗、夜惊、方颅、颅骨软化等。此外,患有脑积水、脑肿瘤时也可引起闭合延迟,此时患儿头围往往增大。

囟门饱满或明显隆起,说明颅内压增高,常见于脑积水,颅内感染如脑膜炎、脑炎等。

囟门明显凹陷常见于严重脱水如小儿腹泻。

检测小儿囟门切勿用指尖按压,以免意外,应以指腹放在头顶,从顶部轻按滑向额部,触出囟门边缘,测量囟门大小。

学会把大小便

方法:出生半个月起,开始定时定点培养大小便的习惯。在便盆上方用"嘘"声表示大便或用"嘘"声表示小便。通过视——便盆,听——声音加上姿势形成排泄的条件反射,在满月前后婴儿就懂得把大小便了。

目的:婴儿把便既培养了与大人的合作,又能训练膀胱容量扩大,锻炼膀胱括约肌应有的功能,还密切了母婴关系,是一种良好习惯和能力的训练。

注意:大人挺胸坐正,不可压迫婴儿胸背而妨碍呼吸,当婴儿打挺表示不愿意让把便时,应马上放下,停止训练,以免使婴儿疲劳。不过,只要你有耐心,孩子很快会建立起条件反射的,而且很早就不尿床了。

给宝宝做体操

第一节:准备活动

目的:消除肌肉、关节的僵硬状态,适应机体活动的需要,防止外伤。

预备:让小儿自然放松仰卧,成人握住婴儿两手腕。

动作:"一、二、三、四"从手腕向上按摩四下至肩。"二、二、三、四"从足踝按摩四下至大腿部。"三、二、三、四"自胸部按摩至腹部(成人手成环形,由里向外,由上向下)。"四、二、三、四"同第三个四拍。

配合语言:宝宝,现在开始做操了。

第二节:上肢运动

目的:活动肩部肌肉及关节。

预备:婴儿仰卧,两臂放体侧,成人将双手拇指放在婴儿掌心轻握婴儿双腕。

动作:一、两臂左右分开侧平举,掌心向上;二、两臂前伸,掌心相对;三、两臂上举,掌心向上;四、还原预备姿势。

第三节:扩胸运动

目的:活动肩、肘关节及上肢、胸部肌肉。

预备:同第一节

动作:一、两臂左右分开;二、两臂胸前交叉;三、两臂左右分开;四、还原。

第四节:下肢运动

目的:活动膝、踝关节及下肢肌肉。

预备:婴儿仰卧两腿伸直,成人两手轻握婴儿脚腕。

动作:一、双脚抬起与桌面成45°;二、左腿屈曲至腹部;三、同第一拍;四、还原。(第二个四拍右腿动作同左腿)

第五节:举腿运动

目的:活动髋关节及韧带。

预备:同第四节。

动作:一、左腿上举与躯干成直角;二、还原;三、右腿上举与躯干成直角;四、还原。

第六节:抬头运动

目的:训练颈部肌肉,促进抬头。

预备:婴儿俯卧在床,成人在婴儿身后两手扶婴儿双肘及前臂。

动作:"一、二,"使婴儿上肢屈曲,两手位于胸下。"三、四,"使婴儿头逐步抬起。配合语言:"一、二,"准备好。"三、四,"抬起头。

第七节:翻身运动

目的:促进小儿翻身动作的发展。

预备:婴儿仰卧,双臂放于体侧,成人手握婴儿两上臂。

动作:"一、二,"成人拉婴儿左上臂轻轻向右翻。"三、四,"还原。(第二个四拍方向相反)

第八节:放松运动

目的:使自主神经系统由紧张状态恢复到安静时的水平。

预备:同第一节。

动作:一、左臂上举45°;二、还原。三、右臂上举成45°;四、还原。五、左腿上举与桌面成45°;六、还原。七、右腿上举与桌面成45°;八、还原。

为宝宝清洁口腔

新生儿刚出生时,口腔里常常有一定的分泌物,这是正常现象,一般无须擦去。为了清洁口腔,妈妈可以定时给婴儿喂些温开水,就可清洁口腔中的分泌物。如果一定要清除脏物时,让婴儿侧卧位,用小毛巾或围嘴围在婴儿的颌下,防止沾湿衣服。家长用肥皂洗净双手,用棉签蘸上淡盐水或温开水,先擦口腔内的两颊部、齿龈外面,再擦齿龈内面及舌部。如果婴儿闭口不配合,家长可以用左手拇指、食指捏婴儿的两颊,使其张口,再进行清洁,但动作一定要轻巧,因为婴儿的口腔黏膜极柔嫩,唾液少,易损伤而致感染,产生发炎溃烂等现象,故在清洁口腔时一定要注意。

孕育聪明小宝贝

给宝宝剪指甲

婴儿的指甲长得特别快,一两个月的婴儿指甲以每天0.1毫米的速度生长,所以要间隔1周左右就要给孩子剪一次。剪指甲时要注意以下几点:要在婴儿不动的时候剪,最好等孩子熟睡时剪;由于婴儿的指甲很小,很难剪,所以尽量用细小的剪刀来剪,剪的不要太多,以免剪伤皮肤;婴儿喜欢用手抓挠脸部和身上其他部位,往往会抓破皮肤,所以剪指甲时不要留角,要剪成圆形。

此时无声胜有声

无声的语言方法:在宝宝情绪好时,母子面对面,相距约20厘米,孩子会紧盯着你的脸和眼睛,当你们的目光碰在一起时,和孩子对视并进行无声的语言交流,即做出多种面部表情,如张嘴、伸舌、龇牙、鼓腮、微笑等。

目的:逗宝宝发笑,培养无声语言能力。

当宝宝第一次出现逗笑时,切记记录下日期,作为宝宝心理发展的重要资料。宝宝在快乐的情绪中,各感官(眼、耳、口、鼻、舌、身等)最灵敏,接受能力也最好,最灵敏。过7~10天宝宝会笑出声音,这也是应该记录的日期。

爸爸做什么

掌握一些器皿的消毒方法

婴儿的抵抗力很弱,容易引起细菌感染。每一次人工喂养前都要认真地对器具进行消毒,虽然麻烦些,但在出生后3个月内必须实行。消毒

方法有开水煮、药品消毒、熏蒸等形式,最常见的是用开水煮消毒。具体消毒方法如下:

①喂奶后立即用专用洗涤剂把奶瓶和奶嘴洗净,仔细涮一涮。

②在消毒用的锅里盛满水,将奶瓶、计量勺、刮平刀、瓶夹子放进去,点上火,在开水里煮5~6分钟。用蒸煮器要10分钟。

③奶嘴的消毒有3分钟就行,以停火前3分钟放进去。

④如果马上就要调乳的话,不管消毒用的是锅还是蒸煮器,都应在盘上铺上擦拭布,用长筷子将器具夹出放在上面,把水控干才可使用。

⑤孩子6个月以后,用刷子蘸洗涤剂刷干净,再用清水认真冲洗过就可以了。不必再天天消毒,一般隔一段时间集中消毒一次即可。

学会调制牛奶

鲜牛奶的调制主要有稀释、加糖、煮沸3个步骤。

稀释:新生儿2周内按2:1(2份鲜牛奶加1份温开水或米汤)、3周内按3:1,4周内按4:1稀释,满月后可不稀释。若当地市售奶质较稀,宝宝吃奶后不久便有饥饿表现,可适量少加水或不加水,以大便正常、无奶瓣为准。

加糖:100毫升稀释好的鲜牛奶加5~8克糖(约半汤匙)。

煮沸:最好的煮沸方法是采用"巴氏消毒法",即把牛奶加温至61.1℃~62.8℃之间半小时,或加温至71.7℃时15~30分钟,这样可以把细菌杀死。如无法控制以上温度,也可将牛奶烧开2~3分钟,但千万不能过长时间煮沸。将奶瓶放在冷水中冷却,然后放冰箱中保存。喂时将奶瓶置热水杯中加热即可。

满月时可对宝宝进行智力测试

①第一次注视离眼20厘米模拟母亲脸面的黑白图画能达10秒钟以上。

②离耳15厘米摇动内装一些黄豆的塑料瓶时婴儿会转头和眨眼。

③大人将手突然从远处移至婴儿眼前婴儿会眨眼。

④双手可达胸前,可吸吮一侧或双侧手指。

⑤放笔杆入婴儿手心能紧握10秒以上。

⑥大人同他讲话时能发出喉音回答或小嘴模仿。

⑦半月时,当大人用手指挠胸脯发出回应性微笑。

⑧20天左右时即识把尿。

⑨持腋站在硬板上能迈3步以上。

⑩俯卧时大人双手从胸部两侧将婴儿托起,头与躯干平。

分析:能做到上述10项中的4项以上者为及格,6项以上者为优秀。

宝宝教养备忘录

宝宝的教养十分重要,不要以为他们只是吃喝拉撒睡,早期教养是日后身心正常发育的重要基础。做爸爸的尤其要注意如下几点:

①利用一切机会与宝宝说话,内容与生活内容相结合。如"吃奶吧!""渴了吗?""宝宝真漂亮。""爸爸来了。"等。

②经常抚摸宝宝前额和全身皮肤,经常搂抱宝宝,喂奶或换尿布时要感情充沛地望着宝宝,不停地说啊说,以满足婴儿心理需求,加深父子和母子的相互信赖和感情。

③促进宝宝视觉的发育。用红气球,经常移动位置给宝宝看,并用深情的目光注视宝宝,不仅可促进宝宝视力,还可促进宝宝大脑发育。

④锻炼宝宝听觉。可用铃铛在头部的前后左右各方向轻轻摇动,使宝宝追随铃声活动头部,也可选优美的乐曲给宝宝听。

宝宝的益智训练

在父母为宝宝的吃喝拉撒手忙脚乱的时候,千万不要忘记对宝宝的益智训练,做父亲的可以注意做如下的工作。

1. 飘动的丝带

将几条不同颜色的彩带组成一束,挂在离孩子眼睛 30 厘米的一侧,最好挂在窗户附近,让微风将丝带吹舞起来,或者在丝带旁用电风扇吹。当丝带迎风飘动时,孩子的视觉欲得到了满足。

也可发挥想象力,利用其他物品悬挂并使其摇动。

2. 闪亮的小饰物

做些漂亮的易拉罐、彩纸组成的装饰物,放些宽大发亮的东西,将其悬挂于床的上方,当孩子发现多彩、明亮的东西时,会表现对周围事物的兴趣。

彩色小饰物可用一次性杯子、空纸盒、火柴盒制作。

3. 训练宝宝的追视

父母应每天给宝宝看红色绒线球、追视红光。在宝宝清醒时,让宝宝仰卧在小床上,父母可离小儿 15 厘米拿着红色绒线球慢慢抖动,使毛线球进入宝宝的视线,然后慢慢左右移动,让宝宝学习追视。如果婴儿视线中断,可重新开始。另外家长还可手拿彩球等玩具让宝宝学习追视。先在宝宝面前能看到玩具处摇几下,然后慢慢地向左或右移动,使宝宝的视线能跟踪眼前移动的玩具。宝宝对母亲的声音是最敏感的,妈妈可用语言吸引宝宝注意玩具。

刚开始练习时玩具左右移动的距离可短些,以后可慢慢地加大距离。除了用玩具让宝宝学习追视外,母亲还可以用自己的脸引起宝宝的注视,母亲把脸一会移向左,一会儿移向右,宝宝会用眼睛追随着母亲脸的方向。他不但会左右转脸追视,还可仰起脸向上方追视,甚至还能做环形追视,他不但眼睛能随着母亲手中的红色绒线球动,而且颈部也随着活动。婴儿刚出生时,两只眼睛还不能完全集中在一个物体上,"视觉集中"是认识世界的开端,这些训练有助于这一能力的发展。注意每次给宝宝追视玩具的时间不能过长,一般 1～2 分钟左右,否则能引起孩子视觉疲劳。宝宝眼睛和追视的玩具的距离为 15～20 厘米。

4. 铃铛

让孩子握住铃铛等发出声音的小型玩具,起初父母需握住孩子的手

挥动,练习数次孩子即能自己挥动。要反复练习,适当增大、加重玩具的体积、重量,使孩子提高有意识练习抓握的灵活性,促进其大脑发育。

5.走动

在孩子高兴时,可以抱着他,在家中四处走动,观察色彩鲜艳的气球和彩条、有声音的铃铛等。对孩子来说,他所看到的一切事物都十分新奇。这可培养孩子看、听的能力。

 ## 奶奶讲的禁忌

忌将初乳挤掉

分娩后3~4天分泌的母乳叫初乳。与成乳相比,初乳蛋白质含量高,脂肪含量略低,色淡黄,稀薄。我国民间一直认为初乳清淡,没有营养,不让婴儿吃,而把它挤掉。这种观念是不正确的。喂养初乳可增强婴儿抗感染的能力,因为初乳中含有多种免疫物质和酶。尤其是分泌型免疫球蛋白可增强宝宝呼吸道和胃肠道的抵抗力,它能保护宝宝娇嫩的胃肠道和呼吸道免受微生物的侵袭,对预防新生儿感染有积极的作用。初乳喂养的婴儿,与一开始就采用牛奶喂养的婴儿相比,肠道内大肠杆菌少,而对身体有益的双歧杆菌占多数。

母乳喂养开奶时间忌过晚

开奶时间的早晚对于母乳喂养成功与否具有重要意义,提倡产妇最好在产后4~6小时开奶,这样既可防止新生儿低血糖的发生,刺激乳汁分泌,促使产后子宫恢复,减少产后出血,又能使婴儿尽早摄取含有丰富营养和免疫物质的初乳。增强新生儿对疾病的抵抗能力。

开奶前忌给宝宝喂糖水

正常宝宝在出生时,体内已贮存了足够的水分,可维持至母亲泌乳。开奶前给宝宝喂糖水则会影响母乳喂养;又因糖水比母乳甜,将影响宝宝对母乳的吸吮。

忌单侧乳房哺乳

单侧乳房哺乳不利于乳汁分泌,还会导致两侧乳房发育不对称。每次哺乳,两侧乳房要轮流吸吮,等吃空一侧乳房乳汁后再喂另一侧。下次喂奶时,先喂上次后吃的一侧,相互交替着喂,有利于乳汁分泌均匀,可预防乳腺管堵塞。

忌两次喂奶之间加喂水

母乳内含有正常婴儿所需的水,如果婴儿口干,就应让其吸吮母乳,这不仅能让婴儿得到所需的水和营养物质,而且会刺激母乳分泌。因此,纯母乳喂养的小儿前 4 个月一般不必喂水,暑天出汗多或服用药物时才需喂水。

喂奶时忌姿势不当

不恰当的哺乳姿势不但会抑制排乳反射,还易致婴儿弱视。常取的正确姿势有:侧卧式、仰卧位式和坐式等几种。坐式喂乳时为了避免婴儿含吮不易定位,忌用手去支托婴儿;椅子忌太软和后倾,且椅子高度要合适。哺乳时,母亲应紧靠椅背,使背部和双肩处于放松姿势,这样益于泌乳。

孕育聪明小宝贝

母亲哺乳忌"剪刀式"手势

除非母乳量过足,使婴儿有呛溢的可能时使用该式,否则,"剪刀式"手势会反向推压乳腺组织,阻碍婴儿将大部分乳晕含入口内,不利于充分挤压乳窦内的乳汁。正确的方法是将拇指和其余四指分别放在乳房上、下方,托起整个乳房哺乳。

哺乳时忌宝宝鼻部受压

宝宝因鼻部压入有弹性的乳房时会影响呼吸,正确的方法是保持宝宝头和颈略微伸展,但也要防止头部与颈部过度伸展造成吞咽困难。

人工喂养忌橡皮奶头过大或过小

橡皮奶头的大小以乳汁成滴状快速流出为佳,太大,婴儿易呛,太小,吸吮费力,易疲劳。一般情况下,橡皮奶头备10个左右,以备定期更换使用。

宝宝忌蒙头睡觉

被窝里空气有限,且气味不好,蒙头睡觉会使被窝里的氧气越来越少,二氧化碳越积越多。缺氧会使宝宝感到憋闷,易做噩梦,影响睡眠效果,次日清晨会感到头晕乏力,同时缺氧也不利于大脑发育。

宝宝不宜睡在父母的中间

不少年轻父母晚上睡觉时,总喜欢把宝宝放在父母中间,其实这样睡对宝宝的健康是很不利的。人体中脑组织的耗氧量最大,成人脑组织的耗氧量约占全身耗氧量的 20%，而宝宝越小，脑耗氧量占全身耗氧量的比例就越大，宝宝可高达 50%，宝宝若睡在父母中间，成人排出的"废气"双管齐下，会使宝宝处于一个缺氧和高浓度二氧化碳的环境中，使宝宝出现睡眠不安、半夜哭闹等现象，影响宝宝的正常生长发育。同时，宝宝睡在父母中间，也增加了成人无意中挤压宝宝的不安全因素。

宝宝忌趴着睡

3 个月以前的小宝宝切忌趴着睡，以防不测。因为趴着睡时，口鼻容易被被褥或枕头捂住，而宝宝一般不会翻身或主动避开口鼻旁的障碍物。另外，趴着睡时宝宝面部贴近枕头，空气流通不畅，可因重新吸入呼出的气体而造成缺氧。宝宝呼吸为腹式呼吸，吃饱后趴着睡会使腹部受压，影响呼吸，引起呕吐。

忌保留宝宝的"诞生牙"

大多数小儿在出生后 6 个月左右开始萌出第一颗乳牙，也有早至 4 个月，或延迟到 10 个月的。但约有 1% 的小儿在出生时已有牙萌出，称为"诞生牙"，"诞生牙"牙根很浅，极易脱落，如落入气管容易造成窒息致使婴儿突然死亡。另外还会经常咬痛母亲的乳头，咬伤自己的舌尖和对颌牙龈形成溃疡，所以宝宝有"诞生牙"应及时去医院拔除。

忌把宝宝的胎发剃光

有的地方在宝宝满月时有剃胎毛的风俗，即请理发师在宝宝满月那天用锋利的剃刀将宝宝的胎发全部刮去，殊不知这样做非常危险。当锋利的剃刀在刮毛发时，由于宝宝皮肤娇嫩，不少毛孔会受到损伤，只是我们肉眼看不到。有时宝宝不合作，会在头上留下细小口子，如果剃刀不干净或宝宝的头部不干净，则细菌会入侵引起感染，轻者局部感染，重者可

引起败血症,危及宝宝生命。

宝宝忌忽冷忽热

新生儿体温调节中枢不完善,体表面积相对较大,皮下脂肪较薄,血管丰富,皮肤单位面积的血流量相对较大,容易散热,常因散热大于产热而致体温偏低。如体温持续性偏低可引起皮肤变硬,导致一种叫新生儿硬肿症的发生。又因新生儿汗腺发育不全,排汗散热功能差,若包裹过厚或室温过高可引起发热。

忌让宝宝整天躺在床上

婴儿时期是小儿动作发育最迅速的关键时期,父母应根据婴儿动作发育规律进行训练。若经常让孩子躺在床上,孩子虽也能听到、看到、感受到周围的事物,但会受到空间位置的限制,不能从立体空间去感知周围的事物,也限制了婴儿发挥自己的能动性。只有在活动中小儿才能学会身体的平衡及动作的协调,家长应安排一定时间抱孩子出去走走玩玩,忌让孩子整天躺在床上。

 **专家提醒**

怎样保护宝宝的皮肤

新生儿的皮肤比较薄嫩,保护不当容易破损。保护新生儿的皮肤须注意以下几点。

①新生儿的皮肤角化层较薄,而且易于脱落,故防御外力的能力较差,只要受到轻微的外力就会损伤。对损伤的皮肤若护理不当,就会引起感染甚至使婴儿死亡。

②新生儿的皮肤薄,血管多,具有较强的吸收和通透能力,容易吸收药物,因此不要随便给新生儿使用药膏,必须使用时,应使用无刺激性的药物;洗澡时,应用刺激性小的"婴儿皂",不要用药皂。

③新生儿的皮下脂肪薄,调节体温的能力差,因而保温非常重要。冬天保温不好,新生儿就容易得硬肿症,这种病儿的死亡率较高。夏天,若保温过度或室内温度过高,孩子再饮水不足,就容易得脱水热。

④新生儿的皮脂腺分泌比较旺盛,皮脂易溢出,因此要经常为新生儿洗头、洗澡。如不经常洗头,就容易在头上形成"乳痂"。若有了"乳痂",一定不要一块块地连头发一起往下揭,以免损伤头皮,造成感染。这时可以用棉球沾2%水杨酸花生油(或熟的食用油)每日擦数次,数日后大部分可除去。

⑤新生儿有时在颜面部、躯干出现小水疱样的疹子,这是由于新生儿的汗腺分泌功能亢进,分泌物堆积形成的,多见于夏季。只要经常为新生儿洗澡,保持新生儿皮肤清洁,不需治疗,就会自然好转。

宝宝的"异常信号"

新生儿身体的变化很多,许多看似异常的现象其实是十分正常的,在这里列出一些供你参考。

头形异常:自然分娩的新生儿头部一般呈椭圆形,像肿起一个包似的。这是由于分娩过程中胎头在产道内受压引起的。有的婴儿出生后头部出现柔软的肿块,而且逐渐肿大,这是分娩时受压而引起的头皮血肿,只要局部不感染,出生后6~10周可消失。

尿发红:新生儿一般在出生后24小时内排尿。看到尿布被染成砖红色时不必担心,这是尿中的尿酸盐引起的。

大便发黑:婴儿的第一次大便叫胎便,出生后24小时内婴儿可排出黏稠的黑绿色的无臭大便。这是由消化道分泌物、咽下的羊水和脱落的上皮细胞组成的,3天之后即可转为正常。

长斑:有的新生儿皮肤会出现粉红色的斑块。这是由于皮肤柔嫩,受

第九章 宝贝第一个月

外界刺激而充血引起的,1~2天后可消退;出生后2~3天,多数新生儿的面部,胸背部等处皮肤可出现轻度黄色现象,叫生理性黄疸,不必惊慌,一般1~2周消失。

新生男婴的阴囊看起来好像有些肿,这些浮肿很快会自然消退。女婴的小阴唇比大阴唇要大,好像有些突出似的,这也会自然恢复正常。

体温不稳定:新生儿由于皮下脂肪层薄和汗腺发育不良,保暖能力差,排汗、散热的能力也不好,再加上体温调节中枢发育不完善。因此,新生儿的体温极不稳定。在炎热的夏季,过分保暖,体温可上升到40℃;在寒冷的冬季如果保暖不好,体温会下降,全身冰凉,所以要注意调整。

减少宝宝与外人接触

新生儿从产院回家后,皆大欢喜,亲朋好友纷纷前来探望祝贺。殊不知来来往往的人群对产妇的休息和刚出世的婴儿来说都是不利的。

新生儿身体各部分都很娇嫩,对外界环境的适应能力差,抵抗力也弱。特别是呼吸道的发育还不成熟,气管短而狭长,容易感染。由于在探望的人中,难免带有各种病菌,这些病菌在成年人身上不致病,而对新生儿却是祸害。新生儿得病后往往病势较重,有时甚至危及生命,所以应当尽量减少新生儿与外人接触。

另一方面,产妇需要有一个安静舒适的环境,如探望的人很多,势必影响产妇睡眠和休息,增加疲劳。而产妇得不到足够的休息,乳汁分泌也会减少。何况有客人在场,母亲喂奶也不方便。所以,对亲友的来访要婉言谢绝,或者缩短会客时间。室内要经常开窗,禁止吸烟,保持空气新鲜。

宝宝不宜裹"蜡烛包"

在国内不少地区,有些父母常常用棉布制成的包被把新生儿严严实实地包裹起来,为了防止孩子乱蹬,还特意用带子裹紧。父母亲总认为"蜡烛包"既能防寒保暖,还能防止小孩遭到意外伤害。其实"蜡烛包"对孩子的生长发育是十分不利的。

　　新生儿大腿髋关节的窝转浅,稍不注意,股骨头很容易脱出,但如果孩子的大腿保持撑开,像南方有些少数民族用背篓背孩子,就可以使孩子的髋关节窝不断加深,从而防止髋关节脱位。调查表明:南方少数民族中小婴儿关节脱位的发生率确实比长期用"蜡烛包"的北方孩子要低得多。

　　此外,小婴儿在"蜡烛包"内,胸部的呼吸和四肢的活动受到明显的限制,常常影响神经的发育和肌肉的运动,久而久之直接影响孩子将来的生长发育。因此婴儿应该穿上既柔软又舒适的棉布衣裤,而不要再裹"蜡烛包"了。

宝宝第 1 个月喂养

宝宝饮食规律早知道

　　一般一天要喂 6~7 次奶。如果婴儿每隔 3 小时就想吃奶,每次吃 10 分钟左右就自动松开奶头,睡着了或抬头看四周,这说明母乳充足。如果婴儿老是吸吮着乳头不放,吃完奶一会又想吃,体重增加很少,就应考虑母乳不足。可考虑在医生或护士的指导下,采用混合喂养,但尽量让孩子每天早、中、晚三次能吃到母乳。千万不要轻易放弃人工喂养。

　　无论母乳喂养或人工喂养,4 周开始就应加添维生素 D 制剂。4 周起可以在两次喂奶间加喂鲜果汁和菜水,以补充维生素及矿物质。不过添加辅食时,应遵循由少到多,由一种到多种的原则。

营养食谱

1. 宝宝食谱

主食:母乳。

上午:6:00　9:00

第九章 宝贝第一个月

中午:12:00

下午:15:00

晚上:18:00　21:00　24:00

时间表供参考,其实不必给新生儿人为地订一个喂奶的间隔时间,只要新生儿有饥饿感,需要吃奶,就可以喂。这样将更利于新生儿的生长发育。

2. 乳母食谱

四物炖鸡汤

所需材料:鸡腿2只,四物药材。米酒1大匙,水4杯,盐半茶匙。

制作方法:鸡腿洗净,切块,放入滚水中汆烫后捞出;四物药材洗净备用。全部材料及调味料放入锅中,炖煮约50分钟至鸡肉熟烂,再加盐调匀,即可盛出。

营养成分:四物药材是由当归、熟地黄、川芎和芍药四味药材组成,在一般的药店或调味品商店都可买到。它可以促进子宫的收缩、具有减轻腹痛的作用。鸡腿肉的肉质鲜嫩,除维生素外,还含有丰富的钠、钾等矿物质,是肉类中热量较低的肉类。

洋参炖肉片

所需材料:牛腱肉500克,西洋参9克,老姜3片,米酒2大匙,水4杯,盐半茶匙。

制作方法:牛腱肉切片,放入滚水中汆烫,捞出,洗净;西洋参及老姜洗净备用。全部材料及调味料放入锅中,炖煮约90分钟至牛腱肉熟软,再加盐调匀,即可盛出。

营养成分:牛肉中含有丰富的蛋白质、脂肪、维生素和矿物质,可以促进伤口复原,并可以提供母乳充分的营养。西洋参是传统的补元气药材,但属于凉性,适合虚热者滋补;属于寒性体质的产妇,可以用人参代替。

木瓜炖猪蹄

所需材料:青木瓜1个,猪蹄1只,湿黄豆150克,葱1根,姜4片,米酒1大匙,盐1茶匙。

制作方法:青木瓜去皮及子,切块;猪蹄去杂毛洗净,放入滚水中汆烫,捞出;葱洗净,切长段,黄豆在水中泡2小时,捞出备用。锅中倒半锅水,放入猪蹄、黄豆、葱段和姜片,加入米酒煮至猪蹄八分熟,再加入木瓜,煮至熟烂,熄火,加盐调味即可。

营养成分:猪蹄是哺乳产妇的最佳营养品,猪皮中含有丰富的胶原蛋白和弹性蛋白,可以促进乳汁的分泌。黄豆被称为"植物肉",含有丰富的蛋白质,还含有维生素 B_1、铁、异黄酮素等,可以促进子宫迅速复原。

当归鸭

所需材料:鸭半只,当归鸭中药材(当归、枸杞子、川芎、熟地、桂枝)1份,米酒1大匙,水4杯,盐半茶匙。

制作方法:鸭去毛、洗净,剁块,放入滚水中汆烫,捞出;当归鸭药材洗净备用。全部材料及调味料放入锅中,小火炖煮约1小时至鸭肉熟烂,再加盐调匀,即可盛出。

营养成分:当归含有维生素、矿物质和多种精油成分,可以增加身体的免疫功能,缓和子宫积血引起的腹痛现象。鸭肉含有蛋白质、维生素 B_1 和维生素 B_2,有滋阴养胃、促进伤口和体力复原、增加身体抵抗力的作用。

药炖排骨汤

所需材料:排骨500克,药炖排骨中药材(当归、黄芪、川芎、枸杞子、熟地、桂枝、山药、红枣)1份,米酒1大匙.水4杯,盐半茶匙。

制作方法:排骨洗净,放入滚水中汆烫,捞出;中药材洗净备用。排骨放入锅中,加入药材及调味料,炖煮约1小时至排骨熟软,再加盐调匀,即可盛出。

营养成分:排骨中的钙质可以补充怀孕期间的骨钙质流失,使松动的骨骼迅速恢复,改善怀孕期间常见的腰酸背痛。黄芪是补气的药材,可以提高身体的免疫力,增强体力;枸杞子是滋阴补肾的药材,可以促进新陈代谢。

杜仲炖腰花

所需材料:猪腰1副,杜仲粉1.25克,麻油鸡汤1碗,姜4片。

制作方法:猪腰对半切开成两片,去除白色筋膜、洗净,先划数刀再切

第九章 宝贝第一个月

斜片,泡水半小时,放入滚水余烫 20 秒,捞起备用。锅中爆香姜片,倒入麻油鸡汤煮滚,放入腰花煮熟,盛出,食用时以杜仲粉沾食即可。

营养成分:猪腰中含有丰富的蛋白质、维生素 A 和锌等矿物质,可以维持上皮组织正常功能,避免细菌感染。杜仲中含有杜仲胶、树脂和生物碱等成分,具有强筋健骨、增强免疫力和增加肝肾功能的作用。

蒜炒圆白菜

所需材料:圆白菜心 300 克,枸杞子 1 大匙,嫩姜 3 片,去皮大蒜 2 瓣,麻油 2 大匙,盐 1/4 茶匙,米酒 1 茶匙。

制作方法:圆白菜心洗净、切半,枸杞了、姜、蒜洗净,蒜切片。锅中倒入麻油烧热,放入蒜、嫩姜爆香,放入圆白菜心、枸杞子及盐、米酒炒熟即可盛出。

营养成分:圆白菜心中的维生素 C 含量居所有蔬菜之冠,可以美容。蒜的特殊味道香气浓郁,所含的蒜素具有杀菌效用,入菜可以驱寒,有益于心血管健康。

杏鲍菇炒西兰花

所需材料:西兰花 1 颗,杏鲍菇 3 朵,胡萝卜 1/4 根,老姜 3 片,麻油 1 大匙,盐 1/4 茶匙,蚝油 1 茶匙,水淀粉 1 茶匙。

制作方法:西兰花洗净,切小朵;杏鲍菇洗净,切片;胡萝卜去皮,洗净,切小片备用。锅中倒入麻油烧热,放入姜片爆香,加入其他全部材料及半杯水焖煮至熟,再加调味料炒匀。最后以水淀粉勾芡即成。

营养成分:杏鲍菇低热量、高营养,并含有丰富的多糖体,有助于增强体力,提高免疫力。西兰花的维生素 C 含量是柠檬的 2 倍,有助于增加人体的抵抗力,预防感冒。

香菇糯米饭

所需材料:糯米 2 杯,里脊肉 100 克,竹笋半根,香菇 3 朵,虾米、豌豆、麻油各 1 大匙,油葱酥 1 茶匙,香菜 1 根,盐 1 茶匙,酱油 1 大匙,胡椒粉 1/4 茶匙。

制作方法:糯米洗净,放入碗中加 2 杯水浸泡 1 小时;里脊肉洗净,竹笋去皮、洗净,均切丁;香菇泡软、切丁;虾米和豌豆洗净、备用。锅中倒入麻油烧热,放入香菇、虾米及里脊肉炒出香味,加入竹笋及豌豆略炒,再加入糯米、油葱酥和调味料,拌炒至汤汁收干,盛出放入电锅中,外锅倒半杯水,蒸煮至开关跳起,即可撒上香菜盛出。

营养成分:糯米含有蛋白质、糖类等丰富的营养,属于温补食品,可以补益脾胃,改善气虚和体力不佳现象。竹笋中含有丰富的膳食纤维,可以促进肠胃的蠕动,竹笋中的钾可以促进体内的水分排出。

红薯粥

所需材料:白米 2/3 杯,红薯 1 个,姜 2 片。

制作方法:白米洗净,加水浸泡 20 分钟;红薯去皮,洗净,切块备用。锅中倒入 6 杯水及白米煮滚,加入红薯、姜片,煮至熟烂即可盛出。

营养成分:白米中含有的锌是体内酶的成分之一,有助于促进毛发生长,改善脱发现象。红薯含有丰富的维生素,可以增加身体的免疫力,钾含量也很高,有助排除产妇在孕期累积的水分。

四季应时食谱

春季乳母食谱

早餐:豆浆、红糖煮蛋、油条、黄豆芽拌粉丝。

加餐:花生煲猪脚、花卷。

午餐:馒头、豆腐鲫鱼汤、炒土豆丝。

加餐:甜粥、饼干、炒萝卜丝。

晚餐:米饭、焖鸡块、炒油菜、香菇笋片汤。

加餐:百合小米粥、桃酥。

夏季乳母食谱

早餐:牛奶蛋花、鲜牛奶、鸡蛋、蛋糕、糖拌西红柿。

加餐:红枣粥、饼干。

午餐:花卷、芹菜炒肉丝、紫菜粉丝鸡汤。

加餐:豆奶、饼干、水果。

晚餐:米饭、豆腐煲猪脚、炒生菜、海带虾米蛋汤。

第九章 宝贝第一个月

加餐：金针银耳汤、枣糕。

秋季乳母食谱

早餐：皮蛋瘦肉粥、煮蛋、拌黄瓜。

加餐：牛奶、蛋糕。

午餐：肉菜包、小米粥。

加餐：黄豆煲猪脚。

晚餐：米饭、赤小豆焖鲤鱼、炒莴苣丝、紫菜萝卜汤、红枣粥。

加餐：钙奶饼干。

冬季乳母食谱

早餐：冲奶粉、红糖煮蛋、油条、炒萝卜丝。

加餐：清汤牛肉面。

午餐：烙饼、萝卜焖羊肉、烧白菜、小米粥。

加餐：红枣粥、蛋糕。

晚餐：米饭、生姜炒鸡肉、炒土豆丝、粉丝鸡汤。

加餐：排骨汤、油饼。

第十章　宝贝第二个月

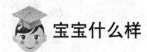

宝宝什么样

2 个月的宝宝

1. 体格发育

体重：体重增加约 1 千克，男婴平均为 6.37 千克，女婴为 5.82 千克。

身长：身长增加约 2 厘米，男婴平均为 60.69 厘米，女婴为 59.25 厘米。

头围：男婴为 40.04 厘米，女婴为 39.04 厘米。

胸围：男婴为 40.41 厘米，女婴为 39.24 厘米。

2. 其他方面的发育

运动机能：俯卧时能抬头，脸与桌面的夹角约为 45 度。直着抱时头已能短暂竖起，头的转动更随意。仰卧时身体呈半控制的随意运动。会吮吸手指。

视觉：眼能跟随物体移动，见到颜色鲜艳的物品就会注意，并表现出喜悦。对环境更为警觉，有更多、更明显的应答，会四下观看。

听觉：特别喜欢听母亲的声音。令人惊讶的是：孩子已经懂得了谈话的方式。当妈妈用抚慰的口气说话时，他显得很安静；假如语气粗暴或过于大声、严厉，他就会显得不安。

味觉：能辨别不同的味道，对难吃的食物表现出明确的厌恶。

嗅觉：对难闻的气味会有目的地逃避。

情绪：不仅受生理状况的影响，还受"人际关系"的影响。不仅会用不同的哭声来表达情绪，还会露出短暂的笑容。

语言：能从喉咙中发出"咕咕"的微小声音。跟他说话时，他会用摆

动脑袋等肢体语言与人交流。

社交行为:家长逗孩子玩时,孩子有微笑、发声或手脚乱动等反应。孩子仰卧时,在没有任何社交刺激的条件下,有时孩子能自发地并有选择性地看着妈妈的脸(时间短暂)。

运动:孩子仰卧时家长可以观察到两侧上下肢对称地待在那儿,能使下巴、鼻子与躯干保持在中线位置。俯卧时,大腿贴在小床上,双膝屈曲,双髋外展。如孩子俯卧在一平面上,孩子头开始向上举起,使下颌能逐渐离开平面厘米,与床面约呈45°,不再向一侧,稍停片刻,头又垂下来。拉腕坐起时,孩子的头可自行竖直短时(2~5秒)。扶其肩部呈坐位时,头下垂使下颌垂到胸前,但能使头反复地竖起来。托腹悬空,头能举到与躯干成一水平线,但腿仍下垂。

 ## 妈妈做什么

给宝宝换衣服的方法

在给婴儿换衣服时父母要有耐心,动作要轻柔,不要伤着婴儿。换衣服最好在床上进行,上面垫上一块垫子。这样又方便、宽敞,又使婴儿感到温和。在给婴儿换衣服时由于需要适当地搬动他,他会感到很反感引起哭闹。因此,在给他换衣服时要一边不时地亲热他,一边与他闲聊以此分散他的注意力,使他变得愉快。

在给婴儿换衣服前,要把他所有衣服的纽带和纽扣全部解开,但不晾开,然后脱去衣服。在穿内衣或外衣时,要轻轻地托起婴儿的头部及背上部,从背后往胸前穿,穿时先分别穿两只衣袖。注意不要震动他的头部或使头跌下来碰着床面。在穿袖子时先把一只手的手指从婴儿服收拢的一只袖子袖口穿过去,然后轻轻握住婴儿的手,把衣袖套在他的手上,再把衣袖往下拉,而不是把婴儿的手往外拉,以免拉伤他的手臂。穿好两只衣袖后,把背面的衣服向下拉,合拢衣服,打好结扣。

脱衣脱裤同穿衣穿裤方法相同,只是反着做。在给婴儿换衣换裤时,如果婴儿穿的不是连衣裤,应先换衣,后换裤,不要上下全部脱光,以免着凉。无论婴儿穿的是不是连衣裤,当婴儿脱下衣服后,在没来得及穿的间隙,都要用一块温暖的毛巾包住他,以免婴儿的皮肤接触冷空气感到不安或受凉,要时时刻刻以婴儿身体健康为重。

为宝宝理发

刚出生 1~2 个月的婴儿,头发一般长得慢,脑袋后面的头发好像被磨掉似的,显得光秃秃的,但有的孩子头发长得很快,乱蓬蓬的,就可将长的部分剪掉。理发最好在婴儿睡眠时进行,以免乱动。理发工具最好先用 75% 酒精消毒一下,理发应用剪刀,不要用剃头刀,因为剃头刀容易刮伤小婴儿头皮,也不能刮剃婴儿眉毛。

清除宝宝的眼屎和耳屎

婴儿在 1~2 个月期间分泌物很多,很容易长眼屎、流鼻涕等,而且由于生理上的原因,许多孩子会倒长睫毛。如果倒长睫毛,因受刺激眼屎会更多。洗完澡后或眼屎多时,可用脱脂棉花沾一点水,由内眼角往眼梢方向轻轻擦,但千万别划着了眼膜、眼球。如果眼屎太多,怎么擦也擦不干净,或出现眼白充血等异常情况时,就应到医院检查,看有无异常情况。

婴儿的耳屎一般会自行移到外耳道,因此没有必要特地用挖耳勺来掏,否则会损害正在形成中的耳膜和耳鼓,对今后的听觉有很大的影响,可以在洗完澡后用棉签在耳道口抹抹即可,切不可太进里边。

学会给宝宝洗澡

1. 用具的准备

洗澡用具主要有婴儿澡盆、浴巾、塑料布、毛巾、纱布(2 块)、婴儿香皂、

脱脂棉花、棉签、婴儿油、梳子、爽身粉等。或者,最简单的,准备大澡盆1个;小盆2个,一个用来洗脸,另一个用来洗屁股;浴巾1条;小毛巾3~4条,可分别用于洗脸、洗屁股、洗脚等;痱子粉或爽身粉1盒;婴儿香皂1块。

2. 洗澡的时间

洗澡没有什么特别时间,在一天之内的什么时间洗都行,只要不让孩子受凉就行了,因此最好选一天中气温高的时间洗。冬天,最好在正午至下午2点钟之间,喂奶前30分钟洗。如果是冬天晚上洗澡,最好先将室温提高到22℃左右再洗。给婴儿洗澡要快速,不使婴儿疲劳和感冒,要争取以短时间内洗完,每次5~7分钟为适当,最长不要超过10分钟。如时间太长,母亲和婴儿都感到疲劳,同时,婴儿也会受凉。

3. 洗澡的水温

洗澡用水的温度一定不要过高或过低,过高会烫伤婴儿,过低婴儿又会受凉感冒,一般以夏天38℃、冬天40℃左右为宜。冬天,要准备些更热的水备用。如果习惯了,用手测一下就行,但开始时最好还是用温度计测量为好,开始时水量放七成就可以了,因为中途还要往里加水。孩子洗了第一遍后,最好还清洗一次,进行冲浴,清除孩子身上皂液泡沫等。

4. 洗澡的方法和步骤

①准备好换洗衣服、尿布及洗澡用具等。

②将温度适当的热水倒入澡盆内,约有15厘米深即可。

③迅速脱去婴儿衣服,尽快地看一看身上有无异常。

④将浴布从胸部包至后背,将婴儿的后头部放在左腕上,用左腕和左手的拇指按着婴儿的耳朵,用右腕支撑后背和屁股,抱起婴儿。

⑤从腿到屁股按顺序慢慢放进澡盆,一直到水没过肩头。如果把屁股放在浴盆底部,宝宝既不吃惊,也不哭,说明水温适当。

⑥首先从脸部开始洗。用另外一个准备好的洗脸盆里的水拧一块纱布,按眼睛、额头、脸蛋、下颌的顺序擦。眼睛要从内眼角向外眼角方向擦。这时不用香皂,而且绝对不能擦嘴里面。

⑦擦洗头。左手舒伸到孩子头后,用拇指和中指向前压耳廓将耳孔堵住,右手拿纱布打湿头发,沾婴儿香皂给宝宝洗头,冲掉肥皂沫,清洗干

净,用拧干的纱布擦去水分。

⑧洗身体。用另一条纱布沾上婴儿香皂全身擦洗,最好按颈部、胸部、手腋下、腹部、后背、腿部、屁股的顺序洗。皱褶部、腹股沟、脖子、腋下、手掌、屁股等处要认真洗干净。

⑨洗完后要仔细地冲净肥皂沫,让宝宝充分暖和后,再用热水冲冲身子就算完了。

⑩将孩子抱出澡盆,用干浴巾包好后轻拍全身,以便吸光身上的水分。切记不要搓,特别是有褶的部位要轻轻地擦。

⑪穿衣服前,迅速地用手指轻轻地扒开肚脐,用棉签和纱布拭去水分。肚脐弄不干时,可用棉签和消毒棉沾酒精擦,再敷消毒棉用橡皮膏固定。

⑫垫上尿布,快速穿上衣服。

⑬消除耳朵和鼻子的污物。由于婴儿动弹不安,如果不用一只手牢牢地按住婴儿的头部都是危险的。棉签在里面转着清除污物,但绝不能插入太深。耳朵周围和耳垂等漏洗的地方,可用消毒棉擦洗。

⑭用梳子轻轻梳理头发。

⑮洗完澡,嗓子会发干,喂宝宝些接近体温的白开水,补充水分。

这是一般的洗澡顺序与进行方法。其他还有如先将孩子脱光放在浴巾上,放入澡盆前就先擦上婴儿香皂;或是根本不用婴儿香皂,而是将沐浴液置于热水中等方法。但是,在进入澡盆前先擦婴儿香皂的方法不适用于寒冷季节。将沐浴剂溶于热水中来洗澡的方法不适宜于皮肤不好的婴儿。

2～6个月宝宝的体操

第一节:胸部运动

预备姿势:孩子仰卧。操作者用双手握住婴儿双腕,把大拇指放在婴儿掌心里,使婴儿握拳,两臂放在婴儿体侧。

动作:一、两臂体前交叉。二、两臂左右分开,婴儿掌心向上。三、两臂胸前交叉。四、还原。

孕育聪明小宝贝

注意事项:婴儿两臂分开的时候,操作者应稍用力;婴儿两臂胸前交叉的时候,操作者的双手不要太用力。

第二节:上肢肩部和胸部运动

预备姿势:婴儿仰卧,操作者用双手握住婴儿双腕,把大拇指放在婴儿掌心里,使婴儿握拳,两臂放在婴儿体侧。

动作:一、两臂左右分开掌心向上。二、两臂向身体前方平举,拳心相对。三、两臂上举,掌心向上。四、还原。注意事项:婴儿两臂前举、上举的时候,两臂的距离应与肩同宽。动作要柔和,用力不要太大。

第三节:上肢伸屈运动

预备姿势:婴儿仰卧,操作者用双手握住婴儿双腕,把大拇指放在婴儿掌心里,使婴儿握拳,两臂放在婴儿体侧。

动作:一、弯曲婴儿左臂肘关节后,还原。二、弯曲婴儿右臂肘关节后,还原。三、再交换做。

注意事项:肘关节弯曲的时候,手要接触婴儿肩。婴儿屈臂的时候,操作者要稍用力,伸直的时候,不要太用力。

第四节:肩部运动

预备姿势:婴儿仰卧,操作者用双手握住婴儿双腕,把大拇指放在婴儿掌心里,使婴儿握拳,两臂放在婴儿体侧。

动作:一、把婴儿左臂拉向婴儿胸前。二、左臂由婴儿胸前向外侧环绕。三、把婴儿右臂拉向婴儿胸前。四、右臂由婴儿胸前向外侧环绕。左右臂轮换做。

注意事项:婴儿手臂回旋的时候,应以肩关节为轴心。转动的时候,操作者的手不要用力太大。

第五节:下肢运动

预备姿势:婴儿仰卧,两腿伸直,操作者用两手握婴儿脚腕(踝部),但不要握得太紧。

动作:一、把婴儿两腿同时屈至腹部。二、还原。

注意事项:婴儿的腿屈至腹部时,操作者要稍用力;伸直时不要太用力。

第六节:两腿轮流屈伸

预备姿势:婴儿仰卧,两腿伸直,操作者用两手握住婴儿脚腕(踝部),但不要握得太紧。

动作:一、让婴儿左腿屈缩至腹部,还原。二、让婴儿右腿屈缩至腹部,还原。两腿轮换做。

注意事项:婴儿腿屈缩至腹部时,操作者要稍用力;伸直时不要太用力。

第七节:两腿伸直上举

预备姿势:婴儿仰卧,两腿伸直,操作者用两手握婴儿脚腕(踝部),但不要握得太紧。

动作:一、把婴儿的两腿上举与腹部成直角。二、还原。

注意事项:婴儿两腿伸直上举与腹部成直角时,臀部不要离开原位。

第八节:股关节活动

预备姿势:婴儿仰卧,两腿伸直,操作者用两手握婴儿脚腕(踝部),但不要握得太紧。

动作:一、把婴儿左侧的大腿与小腿屈缩成直角。二、再把婴儿左腿屈缩至腰部。三、再把婴儿左腿向身体侧转动。四、还原。两腿轮换做。

注意事项:婴儿回旋的时候,应以婴儿的股关节为轴心转动。操作者的动作要柔和,不要用力太大。

 **爸爸做什么**

为宝宝预防接种

根据免疫预防接种程序,满 2 个月的婴儿开始第一次服用脊髓灰质炎糖丸,即小儿麻痹糖丸,3 个月第一次复服,4 个月第二次复服,4 岁时再服一次。这样就可以获得较强的抵抗脊髓灰质炎病毒的免疫力,不患小儿麻痹症了。

做爸爸的要记住这些日期,别耽误了。

孕育聪明小宝贝

引导宝宝发音发笑

方法:用亲切温柔的声音,面对着宝宝,使他能看得见口形,试着对他发单个韵母 a(啊)、o(喔)、u(呜)、e(鹅)的音,逗着孩子笑一笑,玩一会儿,以刺激他发出声音。

目的:培养语言能力。

注意:口形一定要做对,以免误导婴儿。

带宝宝去看世界

方法:挑选一个好天气,把婴儿抱到室外,让他观察眼前的人和事物,如大树、汽车等,并缓慢清晰地反复说给他听。这时的婴儿会手舞足蹈地东看西看,非常开心。

目的:发展视觉开阔眼界,对开发婴儿智力大有好处。

注意:外出时间可由 3～5 分钟逐渐延长至 15～20 分钟,并根据气候给婴儿保暖。

学会给宝宝选择玩具

玩具是婴儿生活中不可缺少的东西,对孩子的身心发展起着非常重要的作用,它能促进孩子感知觉、语言、动作技能和技巧的发展。培养孩子的观察力、注意力、想象力和思维能力,开阔孩子的视野,激发孩子的欢乐情绪,培养儿童良好的品德。

选择玩具并不是越高档越精致越好,而是要根据孩子的年龄特点选择玩具。

小儿各个年龄有其不同的生理心理特点,对玩具需要也不同。对新生儿来说,为他们准备的玩具主要是为了促进视觉、听觉的发育,因此可选择一些外形优美、色彩鲜艳一些的玩具,以便能引起孩子的兴趣和注意。

根据神经学研究的新发现,新生儿的视神经对黑白有反应。随着生长发育,他们会喜欢看红颜色,喜欢看人的脸,容易注视图形复杂的区域、曲线和同心圆式的图案。新生儿不仅能听到声音,而且对声音频率很敏感,喜欢听和谐的音乐,并表示愉快。

所以,建议当爸爸的去给新生儿准备一个直径为 15 厘米左右的红色绒线球、印有黑白脸谱、黑白的条纹及同心圆图形的硬纸卡片、彩色气球、小摇铃、能发出悦耳声音的音乐盒、彩色旋转玩具等。

奶奶讲的禁忌

每次哺乳时间忌过长

年轻的妈妈在哺乳时总担心宝宝吃不饱而延长哺乳时间,其实这是没必要的,甚至有许多不利之处。

①会吸入较多的空气,导致溢乳、腹胀。

②从乳汁的成分看,先吸出的母乳中蛋白质含量高,脂肪含量偏低,后吸出的乳汁中蛋白质含量降低,而脂肪含量逐渐增高。如喂奶时间过长,则摄入脂肪增多,易致小儿腹泻。

③哺乳时间过长易使婴儿养成饮食拖拉的坏习惯,如边睡边吃,含奶头等,所以母亲应控制每次哺乳时间,最多不超过 20 分钟,另外,哺乳时间过长也容易使母亲疲劳。

哺乳时间间隔忌教条化

哺乳时间间隔按婴儿需要决定,称"按需哺乳",只要婴儿想吃就喂,这样更适应婴儿的生理需要。婴儿多吸吮,可以使奶量增多,婴儿刚开始可能吃奶次数很多,时间无规律,但一般经过一段时间后会有一定的规律。

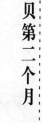

第十章 宝贝第二个月

哺乳时忌逗引宝宝

在哺乳时逗引宝宝,宝宝吸入的奶汁可能会误入气管,轻者呛奶,重者可诱发吸入性肺炎。故宝宝吃奶时尽量不要转移其注意力。

乳母忌用香皂洗乳房

为保持乳房清洁,经常清洗确有必要,但不可用香皂来清洗。因为香皂类清洁物质可通过机械与化学作用除去皮肤表面的角化层,损害其保护作用,促使皮肤表面"碱化"而有利于细菌生长,时间一长,可能招来乳房炎症。为避此害,最好用温开水清洗。

乳母忌食入过多脂肪

摄入过多高脂肪的食物可使乳汁量减少,乳汁浓稠,易引起婴儿腹泻。合理的膳食应含有丰富的蛋白质、维生素和钙,每日还应添加适当的能量和水分。

乳母忌喝咖啡、茶及含酒精的饮料

因为此类饮料可减少乳汁的分泌,所以要禁忌,应摄入富有营养的饮品,如牛奶、鱼汤、鸡汤、肉汤等。

乳母饮食忌青菜、肉、禽蛋类摄入不足

此类食物摄入不足可导致叶酸、维生素 B_{12} 缺乏,进而易致婴儿发生营养性巨幼红细胞性贫血。

母乳喂养忌过早加喂果汁

有关研究表明，完全由母乳喂养的婴儿在 4 个月之前不需要加喂果汁，母乳的营养成分已足够婴儿生长发育的需要。过早给婴儿加喂果汁，不但挤占了婴儿对母乳的摄入量，还会导致母乳的分泌量越来越少。另外，用奶瓶喂果汁，橡皮奶头孔大易吸，婴儿若用惯了橡皮奶头，将影响婴儿的吸吮力，不利于母乳的分泌和泌乳反射的建立。

宝宝皮肤及脐部护理忌擦洗

宝宝出生时皮肤表面覆盖一层白色胎脂，是皮脂腺的分泌物和脱落的表皮组织，有保护皮肤的作用，不必擦掉。新生儿皮肤血管密而多，角质层较薄而嫩，易损伤及感染，严重者可发展成败血症，必须加以注意。皮下脂肪中固体脂肪酸多，易凝固，冬季易发生硬肿症，故应注意保暖。脐部结扎后逐渐干枯，一般 4～10 天自行脱落，应保持局部干燥。

宝宝忌挑"马牙"

新生儿口腔黏膜柔嫩不宜擦洗，有的新生儿在口腔上腭中线上或齿龈切缘上有黄白色小斑点，称之为"上皮珠"，俗称"板牙"或"马牙"，此属上皮细胞堆积及黏液腺潴留肿胀所致，不必处理，数周或数月后可自行消失。另外，有的新生儿颊部各有一脂肪垫隆起，对吸吮有利。上皮珠和脂肪垫均属于正常现象，切不可挑割，以免出血感染。

宝宝忌揉眼睛

宝宝的手是感知世界的主要工具，他们对什么都感到好奇，对什么都想摸一摸，小手上沾满了看不见的病菌，如经常擦眼睛，可将病菌带入眼

内,引起眼睛发炎,严重时可导致角膜穿孔。故应让宝宝养成不揉眼睛的良好习惯。

 专家提醒

孕育聪明小宝贝

湿疹婴儿的喂养方法

1岁以内吃奶的婴儿常常患有"奶癣",医学上称为婴儿湿疹。有些家长认为既然奶癣与吃奶有关,就采取提前断奶的办法。结果,不仅湿疹照样发,而且婴儿因为得不到母奶或牛奶喂养,极易发生营养不良、抵抗力下降、经常得病的现象。

引起湿疹的原因很多,主要是婴儿的过敏性体质所致,也有认为与母亲在怀孕期间饮食单调有关。一般说,湿疹是在婴儿出生2~3个月时开始发病,有的在面颊、前额、头颈,严重的可蔓延到躯干、四肢和臀部,有时还可继发细菌感染。痒是婴儿患湿疹时的主要症状。婴儿患湿疹,年轻的父母不要过于着急。如果婴儿是用母乳喂养的,母亲应多吃些蔬菜、水果、豆制品和肉类的食物,少吃鱼、虾、蟹等水产品。如果婴儿是用牛奶喂哺的,可适当延长牛奶的烧煮时间,以利蛋白质变性,减轻致敏作用,也可改用羊奶或市售的多维乳儿粉喂哺婴儿。不论是采用哪种喂养法,都应注意不要给婴儿喂得过饱,因为消化不良会使湿疹加重。

患湿疹的孩子在护理上更应重视一些。洗脸洗身都应用温开水清洗,少接触肥皂,以免婴儿皮肤受到肥皂的碱性刺激,必要时可用淡盐水浸泡纱布敷在湿疹处止痒。婴儿的衣服要宽大,经常更换,保持清洁,避免细菌感染。衣服和被褥均应选用全棉布制作,忌用化纤或毛织品,避免接触鸭绒等容易引起过敏的物品。患湿疹较严重的婴儿,应禁止接种多种疫苗,不能注射预防针。一般在1~2岁以后,湿疹会自然减轻消退。

宝宝吮手指

宝宝喜欢吮手,吸吮手指是认知的第一步。

出生2个月的宝宝一换尿布,双手就会在空中挥动。他不知道挥动的目的,但这种本能的反射动作使他感到舒服。突然宝宝的嘴巴被手指碰着了,小嘴受到刺激后吸吮起来。这是个偶然,正是这个偶然,让宝宝发现有吸吮手指的动作可以得到像吸吮乳房般愉悦。以后宝宝想得到这种感觉,便试图将手举向嘴巴,他一次次重复,使大脑发出的指令变得精确起来,宝宝终于能靠自己的意志和运动能力来吸吮手指了,并且靠着自己满足了需要。

吸吮手指是为了能在不久的将来,靠自由运用手部来认知周围生活所作的第一步准备。当宝宝发展起其他能力以后吮手的动作会慢慢减少。

 ## 宝宝第2个月喂养

宝宝饮食规律早知道

每次哺乳间隔可延长到3~4小时,每天喂五次奶。采用混合喂养的孩子,有个别不愿喝牛奶、奶粉的孩子,家长不要硬灌。可以在婴儿十分饥饿的时候先喂他奶粉,这样孩子就会慢慢接受奶粉了。

营养食谱

1. 宝宝食谱

主食:母乳。

上午5:00　9:00

下午13:00　17:00

晚上21:00　1:00

孕育聪明小宝贝

2. 乳母食谱

花生红枣炖猪蹄

所需材料:带皮花生仁100克,红枣15粒,猪蹄7~8块(约600克),盐1/4茶匙,米酒1茶匙。

制作方法:花生仁在水中泡8小时以上。猪蹄洗净,放入滚水中氽烫,去毛,捞出;红枣洗净。猪蹄、花生和红枣连同花生的泡汁一起放入内锅,加入5杯水和调味料,移入电锅内,外锅加2~3杯水,炖煮至开关跳起即可。

营养成分:花生含多元不饱和脂肪酸及卵磷脂,有益气补虚的作用。猪蹄有补血、通乳作用,与花生、红枣共同炖煮效果更佳。

参须炖鸡汤

所需材料:全鸡1只,参须、枸杞子各9克,红枣12颗,米酒2大匙,盐半茶匙。

制作方法:红枣略洗,参须、枸杞子洗净备用。全鸡去毛,洗净,将全部中药材填入鸡腹中,放入锅中,加米酒,再加水淹过全鸡,炖煮约1小时至鸡肉熟烂,最后加盐调匀,即可盛出。

营养成分:参须就是人参上的根须,基本作用和人参相同,但药性比人参更加温和,而且价格也比较便宜。红枣可以养心安神,并具有补血的作用,对失眠多梦、情绪紧张也有改善作用,可以帮助睡眠,减轻压力。

竹荪干贝乌骨鸡

所需材料:乌骨鸡腿500克,竹荪3根,干贝4粒,姜3片,米酒1茶匙,盐半茶匙。

制作方法:将干贝放入清水中泡开。竹荪在水中泡约15分钟捞出,放入滚水氽烫,捞出,切成1厘米小段。乌骨鸡腿洗净,放入滚水氽烫,捞出,剁成8块;姜去皮、切片。鸡腿块放入电锅内锅中,加入干贝粒、竹荪和5杯水,再加入姜片和米酒,移入电锅,外锅加2~3杯水。炖煮至开关跳起,加盐调味即可。

营养成分:乌骨鸡能益气补血,又含有极佳的优质蛋白质,尤适于产后体质虚弱者,可促进体力恢复。干贝含蛋白质,具益气补肾功效。

生姜炖羊肉

所需材料:羊腿肉 600 克,姜 1 小块,当归 3 片,米酒 1 大匙,水 3 杯,盐半茶匙。

制作方法:羊肉洗净、切大片,放入滚水中氽烫,捞出;姜洗净,切成薄片。全部材料及调味料放入锅中,炖煮约 1 小时至羊肉熟烂,再加盐调匀,即可盛出。

营养成分:当归性甘,可以补气、活血,产后更可以用来补血。羊肉中含有丰富的蛋白质、脂肪、钙、铁等,对于产后的血虚、腹部疼痛有明显的改善效果,也有利于哺乳生奶。

四神肚片汤

所需材料:猪肚半个,四神药材 1 份,当归 1 片,面粉适量,米酒 1 大匙,盐 1 茶匙。

制作方法:猪肚去除肥油,翻面,以面粉抓洗干净,放入滚水中氽烫,捞出,对半切开再切成条状;所有药材洗净备用。猪肚片放入锅中,倒半锅水煮 30 分钟,加入全部药材,转小火炖煮约 1 小时至肚片熟烂,再加调味料调匀,即可盛出。

营养成分:四神药材中包括莲子、薏米、芡实等药材,可以增强身体的免疫力、促进蛋白质的消化和吸收,还可以增强体力。猪肚含有维生素 A、维生素 B_1 和铁质,可以改善贫血,补充体力。

清炖牛肉汤

所需材料:牛腱 1 个,白萝卜、胡萝卜各半根,老姜 4 片,葱 1 根,米酒 1 大匙,盐半茶匙。

制作方法:牛腱切片,放入滚水中氽烫,捞出,洗净;胡萝卜、白萝卜、均洗净去皮,切块;葱洗净,切末备用。除葱末以外的全部材料均放入蒸锅中,加入米酒及适量水淹过食材表面,蒸煮约 1 小时至牛肉熟烂入味,盛出,最后加入盐调匀,撒上葱末即可。

营养成分:牛腱所含铁质和蛋白质十分丰富,可以改善产后头晕、无力等暂时性的贫血症状。白萝卜中含有丰富的膳食纤维,有助于肠胃蠕动,改善妇女常见的产后便秘现象。

第十章 宝贝第二个月

银鱼炒苋菜

所需材料:苋菜 300 克,蒜 2 瓣,银鱼 100 克,麻油半大匙,米酒 1 茶匙,盐半茶匙,水淀粉 1 茶匙。

制作方法:苋菜洗净,切段;银鱼放入水中略洗一下捞出,蒜去皮,切片备用。锅中倒入麻油烧热,放入蒜片爆香,加入苋菜拌炒,再倒 1 杯水煮滚,再加银鱼及调味料煮熟,最后以水淀粉勾芡,即可盛出。

营养成分:银鱼是十分理想的高钙食品,产后必须充分补充钙质,避免骨质疏松症。苋菜含有丰富的维生素 A、维生素 B,及钾、钙等矿物质,具有清热、解毒的作用,并可将体内多余的水分排出体外。

黄豆芽青椒

所需材料:黄豆芽 150 克,青椒 1 个,胡萝卜 1/4 根,色拉油 1 大匙,盐半茶匙,糖、麻油各 1/4 茶匙。

制作方法:黄豆芽去尾,洗净;青椒剖半、去子洗净;胡萝卜去皮、洗净;均切丝。锅中放入色拉油烧热,先放入黄豆芽拌炒,加入半杯水略焖,再加入青椒丝、胡萝卜丝及调味料炒熟即可盛起。

营养成分:青椒味道甘美,能温中健脾、活化细胞、促进新陈代谢、增强人体的免疫力。胡萝卜含有丰富的胡萝卜素,胡萝卜素转化成维生素 A 可以抗老化,清除自由基及防癌。

鸡腿饭

所需材料:白米 1 杯,鸡腿 1 个,葱 1 根,淋酱 1 大匙,盐、米酒各 1 茶匙。

制作方法:鸡腿洗净,放入盘中,加调味料腌渍 20 分钟;葱洗净,切细丝备用。白米洗净,放入沙锅中,加入鸡腿及 1 杯水大火煮开,转小火煮至汤汁收干,熄火,加锅盖焖 20 分钟。取出鸡腿,切块,再放入煮好的白饭中,加入淋酱,撒上葱丝,即可盛出。

营养成分:白米中含有蛋白质、B 族维生素、磷等营养素,可以改善产后的虚弱。鸡肉是低热量、高蛋白的食品,脂肪含量比较少,容易消化,适合肠胃消化能力较弱的产妇食用。

什锦面

所需材料：油面200克,鲜虾3只,鱿鱼半只,蛤蜊5个,鱼肉3片,里脊肉5片,鲜香菇1朵,葱1根,麻油1茶匙,盐1/4茶匙。

制作方法：鲜虾挑去肠泥、洗净;鱿鱼去皮,洗净,切片;蛤蜊放入水中浸泡、吐净沙;葱洗净,切段;里脊肉、鲜香菇洗净,切片备用。锅中倒入麻油烧热,放入葱段及里脊肉片炒香,加入蛤蜊、香菇及3杯水煮开,再加入其他全部材料煮熟,最后加入盐煮匀,即可盛出。

营养成分：鱿鱼是高蛋白低脂肪、低热量的食品,可以促进肠胃健康,减轻肠胃障碍,促进消化功能。虾是高蛋白食品,可以增强体力,促进新陈代谢及肝脏功能,加速体内排毒,还具有补肾的作用。

四季应时食谱

春季乳母食谱
早餐：小米粥煮鸡蛋、豆沙包、油条素烧菠菜。

加餐：牛奶、松糕。

午餐：馒头、豆腐鲫鱼汤、竹荪干贝乌骨鸡。

加餐：甜粥、饼干。

晚餐：鸡腿饭、腰果虾仁、青菜粥。

加餐：牛奶。

夏季乳母食谱
早餐：鸡蛋、大米粥、开胃枣糕。

加餐：牛奶。

午餐：花卷、芋头排骨酥、芦笋炒干贝、烧油菜、莲子银耳汤。

加餐：饼干、西瓜汁。

晚餐：红烧鱼、芹菜土豆丝、益母草粥。

加餐：水果、松软小糕点。

秋季乳母食谱
早餐：鸡蛋、红糖小米粥、馒头、芥蓝炒虾仁。

第十章 宝贝第二个月

加餐：牛奶。

午餐：米饭、葱香红薯叶、大蒜炖田鸡、鱼香肉丝、薏米花生汤。

加餐：牛奶、饼干。

晚餐：三鲜水饺、参汤。

加餐：水果、糕点。

冬季乳母食谱

早餐：牛肉粥、发糕、鸡蛋、醋熘白菜。

加餐：红糖粥、糕点。

午餐：豆沙包、红烧豆腐、青椒炒猪肝、鲫鱼汤。

加餐：热牛奶。

晚餐：南瓜拌饭、茴香炒牡蛎、清炖羊肉。

加餐：甜粥。

第十一章 宝贝第三个月

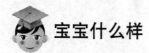 **宝宝什么样**

3个月的宝宝

1. 体格发育

体重:3个月的婴儿明显长胖,每个婴儿之间的差别也拉大了。
男婴平均体重约为7.23千克,女婴体重约为6.55千克。

身长:男婴平均身长为63.51厘米,女婴平均身长为61.88厘米。

头围:男婴头围为41.32厘米,女婴为40.30厘米。

胸围:男婴为42.07厘米,女婴为40.74厘米。

2. 其他方面的发育

动作机能:此时,直着抱婴儿,他的头已能基本居中稳定,转动更加随意。俯卧时能抬头,略能抬胸,躯干伸展,能靠手脚的运动转动身体。如果大人稍协助一下,就能翻到仰卧的姿势。仰卧位时四肢可克服地心引力而上举,四肢对称运动,向中线靠拢。手可张开,随意抓握,两手会在胸前自己玩,开始意识到自己的手。

视觉:对颜色已很敏感,尤其对红色、橙色。仰卧时,两眼会跟踪走动的人;能短暂的集中注意力,开始会寻找从视野中突然消失的物品。

味觉:能辨别不同味道,并表示自己的好恶。

听觉:能区分成年人的讲话声,听到母亲的声音会很高兴,母亲与他逗乐时会发出笑声,伴全身活动增加,显得十分高兴。

语言:能发出类似元音字母的声音,如"哦"、"呵"、"嗳",还会长声尖叫。

第十一章 宝贝第三个月

 妈妈做什么

解决宝宝便秘的问题

3个月的宝宝很容易产生便秘,表现为排便的次数少,粪便坚硬。排便次数少,是指宝宝3～4天才有1次大便;粪便坚硬,是指排便困难、疼痛或不适。对无任何疾病症状的便秘,不必过于担心。

正确的做法:

改善母亲自己的便秘现象,母亲要改变饮食结构,增加蔬菜、水果和水分的摄入;调奶粉时,在正常的比例中多加30～50毫升的水;也可以在2次喂奶的中间,加喂一点白开水;这个时候,千万不要在奶粉中加入葡萄糖、蔗糖或蜂蜜,或喂蜂蜜水、葡萄糖水,这种做法过去很流行,但却是错误的,没有效果的。

每天在宝宝有"便意"时,轻轻按顺时针方向按摩他的腹部。

如果宝宝排解大便时很费力,并引起不适,有哭闹等现象时,应该带他去医院就诊。

和宝宝玩照镜子的游戏

方法:母亲把婴儿抱到镜子前,一边对着镜中的婴儿微笑,一边用手指着说:"这是××,这是妈妈。"然后拉着婴儿的小手去摸摸镜子。

目的:一方面可以萌发婴儿认识物体、寻找物体的意识,另一方面可以让婴儿感受镜子这种玻璃制品的质地,丰富其触觉刺激。

注意:婴儿没有兴趣时,不要进行该游戏。

训练宝宝翻身

3个月的小婴儿主要是仰卧着,但已有了一些全身肌肉的运动,因此要在适当保暖的情况下使小儿能够自由地活动。一般 3 个月的婴儿能从仰卧翻到侧卧,这时家长可训练宝宝翻身,如果孩子有侧睡的习惯,学翻身比较容易,只要在他左侧放一个有意思的玩具或一面镜子,再把他的右腿放到左腿上,再将其一只手放在胸腹之间,轻托其右边的肩膀,轻轻在背后向左推就会转向左侧,重点练习几次后,家长不必推动,只要把腿放好,用玩具逗引宝宝就会自己翻过去。以后光用玩具不必放腿就能作 90°的侧翻。以后可用同样的方法可帮助小儿从俯卧位翻成仰卧位。如果没有侧睡习惯,家长可让宝宝仰卧在床上,大人手拿小儿感兴趣能发出响声的玩具分别在小儿两侧逗引他,并亲切地对宝宝说:"宝宝,看,多漂亮的玩具啊!"训练小儿从仰卧位翻到侧卧位。小儿完成动作后,可以把玩具给他玩一会儿作为奖赏。小儿一般先学会仰俯翻身,再学会俯仰翻身,一般每日 2～3 次,每次 2～3 分钟。

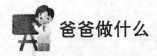

爸爸做什么

学会抱宝宝

抱宝宝和背宝宝对妈妈来说不难,可当爸爸的可要细心学一学,弄不好会伤到宝宝的。宝宝有如下几种抱法供参考。

1. 抱起仰卧的婴儿

如果婴儿仰卧睡在床上,需要抱他起来时,只用一只手慢慢地托住婴儿的下背部及臀部,另一只手慢慢托住头及颈下方,再慢慢地把婴儿抱起,使他的身体有倚靠,头不会往后仰。再把他小心地转放到肘弯或肩膀上,使头有倚靠,不至于耷拉着身子和头。

2. 抱起侧卧的婴儿

如果婴儿侧着睡在床上,需要抱起他时,可用一只手慢慢地托住他的头颈部下方,另一只手慢慢托住他的臀部。再把婴儿挽进手中,确保他的头不耷拉下来,再轻轻地慢慢地把他托起,让他靠住你的身体,然后用前

臂轻轻地滑向他的头部下方,使他的头靠在你的肘部,让他感到有所倚靠。

3. 抱起俯卧的婴儿

如果婴儿俯卧着需要抱起他时,用一只手慢慢地托住他的胸部,并用前臂支住他的下巴,再用另一只手放在他的臀下,然后慢慢地抬高他,使他面转向你,靠近你的身体。用一只支撑他头部的手向前滑动,直至他的头舒适地躺在你的肘弯上;另一只手则放在他臀下及腿部。这样,他好像躺在摇篮里一样,感到很安全。

放下婴儿时更要注意,要用一只手置于婴儿的头颈部下方,用另一只手抓住他的臀部,再慢慢地、轻轻地把他放下。在放的过程中一直扶住他的身体,直到感到他已落到床褥上为止。然后从婴儿的臀部慢慢地抽出手来,再用抽出的这只手慢慢地抬高他的头部,使另一只手能够抽出来,再轻轻地放下他的头,不要一下就把他的头放在床上,或把手臂抽得太快。千万别让婴儿受到惊吓,否则婴儿会出现夜哭的。

教宝宝分辨形状

方法:用不同颜色的电线(红、黄、蓝、绿)弯几个直径为20厘米大小的正方形、长方形和三角形,当孩子哼、哈讲话时大人举起来让他看清后说:这是正方形,这是长方形,这是三角形,还可让小手拿一拿、攥一攥,多次反复刺激,直至长大一些会说会认了再增加新内容。

目的:现代研究表明,婴儿在3月龄时已有分辨形状的能力,为此,早日开发强化这方面的智能,逐渐通过可见形象物,熟悉抽象的数学概念,初步感知基本图形概念。

和宝宝玩藏猫猫游戏

方法:将宝宝抱在怀里,让他面对着你。

对宝宝说话、微笑或是扮鬼脸以吸引他的注意。

如果宝宝开始注意你了,就用手帕盖住你的头和脸,他还会奇怪呢:
"咦,人呢?"

几秒钟后,移开手帕,对宝宝展开一个大大的笑容,然后说:"妈妈在
这儿哪!"

重复进行几次。

请记住,这个游戏你可以和宝宝玩很久,直到他周岁。所以,要逐渐
地变化,如用手帕挡住宝宝的脸,过几秒钟移开那块手帕,说"妈妈在这
里",宝宝大些后,让他自己移开布就更好玩了。挡住洋娃娃的脸或在镜
子面前玩都是个不错的主意。

目的:通过藏猫猫游戏,不仅能让宝宝得到快乐,还能让他提高感官
认知能力。

注意:如果你想用手帕盖住宝宝的脸,手帕的质地应轻而柔软,别吓
坏了宝宝或让他感到呼吸困难。别盖住宝宝的头太久,否则他会失去兴
趣。此外,宝宝接受并了解这个游戏需要一个过程,因此,花样别变得
太快。

 奶奶讲的禁忌

忌用不清洁的乳头喂哺宝宝

在每次喂奶前,妈妈都要先用温水清洗乳头并洗手,这样就能避免宝
宝吃奶时把不清洁的东西吃到肚子里,引起疾病。

哺乳后忌强行从宝宝口中拉出乳头

宝宝吸吮乳头时口腔是负压的,在口腔负压情况下拉出乳头,会引起
疼痛或皮肤损伤。应让宝宝自己张口,乳头自然从口中脱出。如果宝宝
不张口,母亲可用手指压婴儿的下颌,待其嘴张开后乳头就会脱出。

乳母忌食辛辣食品

哺乳期母亲应当避免食用橙子、洋葱、大蒜及其他辛辣食品,因为这些食品被母体的消化系统吸收后会改变乳汁的味道和酸碱度,会引起婴儿腹泻或胀气。

乳母忌食只含热量的食品

尽量不要食用油腻或甜的食物,如油炸薯片、糖及蛋糕来代替合理的饮食,因为这些食物通常所含热量较高,但缺乏营养,只能提供短暂的能量。

乳母忌用的中药

乳母忌用大黄、炒麦芽、逍遥散、薄荷等中药。大黄被乳母服用后进入乳汁,婴儿吃了会造成腹泻;其余三种药物产妇服用后有回奶作用,所以应在医生指导下另服用一些对产妇有益的中药。

宝宝啼哭时忌立即喂奶

宝宝啼哭是新生儿表达要求和反映外界影响的主要方式之一。饿了哭,渴了也哭,热了哭,冷了也哭。另外,消化不良、尿布湿了、疼痛、疾病等都可能使婴儿啼哭。所以当听到婴儿哭时,应仔细寻找原因,不要一哭就给奶吃。如果找不到原因,也不一定要去抱他、摇他,啼哭能使全身运动并能帮助肺发育。

宝宝忌睡枕头

新生儿的脊柱是直的,平躺时背和后脑勺在同一平面上,再加上新生儿的头大,几乎与肩同宽,侧卧也无须枕头。如果头部被垫高了反而容易形成头颈弯曲,影响新生儿的呼吸和吞咽,甚至可能发生意外。当婴儿长到三四个月时可在其头下垫一柔软毛巾当枕头,等到七八个月时垫3厘米高的枕头。

睡前忌过分逗引宝宝

宝宝白天玩了一天,到了晚上已有些疲劳,如睡前过分逗引宝宝,会使宝宝大脑高度兴奋,这样宝宝不易入睡;入睡后,大脑皮质的个别区域还保持着兴奋状态,极易做梦,影响宝宝睡眠质量。

忌让宝宝平躺着喝奶

平躺着喝奶婴儿容易把奶液吸到气管而发生窒息。

平躺着喝奶液体会经由耳咽管聚集在中耳处,易滋生细菌,造成感染,引起中耳炎。

 专家提醒

注意保护宝宝的眼睛

婴儿的眼睛十分娇嫩、敏感,极易受到各种物质侵袭,因此需小心保护。

1. 讲究眼部清洁,防止疾患感染

婴儿的洗脸用品,应有专用的毛巾和脸盆,并且经常保持清洁。每次洗脸时,可先擦洗眼睛,如果眼屎过多,应用棉签或毛巾沾温开水给轻轻擦掉。婴儿毛巾洗后要放在太阳下晒干,不要随意用他人的毛巾或手帕擦拭婴儿眼睛。婴儿的手要经常保持清洁,不要让孩子用手去揉眼睛,发现婴儿患眼病,要及时治疗,按时点眼药。

第十一章 宝贝第三个月

孕育聪明小宝贝

2. 防止强烈阳光或灯光直射婴儿眼睛

婴儿室内的灯光不宜过亮,到室外晒太阳时,要戴遮阳帽以免阳光直射眼睛。平时还要注意不带婴儿到有电焊或气焊的地方,免得电焊弧光刺伤眼睛。

3. 防止锐利物刺伤眼睛及异物入眼

婴儿的玩具要没有尖锐棱角的,不能给婴儿小棍类或带长把的玩具。要预防尘沙、小虫等进入眼睛。一旦发生异物入眼,别用手揉,可滴几滴眼药水刺激眼睛流泪,将异物冲出来。

4. 成人患急性结膜炎时,要避免接触婴儿

眼病流行期间,不要带婴儿去公共场所,以免感染。如果父母患上眼病,那么应及早为婴儿预防。

注意保护宝宝的耳朵

听觉功能是语言发展的前提。如果耳朵听不到声音,就无法模仿语音,因而也就无法学会语言,这对婴儿的智力发育极为不利。为此,必须对下列方面加以注意:

1. 慎用抗生素药物

慎用链霉素、青霉素、卡那霉素、庆大霉素等能够引起听神经中毒的抗生素,这些药物可以导致耳聋,使用此类药物一定要遵医嘱。

2. 防止疾病发生

麻疹、流脑、乙脑、中耳炎等疾病都可能损伤婴儿的听觉器官,造成听力障碍。因此,要按时接种预防这些传染病的疫苗,积极治疗急性呼吸道疾病。

3. 避免噪声

婴儿听觉器官发育还没有完善,外耳道短、窄,耳膜很薄,不宜接受过强的声音刺激。各种噪声对婴儿不利,会损伤婴儿柔嫩的听觉器官,降低听力,甚至引起噪声性耳聋。

4. 其他伤害

不要给婴儿挖耳朵,不要让婴儿耳朵进水,以免引起耳部疾患。防止

婴儿将细小物品如豆类、小珠子等塞入耳朵,这些异物容易造成外耳道黏膜的损伤,如果出现此类问题,应该去医院诊治,千万别掏挖,以免损伤耳膜耳鼓,引起感染。

学会做辅食

苹果泥:将苹果洗净后,切成两半,用小勺轻轻刮取果肉部分,即可得到苹果泥。

香蕉泥:取熟透的香蕉去皮后放入碗中,用不锈钢小勺背用力挤压、搅烂即为香蕉泥。

鱼泥:将鲜鱼去内脏洗净,放入锅内蒸熟或加水煮熟,去净骨刺,加入调味品,挤压成泥,可调入米糊(奶糕)中食用。

豆腐:将煮熟的的嫩豆腐稍加些盐搅碎,加入粥或蛋黄中喂食。

蛋羹:将整蛋搅匀,加入温水半小杯、酱油 1 茶匙、盐少许,待锅内水开后再上锅蒸 8~10 分钟即成,应在正餐中喂,不要在两餐之间喂食。

红枣小米粥或玉米面粥:将红枣洗净,煮烂去皮去核,压成枣泥,放在煮好的小米粥或玉米面粥中再煮沸即成。

肉末菜粥:瘦猪肉 50 克,青菜两小棵,植物油 10 克,酱油、精盐、葱姜末各少许。将猪肉洗净去筋、剁成细末,青菜洗净切碎。锅内加入植物油,油热后下入肉末不断煸炒,放入葱姜末,再加入少许酱油炒至全熟即成肉末。将炒好的肉末及碎菜加入熬好的米粥内煮沸。待温后即可喂食。

宝宝第 3 个月喂养

宝宝饮食规律早知道

每次喂乳可以间隔 4 小时。如果天热,孩子出的汗较多,就要额外补充水分。

孕育聪明小宝贝

营养食谱

1. 宝宝食谱

主食:母乳。

上午:6:00　9:00

中午:12:00

下午:15:00

晚上:18:00　21:00　24:00

2. 乳母食谱

鲍鱼炖土鸡

所需材料:土鸡半只,罐头鲍鱼1个,绿竹笋1根,蛤蜊10个,老姜3片,米酒1大匙,盐半茶匙。

制作方法:土鸡洗净,切块,放入滚水余烫捞起,罐头鲍鱼取出切片;绿竹笋去壳,切片;蛤蜊泡水,吐净沙备用。全部材料及米酒放入锅中,加入淹过材料表面的水,炖煮50分钟至熟烂,盛出,最后加盐调匀即可。

营养成分:蛤蜊和鲍鱼不仅可以增加汤的鲜美,所含的铁质和矿物质还可以改善产后的头晕现象。土鸡的蛋白质含量高,同时含有钾、铁等多种矿物质,可以改善产后的体弱虚损、气血不足的现象。

猪腰面线汤

所需材料:猪腰1副,面线75克,老姜4片,麻油1大匙,米酒1大匙,盐1/4茶匙。

制作方法:猪腰对半切开,去除白色筋膜、洗净,切交叉刀纹、再切片,泡水半小时,放入滚水余烫,捞出沥干;老姜洗净,切丝。锅中倒入麻油烧热,爆香姜丝,放入腰花炒至半熟,捞出。面线以热水烫熟,放入碗中备用。锅中再倒入2杯水煮滚,放入腰花及调味料再煮开,即可盛出,放在煮熟的面线上,冲入汤汁即可。

营养成分:猪腰中含有丰富的蛋白质,所含的维生素A和维生素C也特别丰富,可以增加身体的免疫力。老姜可以改善产妇体内的虚寒,将孕期累积的水分排出体外,常吃可以使身体温热。

烧酒虾

所需材料:草虾 400 克,当归 2 片,川芎 5 片,老姜 3 片,枸杞子 1 茶匙,米酒 2 大匙,盐 1/4 茶匙。

制作方法:草虾去头部及肠泥,洗净;其他材料均洗净备用。锅中倒入 1 杯水煮滚,加入所有中药材及姜片煮约 10 分钟,捞除渣滓,再加米酒及草虾煮至虾变色,最后加盐调匀,即可盛出。

营养成分:川芎是温补的药材,可以促进血液循环,改善女性生理不适和血虚引起的头晕、乏力。草虾中的蛋白质含量比其他虾类更高,草虾中的牛磺酸可以促进肝脏功能,强化肝脏的排毒功能。

莲藕排骨汤

所需材料:排骨、莲藕各 30 克,盐 1/4 茶匙。

制作方法:排骨洗净,放入滚水中余烫,捞出。莲藕去皮,切成约 1 厘米厚的片。排骨、莲藕放入锅中,加入半锅冷水,中火煮开,改小火慢熬 1～1.5 小时,熬煮至排骨熟烂,加入盐调匀即可盛出。

营养成分:莲藕富含淀粉、蛋白质和维生素、矿物质等,有健脾、益气、补血、开胃的功能。生吃莲藕可解热,促进血液循环,熟吃则可消除恶心、下痢和胃痛的症状。

海鲜羹

所需材料:旗鱼、虾仁各 100 克,干贝 5 个,绿竹笋半根,嫩姜 2 片,芹菜 1 根,米酒 1 茶匙,水淀粉 1 大匙,麻油少许,盐半茶匙,胡椒粉 1/4 匙。

制作方法:旗鱼洗净,切小片;虾仁去肠泥,洗净;干贝洗净,蒸熟,取出,剥成丝;绿竹笋去壳,与嫩姜均切细丝,芹菜洗净,切段备用。锅中倒 3 杯水煮滚,放入竹笋及姜丝煮开,加入所有海鲜材料及米酒煮滚,再加入调味料煮匀,最后以水淀粉勾芡,盛起,撒上芹菜段及麻油即可。

营养成分:干贝不但鲜美,所含的牛磺酸更可促进肝脏功能,将体内的各种毒素排出体外。笋中含有丰富的钾,有助于怀孕期间体内累积的多余水分排出体外,消除水肿。

第十一章 宝贝第三个月

百合炒山药

所需材料:山药 300 克,新鲜百合 1 个,白果 10 颗,姜 3 片,麻油 1 大匙,盐 1/3 茶匙,胡椒粉少许。

制作方法:山药去皮,洗净,切长片,泡入冷水中,捞出、沥干,新鲜百合剥片、洗净,白果加少许水,放入蒸锅蒸 10 分钟至熟软,取出备用。锅中倒入麻油烧热,放入姜片爆香,加入山药略炒,再加入百合炒熟,入白果及调味料炒匀,即可盛出。

营养成分:山药中含有丰富的淀粉分解酶,可以促进淀粉的消化,改善产后虚弱的体质。百合味道清甜、爽口,可以宁神养心,使产妇能够安定神经,精神放松。

牛蒡炒肉丝

所需材料:牛蒡半根,牛肉丝 150 克,白芝麻 1 茶匙,麻油 1 大匙,酱油、色拉油、淀粉各半茶匙,盐 1/4 茶匙。

制作方法:牛蒡去皮,洗净,先切斜片再切丝,放入冷水略泡一下捞出,牛肉丝放入碗中加酱油、色拉油、淀粉腌至入味。

锅中倒入麻油烧热,放入牛肉丝过油,捞出;锅中余油继续加热,加入牛蒡丝及半杯水煮滚,再加牛肉丝及盐炒匀,最后撒入白芝麻,即可盛出。

营养成分:白芝麻中含有丰富钙、铁、维生素 B_1 等营养,可以补充钙质,还能安定情绪、减轻产后情绪不稳定。以补充钙质,还能安定情绪、减轻产后情绪不稳定。牛蒡是膳食纤维含量十分丰富的蔬菜,可以活化肠胃功能,具有整肠、改善便秘的作用。

麻油蛋炒饭

所需材料:白饭 2 碗,鸡蛋 2 个,老姜 2 片,黑麻油 1 大匙,酱油 1 茶匙,盐 1/4 茶匙,胡椒粉少许。

制作方法:鸡蛋打入碗中打匀;姜片洗净,切细丝备用。锅中倒入麻油烧热,放入姜丝爆香,加入蛋汁快速翻炒,再加入白饭及调味料炒匀,即可盛出。

营养成分:麻油具有解毒和润肠的作用,可以促进排便,预防便秘的发生,还可滋补养生,使身体温热。鸡蛋是高营养食品,含有丰富的蛋白质,氨基酸的含量十分均衡,是产后补充体力、恢复元气的最佳食品。

红豆麦片粥

所需材料:红豆、麦片各 1 杯,炼乳 1 大匙。

制作方法:红豆洗净,加水浸泡 4 小时;麦片洗净备用。锅中倒入半锅水煮开,放入红豆以小火煮 30 分钟,加入麦片再煮 20 分钟至熟烂,盛出,淋上炼乳,即可食用。

营养成分:红豆含有丰富的蛋白质、维生素 B_1、维生素 B_2 和维生素 E 等营养素,还含有多种矿物质,具有利尿、通乳的作用。麦片比精制的燕麦营养更丰富,可以促进体内的水分代谢,消除浮肿,具有润肠的作用,有助于改善便秘。

四季应时食谱

春季乳母食谱

早餐:鸡蛋、馒头、猪肉炒菠菜、蔬菜粥。

加餐:牛奶。

午餐:麻油蛋炒饭、百合炒山药、海鲜羹。

加餐:苹果汤、饼干。

晚餐:高汤水饺。

加餐:绿豆小米粥。

夏季乳母食谱

早餐:牛奶、油条、红豆麦片粥。

加餐:水果、糕点。

午餐:包子、鸡蛋面条汤。

加餐:豆奶、饼干。

晚餐:大米饭、烧酒虾、莲藕排骨汤。

加餐:小馅饼。

秋季乳母食谱

早餐:肉末粥、油饼。

加餐：酸奶。

午餐：馒头、香蒜炒牛柳、麻油红糟鱼。

加餐：水果、糕点。

晚餐：桂圆糯米饭、炒鸡蛋、甜酒酿汤圆。

冬季乳母食谱

早餐：花卷、汤面。

加餐：牛奶、蛋糕。

午餐：米饭、鸡肫炒肉片、红烧豆腐、鱼丸汤。

加餐：百蔬粥、煮鸡蛋。

晚餐：麻油鲑鱼饭、龙眼肉蛋包汤。

孕育聪明小宝贝

第十二章　宝贝第四个月

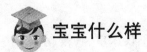 **宝宝什么样**

4 个月的宝宝

1. 体格发育

体型:由于父母体格的遗传关系,每个婴儿的胖瘦和个子大小的差距会逐渐拉大。尽管如此,每个婴儿都长得胖乎乎的,面部的皮下脂肪进一步增加,看上去,越发可爱了。

体重:到 4 月末时,男婴的平均体重达到 7.58 千克,女婴达到 7.14 千克。

身长:男婴的平均身长达到 65.05 厘米,女婴的平均身长达到 63.98 厘米。

头围:男婴为 42.14 厘米,女婴为 41.39 厘米。

胸围:男婴为 42.51 厘米,女婴为 41.58 厘米。

2. 其他方面的发育

运动机能:此时的婴儿头部稳定居中,转动灵活,俯卧时能用手撑起头和胸。会翻身,能灵活变动姿势;扶着他能坐稳。会用手抓碰到的东西,能扶着奶瓶自喂;喜欢用手触摸看到的东西,进行探索。

视觉:他开始慢慢会区别颜色,偏爱的颜色依次为:红、黄、绿、橙、蓝。对远近目标聚焦的能力接近成年人,会跟踪室内走动的人。

听觉:能辨别不同音色,区分男声女声,对语言中表达的感情已很敏感,能出现不同反应。

情绪:有意识的哭和笑。斥责或感到寂寞时会哭,安慰或逗弄时会笑,能笑出声。

语言:和他讲话时他会用"咕咕"地发声来回应。

 妈妈做什么

给宝宝准备相应的玩具

4个月的宝宝对周围环境更感兴趣了,所以不仅床单、衣服、小床周围的玩具、物品,就是墙壁四周和天花板上的色块,小动物头像,图案都要经常变换。为了让宝宝的注意力能集中,可以给他多看、多听、多摸玩具的机会,玩具要软,有声有色、无毒、无棱角、卫生、不怕啃、不怕吞吃,易于抓握玩耍。最好用橡皮筋悬挂玩具,使他能将抓到的玩具拉到自己眼前仔细观察摆弄,但要注意安全,防止宝宝误吞小东西。

养成宝宝良好的睡眠习惯

睡眠是个生活习惯,可以调节,如果妈妈总是不分昼夜地护理宝宝,那么宝宝也就会养成不分昼夜的生活习惯。所以需要母亲有意识地训练自己的宝宝,养成他良好的睡眠习惯。

白天让宝宝尽量少睡,在夜间除了喂奶,换1~2次尿布以外,不要打扰宝宝。在后半夜,如果宝宝睡得很香也不哭闹,可以不喂奶。随着宝宝的月龄增长,逐渐过渡到夜间不换尿布、不喂奶。

正确使用婴儿车

宝宝到了四五个月,可以经常使用婴儿车了,宝宝也喜欢坐着小车出去散步,但尽量不要在那些高低不平的路上推,因为这样车子会上下颠簸,左右摇摆,不但推的人费劲,宝宝也很难受。

另外,宝宝坐在车里,要比推车人低得多,离地面很近,最容易呼吸到地面上的灰尘。所以,为了宝宝的身体健康,家长推着小车散步时,要到车少、地平、环境优美的地方去。

注意莫让宝宝异物入口

宝宝从4~5个月开始能抓握玩具及物体,在宝宝的手能够触及的地方,如果有什么东西,他就会抓起来,甚至放到嘴里。

因此,在宝宝经常接触和活动的地方,如宝宝睡的小床、成人的大床、童车、成人常抱他接触的桌边等处,不要摆放烟灰缸、火柴、别针、发夹、针、花生米、瓜子、豆类及药片等物。

纽扣、玻璃碴儿、硬币等也常常会无意遗落在床上,应注意到。

凡是给宝宝玩的东西,都要稍微大一些,球的直径应不小于2厘米,有的玩具可联结在一起,如小木珠、小铃铛可串在一起,这样可防止宝宝把东西塞在口内,但应注意串珠的绳子一定要结实,还应注意不要用过小的食物逗引婴儿或让其舔食。

有些体积小而圆滑的东西如纽扣、玻璃球吞进胃里后,既不痛,也没什么异常,2~3天就会排出体外;有些金属的东西,有棱角,宝宝吞咽后会刺破口腔或咽部或卡在咽部,有的会造成胃肠穿孔,有的吞咽时如误入气管则有可能发生窒息。

培养宝宝单独玩

有一些宝宝在满四五个月后,只要妈妈一走开,马上就哭闹起来。整天抱着、背着、哄着,反而会使宝宝变成溺爱型,所以,要设法让宝宝慢慢习惯一个人单独玩。如果妈妈一不在身边就哭,可先试着在宝宝能看得到的地方让他自己玩,慢慢拉长距离。这样,宝宝在床上或其他安全的地方可以单独玩半小时左右。

培养宝宝的自制力和忍耐力是育儿的一大重点。那些溺爱过度的宝宝肯定任性、撒娇,很难自制,只要旁边一没有人就不高兴,大吵大闹,哭闹不休。因此,千万不要过分溺爱宝宝,尽量让他自己玩。

运动训练

1. 翻身训练

目的:锻炼躯干及四肢肌肉,协调平衡能力,为下一步爬、坐、站、走打基础。

方法:在宝宝3个月翻身训练的基础上,让宝宝仰卧,在其一侧放一个他喜欢的玩具,逗引他自己翻身去取,当宝宝侧卧后,轻轻拉动他一下,帮助他翻身,每天训练3次至4次。

2. 蹦蹦跳

目的:发展下肢肌肉,为站立作准备。

方法:扶着宝宝的腋下,让他站在你的腿上或硬木床上,举宝宝蹦蹦跳,同时用快活的口气说:"蹦蹦跳,蹦蹦跳",渐渐地宝宝自己掌握了,不用举他,他自己就会蹦蹦跳了。

3. 拉大锯

目的:锻炼手臂,躯干部肌肉,为坐立打基础。

方法:宝宝仰卧,你站在他的脚前,让他的小手各握住你的一个拇指,同时用手掌握住他的小手,慢慢向上提,让宝宝借助你的力量坐起来,然后再把他放下,可反复几次,同时念儿歌"拉大锯,扯大锯,姥姥家,唱大戏……"

4. 逗逗飞

目的:锻炼手指肌肉,在游戏中发展触觉与手眼协调能力。

方法:宝宝背靠你的脚坐在你的腿上,你用两手分别握着宝宝的两手食指,使其对指食指尖,对指时说"逗逗……",然后指尖分开时说"飞——"。反复进行,每天数次,他自己就会眉开眼笑学着对手指,之后,还可教他拇指相对,中指、小指相对。

5. 伸手抓物训练

目的:训练手眼协调能力,掌握抓住悬吊玩具的技能。

方法:把适宜宝宝抓握又能发声的玩具用松紧带悬吊在他能够着的地方,训练他用手去抓握,不要有偏手性,以促进左右侧大脑的开发,还可以抱着宝宝坐在桌前,桌上放两只核桃或两个乒乓球,训练宝宝伸手抓物,一手抓一个。

语言发音训练

1. 模仿发音

目的:训练视觉听觉,理解语言。

方法:在宝宝觉醒状态下,与宝宝面对面,轻柔地愉悦地发出"啊－啊""呜－呜""喔－喔""爸－爸""妈－妈"等音节,逗引宝宝注视你的口形,每发出一个音节应停顿一下,给宝宝留有模仿的时间。

2. 教宝宝认物

目的:培养语言理解能力。

工具:用会发音,发光的玩具,如摇铃,玩具汽车,布娃娃,玩具狗,玩具猫等。

方法:把玩具摆在宝宝的面前,一边指给他看,一边用准确的语言说出玩具的名称,不要用娃娃的语言,比如,说"电灯",而不说"亮亮";说"汽车",而不说"笛笛",用玩具启发孩子兴趣,培养孩子语言能力。

3. 给宝宝念儿歌

目的:训练视觉听觉,发展语言表达能力。

方法:四五个月的宝宝虽然还听不懂儿歌的意思,但他喜欢儿歌有韵律的声音和欢快的节奏,更喜欢你亲切而又丰富的面部表情,要选择一些朗朗上口的儿歌,如能配合彩色的画片效果更好,每天至少给宝宝念 1～2 道儿歌,每首儿歌至少念 3～7 遍。

 爸爸做什么

手指锻炼

1. 张开小小手

孩子四五个月的时候爸爸可以教宝宝拿玩具,然后让宝宝张开手把

玩具给自己。在反复的游戏中,锻炼孩子小肌肉的动作,使宝宝的手变得更灵活。

2. 虫虫、虫虫飞

孩子会坐了以后,爸爸用自己的双手分别握着宝宝的双手,用食指和拇指抓住宝宝的食指,教他食指尖对拢又分开,一边做动作一边说:"虫虫、虫虫飞"。

3. 折手帕

爸爸可以用干净的手绢和宝宝一起做游戏。爸爸先把手绢折成各种各样的形状,让宝宝观察。然后爸爸可以用手绢折成小玩意给宝宝玩。宝宝在开心的游戏中会模仿大人的动作,自己折手绢。这个游戏既锻炼了宝宝小手指,也让宝宝认识了各种形状。

玩撑起的游戏

方法:让宝宝趴在床上或铺有草席或地毯的地上,在宝宝头侧用不倒翁或有声音的玩具逗引。宝宝先用肘撑起,爸爸把玩具从地上拿起来,逗引宝宝抬起上身。宝宝会把胳臂伸直,胸脯完全离开床铺,上身与床铺成90°角。有时宝宝的一个胳臂用手撑,另一个胳臂用肘撑,身体不平衡歪向肘撑的一侧,从肘撑的一侧翻滚成仰卧。此时并不是有意地做180°翻身,是无意的因重心不稳而偶然翻过去的,这种过大的翻动如同跌倒一样会使宝宝感到不安。所以如果宝宝只用一只手去支撑身体时,爸爸可以帮助他将另一只手也撑起来,使身体重心平衡,才能巩固俯卧双手支撑的练习,使宝宝感到安稳和愉快。

目的:宝宝俯卧用手撑起时,头可以看得更高更远,使宝宝的视觉开阔。这种姿势不但可以练习颈肌,还可以练习上肢和腰背的肌群使之强健,为以后匍行和爬行做好准备。

注意:要让宝宝有安全感。

宝宝健美健身方法

抱、逗、按、捏是宝宝健身简便易行的有效方法,对宝宝身心健康有着良好的作用。

1. 抱

抱是亲子感情信息的传递,是对宝宝最轻微得体的活动。当宝宝在哭闹不止的时候,恰恰是最需要抱,从而得到精神安慰的时候。有的父母怕惯坏了孩子而不愿意抱,这对宝宝的身心健康和生长发育是非常不利的。为了培养宝宝的感情思维,特别是在哭闹的特殊语言的要求下,不要挫伤幼儿心灵,要多抱一抱宝宝。

2. 逗

逗可以活跃气氛,丰富感情,是宝宝一种最好的娱乐形式。逗可以使小儿高兴得手舞足蹈,使全身的活动量进一步加强。实验证明,常被逗戏的宝宝不仅比长期躺在床上,很少有人过问的宝宝表现得活泼可爱,而且,对周围事物的反应也显得更加灵活敏锐,不难想象,这对宝宝今后的智商有着直接的影响。

3. 按

按是家长用手掌对宝宝做轻微按摩。先取俯卧位,从背至臀部下肢。再取仰卧位,从胸至腹部下,每处 10 次～20 次。按不仅能增加胸背腹肌的锻炼,减少脂肪细胞的沉积,促进全身血液循环,还可以增强心肺活动量和肠胃的消化功能。

4. 捏

捏是家长用手指对宝宝捏揉,捏较按稍加用力,可以使全身和四肢肌肉更加紧实。一般先从上肢至两下肢,再从两肩至胸腹,每处 10～20 次。在捏揉过程中,小儿胃泌素的分泌和小肠的吸收功能均有改变,特别是对脾胃虚弱,消化功能不良的宝宝效果更加显著。

注意:除了抱以外,逗、按、捏均不宜在进食当中或食后不久进行,以免食物呛入气管,时间一般应选择进食后 2 小时进行。操作手法要轻揉,不要

第十二章 宝贝第四个月

过度用力,以让宝宝感到舒适为宜,并且注意不要让宝宝受凉,以防感冒。在逗戏宝宝时,表情自然大方,不要做过多的挤眉、斜眼、歪嘴等怪诞不堪的动作,以避免宝宝模仿形成不良的病态习惯,将来不好纠正。

奶奶讲的禁忌

牛奶中忌长期加白糖

白糖是家庭中通常采用的食用糖,其主要成分是蔗糖,甜度较高。但长期食用有诱发龋齿的危险,因此,在牛奶中放白糖应掌握用量,不宜过多,也不宜长期在牛奶中放。

牛奶中忌加入钙粉或钙片

小儿因生长发育快,极易缺钙,有的家长在给孩子补钙时图省事,直接将钙粉或钙片冲入牛奶中喂给小儿。这种做法是很不科学的,因为牛奶中的蛋白质在遇到钙后,会凝结成块,使蛋白质和钙的吸收都受到影响。

保温杯内忌存放牛奶

有些家长喜欢将煮沸的牛奶放在保温杯里保存,当婴儿饥饿啼哭时,将牛奶倒出来稍稍凉一下就可以喂,不需再手忙脚乱地花时间去煮,这样做是方便但不值得提倡。虽然牛奶经过煮沸消毒,但放在保温杯里时间一长,温度会下降,而牛奶中丰富的蛋白质和糖是细菌良好的培养基,保温杯未经过灭菌处理,在适宜的温度下,细菌会生长繁殖。婴儿如食用了变质的牛奶,则会引起肠道感染而致呕吐、腹泻甚至脱水、发热,危及生命。另外,保温杯中长时间保持较高的温度,会破坏牛奶中的维生素。

煮牛奶忌先放糖

牛奶中含有赖氨酸,它是促进儿童生长发育的氨基酸。煮牛奶时若先放糖再煮,赖氨酸会与糖产生反应,生成一种有害物质——果糖基氨基酸,这种物质吃后会危害儿童身体健康,对婴儿尤为不利。正确的方法是:牛奶煮好后倒入奶瓶或杯、碗中,当瓶、杯不烫手时再加入糖,使其自然溶解,然后服用。

冲奶粉忌用高温水

温度越高,维生素破坏越多,用75℃～100℃的开水冲调奶粉,维生素C损失率为13%～21%,因此冲调奶粉不宜用刚煮开的沸水。可将当日的开水稍凉后,降至70℃左右为宜。

冲调好的奶粉忌放置时间过久

奶粉冲好后放置时间过久,维生素C随之减少。如用60℃的热水冲调奶粉并放置55分钟,维生素C的损失率达30%,故奶粉应随吃随冲。

忌用奶水涂宝宝的脸蛋

有些妈妈把自己的奶水挤出来,涂在宝宝的脸上,认为这样会使宝宝白嫩,这是没有任何道理的。因为人奶营养很丰富,宝宝的脸蛋皮肤嫩,血管丰富,如果把奶水涂在宝宝脸上,繁殖的细菌进入毛孔后,皮肤就会产生红晕,不久变成小疮而化脓,严重的会引起全身感染。

 专家提醒

小心宝宝玩具中毒

市面上塑料玩具很多,这些玩具绚丽多彩,既好看精巧,又不易损坏,深受家长的青睐和孩子的喜爱。可是,你知道为什么这些塑料玩具的艳丽色彩能够经久不褪吗? 原因就是:这些塑料玩具在制作过程中掺入了2.5%的镉。镉进入人体后会引起中毒。如果孩子喜欢口含玩具,或在玩的过程中及玩后吮吸手指,或玩后不洗手就抓东西吃,就可能会在不知不觉中将这些镉摄入体内。

由于个体差异及饮食习惯的不同,胃肠道对镉的吸收率不同,据测算大约为15%。镉进入人体后不易排出,久而久之,就有可能在孩子体内慢慢地蓄积,甚至发展成为慢性镉中毒。

慢性镉中毒的孩子,通常会表现为体重不断减轻,骨骼疼痛,小便为蛋白尿,有的还出现呼吸困难等症状,中毒严重者可导致肾病、肝病、高血压、心脏病、骨质疏松等。

因此,家长平时一定要注意培养孩子玩玩具时良好的卫生习惯,告诉孩子,玩具尤其是塑料玩具不可口含;玩时或玩后不要吮吸手指,玩后要洗手,以防止孩子镉中毒。还需特别提醒的是,街边小贩出售的廉价塑料玩具,以及商家为促销放在儿童食品袋中的小塑料玩具,因造价低而有可能含镉量更高,家长最好别为孩子购买或给孩子玩耍。

预防呼吸道传染病

小儿由于发育不健全,体温调节功能差,对寒冷气候的适应能力低,所以在冬季常易患流感、流脑、麻疹等呼吸道传染病。这些传染病的早期酷似感冒,极易被误诊,如治疗不及时,不仅会造成疾病流行,还很容易发展为肺炎。小儿一旦得了呼吸道传染病，再合并感染上肺炎，就会增加治愈的难度，出现呼吸急促、鼻翼扇动、喘憋、烦躁等症状，严重的可出现抽搐、昏迷，甚至危及生命。预防呼吸道传染病要做到以下几点。

首先，要加强体格锻炼，注意增加营养，让小儿多在户外活动，常晒太阳，呼吸新鲜空气，以增强身体的抵抗能力和对寒冷气候的适应能力。

其次，在疾病流行期间，不要带孩子去公共场所，外出时要戴口罩，以减少被传染的机会。应注意室内通风，定期用食醋熏蒸消毒。此外，应适时接种流感、麻疹等疫苗，提高小儿的免疫力。

小儿患了呼吸道传染病应及时去医院诊治。在家要加强护理，室内空气要新鲜，不要在小儿居室吸烟，室温最好保持在18℃~20℃之间，相对湿度55%，空气过于干燥会刺激气管黏膜，加重咳嗽和呼吸困难。室内要保持安静，保证小儿睡眠。家长要遵医嘱按时给孩子用药。鼻腔及咽喉分泌物过多时要及时清除，并随时密切观察孩子的病情变化，一旦出现口唇发紫、出汗、四肢发凉等病状，要及时请医生处理。

宝宝可喂酸牛奶

酸牛奶可分为两种，一种是用无毒乳酸杆菌放入全脂鲜牛奶，牛奶发酵成酸奶；另一种是用酸类，一般为乳酸、枸橼酸等加入牛奶制成。酸牛奶的营养成分与鲜牛奶基本相同。

酸牛奶味道可口，小儿特别喜欢吃。吃酸牛奶有下列好处：酸牛奶中酪蛋白凝块比鲜牛奶小，有利于消化、吸收；酸牛奶使胃内酸度增加，促进消化作用；酸牛奶能抑制大肠杆菌生长，对肠道菌群失调所致的腹泻、消化不良患儿尤为适宜。

家庭制作酸牛奶的方法：先将鲜牛奶煮沸、冷却，然后将食用乳酸缓慢地滴入牛奶中，边滴入边均匀地搅拌，牛奶与酸的比例为100毫升鲜牛奶加乳酸10滴。也可用橘汁代替，因橘汁中含有枸橼酸，每100毫升鲜牛奶加橘汁6毫升。制作酸奶时，为避免凝成大块，加酸速度要慢。制成的酸牛奶，不能再加热煮沸。

宝宝第4个月喂养

宝宝饮食规律早知道

现在大多宝宝都是胖嘟嘟的,有些家长会担心以后孩子会成为小胖墩,一般说来,宝宝到了身体增长快速期,体重会逐渐降下来,大可不必担心。宝宝满4个月了可以开始逐渐地添加辅食,如营养米粉,蛋黄泥,果泥,菜泥等。在添加时要注意由少到多,由稀到稠,一样一样的添加。

营养食谱

1. 宝宝食谱

主食:母乳。

上午:8:00

中午:12:00

下午:16:00

晚上:20:00 1:00

辅助食物

①开水:温开水、凉开水。

②水果汁:橘子汁、番茄汁、山楂水等。

③菜水:胡萝卜汤。

以上饮料可轮流在白天两次喂奶中间饮用。

④浓缩鱼肝油:1滴/次,2次/日。

葡萄汁

所需材料:葡萄。

制作方法:将葡萄洗干净,用热开水浸泡2分钟,将开水倒掉,去皮切碎后用干净的纱布挤成汁,约30毫升,放到消毒干净的奶瓶中,用奶瓶喂宝宝。

红枣泥

所需材料:红枣 100 克,白糖 20 克。

制作方法:将红枣洗净,放入锅内,加入清水煮 15～20 分钟,至烂熟。去掉红枣皮、核,加入白糖,调均匀即可喂食。

营养成分:红枣泥含有丰富的钙、磷、铁,还含有蛋白质,脂肪糖类(碳水化合物)及多种维生素。具有健脾胃、补气血的功效,对婴儿缺铁性贫血有较好的防治作用。对脾虚消化不良的婴儿也较为适宜。

鸡肝糊

所需材料:鸡肝 15 克,鸡骨汤 15 克,酱油、蜂蜜各少许。

制作方法:将鸡肝放入水中煮,除去血后再换水煮 10 分钟,取出剥去鸡肝外皮,将鸡肝放入碗内碾碎。将鸡骨汤入锅内,加入研碎的鸡肝,煮成糊状,加入少许酱油和蜂蜜,搅均匀即成。

营养成分:此菜甜咸,呈糊状,含有丰富的蛋白质、钙、磷、铁、锌及维生素 A、B_1、B_2 和尼克酸等营养素。尤以维生素 A 铁含量较高,可防治贫血和维生素 A 缺乏症。

四季应时食谱

春季婴儿食谱

早餐:面包粥。

午餐:豆奶粥、豆腐鱼松。

晚餐:牛奶粥、鱼泥。

夏季婴儿食谱

早餐:菜泥粥。

午餐:果汁面包粥、蒸包菜香肠。

晚餐:西红柿通心面。

秋季婴儿食谱

早餐:胡萝卜粥。

午餐:核桃红枣酪、菜泥豆腐。

第十一章 宝贝第四个月

晚餐:鱼肉丸子、萝卜豆腐汤。

冬季婴儿食谱

早餐:海鲜粥。

午餐:鲜菇饭、白菜肉糊。

晚餐:白萝卜鱼糊。

孕育聪明小宝贝

第十三章　宝贝第五个月

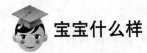 宝宝什么样

5 个月的宝宝

1. 体格发育

体型:5 个月的婴儿已经越来越健壮,但每个婴儿的差异很大。

体重:男婴的平均体重为 8.24 千克,女婴平均体重为 7.62 千克。

身长:男婴的平均身长为 67.46 厘米,女婴的平均身长为 65.89 厘米。

头围:男婴为 43.24 厘米,女婴为 42.18 厘米。

胸围:男婴为 43.52 厘米,女婴为 42.59 厘米。

2. 其他方面的发育

动作机能:靠着能坐稳,俯卧时在前臂的支撑下能抬胸,能翻身。手眼逐渐协调,伸手抓物从不准确到准确,能拍、摇、敲玩具,可以同时拿两个东西。把布蒙在他脸上,他会自己拉掉。可以坐在大人腿上。

视觉:眨眼次数增加;手眼能协调,能准确看到面前的物品,会将其抓起,在眼前玩弄。

说话:发音逐渐增多,除"哦"、"啊"之外,会发出重复、连续的音节,进入咿呀学语阶段。

自我意识:婴儿在 5 个月前尚无自我意识,分不清自己和别人,但很早就认识母亲,母亲的存在使婴儿有安全感、信任感。听到母亲的声音,会高兴地咿呀发声。

妈妈做什么

孕育聪明小宝贝

学会喂菜汤、菜泥、水果泥

菜汤的制法:取新鲜绿色蔬菜或胡萝卜50～100克洗净,切碎。锅内加少许水煮沸后将蔬菜或胡萝卜加入,继煮7～8分钟煮熟烂。倒入清洁的漏瓢中,去汤后用匙背压榨成细末过瓢孔,去除粗纤维。剩下的倒入碗中即可食用。

4～6个月的婴儿初次吃菜汤可从少量开始,第一次吃20～30克菜汤,适应了再增加至40～50克。

菜泥的制法:先将新鲜的蔬菜如菠菜、小青菜、胡萝卜、空心菜等,选任何一种取50～100克,洗净,切碎。往锅内放碗水煮沸后将切碎的菜放入锅内。继以大火煮沸6～7分钟停止,开锅将菜及汤倒入消毒的漏瓢内,漏下的菜汤盛入碗中,加少许盐即成菜汤,供食用。

初次吃菜泥的婴儿,第一次可喂1/2汤匙(10～15克),第2天如无反应增加到1汤匙(20克),3～4天后无反应可增至2汤匙(30～40克)。

水果泥的制法:新鲜苹果50克,糖10克,将苹果去皮,切碎,以大火煮软后,加入糖,放入清洁的铁筛内,用匙压迫过小孔,即成苹果泥。简单苹果泥的做法:也可以将苹果洗净,削去皮,以小匙慢慢地刮,刮下的即成苹果泥,开始每次喂1/2汤匙,以后渐增,小儿腹泻时吃点苹果泥有止泻作用。

护理宝宝的乳牙

婴儿乳牙的好坏一般决定于母亲妊娠期的营养。无论乳牙或恒牙,在形成过程中都不可缺少下列成分:钙和磷(有奶酪、鱼肉、海产品中最丰富)、维生素D(鱼、蛋、香菇中丰富)、维生素C(肉类、新鲜蔬菜、水果中丰富)、维生素A(紫菜、胡萝卜、青椒中丰富)、维生素B(柠檬、谷物、芋类中丰富),因此,母亲在怀孕和哺乳期间应多吃上述各种食物,做到保持膳食平衡,以保证和促进孩子的牙齿健康。

乳牙一般持续 6～10 年时间,这段时间正是小儿生长发育的高峰时期,如果牙齿不好,会影响小儿对营养物质的消化吸收,妨碍健康,还会影响到小儿的容貌和发音。因此,必须十分注意保护乳牙。在乳牙萌出后,应注意以下问题:

1. 时常保持口腔清洁

婴儿期虽然用不着刷牙,但每次进食后及临睡前,都应喝些白开水以起到清洁口腔、保护乳牙的作用。

2. 保证足够营养

及时添加辅食,摄取足够营养,以保证牙齿的正常结构、形态以及提高牙齿对齿病的抵抗力。如多晒太阳,及时补充维生素 D 可帮助钙质在体内的吸收。肉、蛋、奶、鱼中含钙、磷十分丰富,可以促使牙齿的发育和钙化,减少牙齿发生病变的机会。缺乏维生素 C 会影响牙周组织的健康,所以要经常吃些蔬菜和水果,其中纤维素还有清洁牙齿的作用。饮水中的微量元素氟的含量过高或过低时,对牙齿的发育都是不利的。

3. 形成正确的喝牛奶姿势

喝牛奶的婴儿,可因吃奶姿势不正确或奶瓶位置不当形成下颌前突或后缩。婴儿经常吸吮空奶嘴会使口腔上腭变得拱起,使以后萌出的牙齿向前突出。这些牙齿和颌骨的畸形不但会影响孩子的容貌,还会影响其咀嚼功能。因此,婴儿吃奶时要取半卧位,奶瓶与婴儿的口唇呈 90°角,不要使奶嘴压迫上、下唇;不要让婴儿养成吸空奶嘴的习惯。

4. 适当锻炼牙齿

出牙后要常给婴儿吃些较硬的食物,如饼干、烤面包片、苹果片、水萝卜片等,以锻炼咀嚼肌,促进牙齿与颌骨的发育。1 岁以后大牙(臼齿)长出后,应当经常吃些粗硬的食物,如蔬菜等,如果仍吃过细过软的食物,咀嚼肌得不到锻炼,颌骨不能充分发育,但牙齿却仍然生长,就会导致牙齿拥挤,排列不齐或颜面畸形,十分难看。

5. 如果发现乳牙有病要及时治疗

乳牙因病而过早缺失,恒牙萌出后位置会受影响,使得恒牙里出外进,造成咬合关系错乱,可导致多种牙病的发生,因此,必须及时诊治,否则会影响婴儿今后的容貌。

正确使用儿童车

把婴儿放在车子里,既能练坐,并可给予一些玩具让他自己玩耍,家长还可以放心地去干其他事,不需要一步不离地守在婴儿旁。还可以让婴儿坐在儿童车里,父母推着小车到户外去晒太阳,呼吸新鲜空气,让婴儿接触和观察大自然,促进婴儿的身心发育。

儿童车式样比较多,有的儿童车可以坐,放斜了可以半卧,放平了可以躺着,使用很方便。但注意不能长时间让婴儿坐在儿童车里,任何一种姿势,时间长了都会造成婴儿发育中的肌肉负荷过重。另外,让婴儿整天单独坐在车子里,就会缺少与父母的交流,时间长了,影响婴儿的心理发育。正确的方法应该让婴儿坐一会儿,然后父母抱一会儿,交替进行。

 爸爸做什么

和宝宝玩寻物游戏

方法:家长用色彩鲜艳和带响的玩具逗引宝宝,一会儿给他看,一会儿藏起来或捏响玩具,使宝宝听后寻找,如此反复练习。

目的:发展听觉、视觉,使小儿情绪活泼愉快。

注意:玩具不要藏在有可能碰伤婴儿处。也可和其他熟悉的人一起玩藏起来的游戏。

和宝宝玩听音找物游戏

方法：用钢铃等带响的玩具，在住房的一角敲打，同时问孩子："这是什么声音？""听听声音，在哪里？"宝宝会朝着铃声方向看；若未引起注意，可重复敲到他注意为止。

还可以给孩子听悦耳的八音盒或电子玩具，甚至听动物的叫声、鸟类的啼鸣声，以及各种交通工具的声音等，扩大声音的范围，观察孩子的反应。

目的：听音找物或找人，发展视、听能力，提高适应能力。

注意：音乐应和谐、动听美妙。

 奶奶讲的禁忌

忌大人咀嚼食物喂宝宝

有人习惯替宝宝咀嚼食物，不论是饭菜还是肉类，生怕孩子嚼不烂而替他咀嚼，这样做是不对的。因为成人口腔内含有大量的细菌，由于成人抵抗力强，一般不致病，但这些细菌对孩子可构成威胁。这样做还会剥夺孩子锻炼咀嚼的机会，不利于孩子胃肠功能发育，不利于孩子头面部骨骼、肌肉的发育，不利于出牙，不利于培养孩子的自立性。另外，大人嚼过的食物失去了色、香、味、形，降低了孩子的进食兴趣，最终导致延缓孩子学吃饭的进程，影响孩子生理与心理的发育。

宝宝忌吃过量的鸡蛋

婴幼儿消化功能差，如果让他们大量吃鸡蛋，容易引起消化不良。鸡蛋蛋白中含有一种抗生物素蛋白，在肠道中与生物素结合后，能阻止吸收，造成婴儿维生素缺乏，影响健康。一般半岁到一岁的幼儿可以每日吃

第十三章 宝贝第五个月

1 个鸡蛋。对胃肠不好的幼儿，可以把蛋黄煮成流质，拌粥或面条等一起喂，如果消化不良时，暂时不要吃鸡蛋。

6 个月以内的宝宝忌吃蛋清

6 个月内的宝宝消化系统发育尚不完善，肠壁的通透性较高，而蛋清含有大量小分子蛋白质，这些小分子蛋白质易透过肠壁进入宝宝血液中，使宝宝机体对异体蛋白分子产生过敏现象，发生湿疹、荨麻疹等。

忌用牛奶、豆浆煮鸡蛋

有些父母喜欢用牛奶或豆浆煮鸡蛋给孩子吃，其实这样做反而费事。因为鸡蛋易被细菌感染，常含有沙门菌，为避免感染，必须煮透后方可食用，但牛奶、豆浆煮沸后极易外溢，这样必须用小火煮还须专人看管。而牛奶、豆浆中的蛋白质长时间加热后，容易凝固，造成浪费。

1 岁以内的宝宝忌食蜂蜜

1 岁以内的宝宝的肠道内正常菌群尚未完全建立，食入蜂蜜后易引起感染，出现恶心、呕吐、腹泻等症状。宝宝 1 岁后，肠道内正常菌群建立，肉毒杆菌孢子可被肠道内的有益菌如双歧杆菌等抑制，故食蜂蜜无碍。

儿童忌常吃人参食品

市场上有不少人参食品，如人参糖果、人参麦乳精、人参奶粉、人参饼干以及人参蜂王浆等。人参有促进性激素分泌的作用，儿童食用人参会导致性早熟，严重影响身体的正常发育。

宝宝忌多吃苹果汁

过量摄入苹果原汁会引起婴幼儿腹泻。婴幼儿的消化系统尚未成熟，唾液腺分泌功能差，胃酸和消化酶分泌量少，倘若再加上喂养不当，很容易引起婴幼儿腹泻。由于苹果原汁中含有果糖和山梨醇，在胃肠道中果糖吸收很慢，山梨醇吸收更慢，婴幼儿对这两种物质都不能完全吸收。而且大量摄入的山梨醇还会因吸收过慢而影响肠道渗透压，引起腹泻。

 **专家提醒**

宝宝不可过早学坐

爸爸妈妈看着新生的宝宝，多希望他快些长大呀！快点会走，快点会跑。不过学走之前得先学站，学站得先学坐。

7～8个月的宝宝就可以在爸爸妈妈的帮助下开始学坐了。不过一定要注意，过早学坐是不好的。因为这时宝宝的骨骼含钙盐较少，脊柱柔韧性大，特别是6个月以前的宝宝，脊柱和背部肌肉缺乏支持能力。要是让宝宝勉强学坐，脊柱发育容易变形，日后坐站都会无力。

爸爸妈妈千万别做伤害宝宝健康的事，凡事还是按部就班比较好。

添加辅食要步步为营

随着婴儿逐渐长大，4个月后，母乳已经不能完全满足他对营养的需求了。这时，父母就可以考虑给孩子添加辅食了，但添加辅食对所有母亲来说都是一个难题。婴儿进食一种新的食物往往会出现不适应的情况，而且他的消化和吸收功能尚未成熟，容易出现胃肠功能紊乱。因此，添加辅食必须遵守一定的原则。

第十三章 宝贝第五个月

孕育聪明小宝贝

① 添加的量应由少到多。

② 食物应从稀到稠,从细到粗,从流质到半流质再到固体食物。

③ 添加食物种类,也应习惯了一样再加另一样:一次没有添加成功不能因此认为孩子不喜欢或不适应,可过些时候再试吃;喂食要有耐心,不能强迫。每次添加新食品后,应密切注意其消化情况,如发现胃胀、呕吐、大便反常或其他情况,应暂停喂此种辅食。当肠胃功能恢复正常后,再从开始量或更小量喂起。如遇小儿患病,暂勿增添新辅食。

④ 灵活掌握增添辅食的品种和数量:在具体喂养时,应根据自己孩子的特点,进行适当调整。判断喂养是否得当的客观指标为:婴儿食后不哭闹,睡眠好,大便通畅,体重增长适度。

另外,值得父母注意的是,婴儿生长速度快,但消化力却不如儿童成熟,因此为宝宝选择和制作辅食需注意六个方面。

1. 配方合理,营养均衡

一般,辅食最简单的配方只含两种食物,如粥类加一种肉类,称之为基本混合膳食。但最好能增加一些其他食物以供给孩子多种营养素,使之成为更完善而平衡的饮食。这种多种混合膳食一般含有四种成分。

①一种主食作主要的成分,最好用谷类粥等。

②一种蛋白质辅助食品,可用动物或植物蛋白质如奶类、肉类、鱼、蛋、豆类等。

③一种含矿物质和维生素的辅助食品蔬菜和水果。

④一种供应热能的辅助食品油类或糖类以增加混合膳食所提供的热能。

当以合适的比例采用这四种成分时,即可形成完善的平衡膳食。注意主辅食的比例合理,如65克的米可配合25克的禽畜肉或30克的蛋或25克的豆类,有时可采用两种提供蛋白质的食物,如豆和小鱼,最好能采用动物蛋白质以增加生物利用率。最好能选富含维生素 C、A、钙的深绿色和黄红色的蔬菜、水果。

2. 选择含高能量和营养素的食品

婴儿的胃容量较小,一餐不能容纳过多的食物,一般6个月～1岁的小儿每餐只能吃100～200ml食物。因此应为婴儿每餐配制量少但能量高、营养素丰富的食物,以满足婴儿生长发育的需要。

3. 限制纯热能食物

给婴儿的饮食,不宜多加油、糖等纯热能食物,每天最多只能加 10 克或 5 克油和 10～20 克糖。

4. 好吃,但不含刺激性

这对妈妈来说是项挑战。烹调时应注意用不同颜色食物的搭配,这样可以刺激小儿的食欲。

烹调时可放入少量调味品,如油、盐等,但不宜用刺激性调味品,如辣椒等,尽量少用或不用味精,烹调以清蒸或煮为主,不宜煎、炸。

5. 食物应新鲜并切碎煮烂

选择新鲜的食物,并挑选其较嫩的部分,如蔬菜的菜叶部分,肉类应以肝或其他内脏及瘦肉为好,豆制品则以豆腐、豆腐干等为宜。

制作前,应注意切碎煮烂,但维生素 C 与制作过程极有关系,蔬菜不宜长时间烧煮。

6. 注意卫生

在配制辅助食物的过程中,不注意卫生,容易引起小儿胃肠感染,导致腹泻、呕吐等症状的发生。

宝宝夜啼与乳母饮食有关

宝宝夜啼是指非因身体不舒而引起每夜啼哭,甚至通宵达旦,有的每夜定时啼哭,哭后仍然安静入睡者,称为"夜啼症"。

宝宝夜啼与乳母的饮食有很大的关系,如乳母经常进食油炸、辛辣、油腻之物,辛辣刺激,肥甘之味易生湿热,内热经乳汁进入宝宝体内,会使邪热乘心。中医认为心热为阳,阳为人身的正气,因宝宝正气未充,至阳则阳衰,阳衰则无力与邪热相搏,正气不能战胜邪热,则邪热乘心而致宝宝夜间烦躁啼哭,睡喜仰卧,见火或光亮夜啼更严重,同时还可见到宝宝烦躁闷热、口中气热、手腹发热、面赤唇红、小便短赤、大便秘结等症状。有的乳母喜食生冷寒性食物也可影响小儿阳气,导致寒邪内侵。中医认

为诸脏属阴,夜则阴盛,阴盛则阳衰,阳衰则阴寒凝滞,或阳为阴寒所郁,不得伸展,白天表现为睡喜伏卧,四肢欠温,面色青白,口中气冷等。夜间则表现为啼哭不休,一般在清晨3时后停息。

由此可见,乳母饮食宜清淡,既保持一定的营养,又应忌食助火生热、化燥伤阴之品,这样就可减少母乳中致婴儿夜啼之物,从而避免婴儿夜啼。

 ## 宝宝第5个月喂养

孕育聪明小宝贝

宝宝饮食规律早知道

食品要富有营养和易于消化,不要让宝宝吃过于香甜、酸辣的食物,因为它们容易造成胃口减退和消化不良。食物应该做得软些,可由原来的"末、羹、泥"改为"丁、块、丝"。太硬的食品不易嚼烂,难以消化。要注意有一定量的动物蛋白和植物蛋白,如瘦肉、鱼类、蛋类、豆腐、豆浆等。蔬菜和水果也不能少,如青菜、西红柿、萝卜等,可交替选用。饮食要定时、定量,每日餐数应随年龄增长而定。但在质和量上,还不能完全和成人一样。每次的进食量要按时间分配,不要忽多忽少,间隔时间也不要太长或太短。注意饮食卫生。食品一定要清洁、卫生、新鲜,饮食冷热要合适,要适当变换花样品种,这样,可增加宝宝的食欲。不要吃不该吃的食物,如带刺激性的食物,整粒的干果(如花生米、瓜子、核桃、干豆等)。油炸食品、肥肉、泡菜、带骨的鸡鸭肉、带刺的鱼等,都不应该给小儿吃。这些食物有的可影响胃口,消化不了,有的容易发生意外事故。

营养食谱

1. 宝宝食谱

主食:母乳。

上午:6:00 10:00

下午:14:00

晚上:18:00 22:00

每次喂110～200克。

辅助食物:

①温开水、凉开水、各种水果汁、菜汁、菜汤等。

②浓米汤:在上午10时喂奶时添加,1次/日,每次2汤匙,后渐加至4汤匙。

③蛋黄泥:每日上午10时、下午2时各适量喂1次。

④浓缩鱼肝油:2次/日,2～3滴/次。

水果藕粉

所需材料:藕粉50克,苹果(桃、杨梅、香蕉均可)75克,清水250克。

制作方法:将藕粉加适量水调均匀;苹果去皮,核,切成极细末。将锅置火上,加水烧开,倒入调匀的藕粉,用微火慢慢煮熬,边熬边搅动,熬至透明为止,最后加入切碎的苹果,煮一会儿即成。

营养成分:此羹味香甜,易于消化吸收,含有丰富的糖类、钙、磷、铁和多种维生素。制作时,要把水果洗净切碎,最好用小勺刮成泥,以利婴儿消化吸收。

鲜红薯泥

所需材料:鲜红薯50克,白糖少许,清水适量。

制作方法:将红薯洗净,去皮。把去皮红薯切碎捣烂,稍加温水,放入锅内,盖上锅盖,煮15分钟左右至烂熟,加入白糖少许,稍煮即可喂食。

营养成分:此薯泥软烂、香甜,含有丰富的糖类及维生素C,还含有钙、磷、铁、锌和维生素B_1、B_2及尼克酸等多种营养素。

胡萝卜泥

所需材料:胡萝卜75克,苹果50克,蜂蜜少许。

制作方法:将胡萝卜切碎,苹果去皮切碎。将胡萝卜放入开水中煮1分钟后碾碎,然后放入锅内用微火煮,并加入切碎的苹果,煮烂后,加入少许蜂蜜调均匀即可。

营养成分:胡萝卜泥含有丰富的胡萝卜素。其含量为土豆的360倍,

芹菜的 36 倍,苹果的 45 倍,柑橘的 23 倍。还含有糖类(碳水化合物)、钙、铁,以及维生素 C、B_1、B_2 等多种营养素。还有可治婴幼儿腹泻,可抑制肠道蠕动,对消化不良、乳食所伤引起的腹泻效果尤佳。

米粉粥

所需材料:牛奶 500 克,米粉 125 克,食盐、黄油、蜂蜜、水果各少许。

制作方法:将牛奶、食盐放入一小锅中,待牛奶刚要开时放入米粉,边放边搅。把火关小,盖上锅盖,用文火煮 8～10 分钟。吃时再放入黄油、蜂蜜,水果及孩子喜欢吃的其他食品。

营养成分:此粥黏稠、香甜,含有婴儿所需的蛋白质、脂肪、糖类、钙、磷、铁、锌及维生素 A、D 等多种营养素。

四季应时食谱

春季婴儿食谱

早餐:牛奶鱼羹。

午餐:豆腐糊。

晚餐:蛋黄牛奶羹,白菜豆腐面酱汤。

夏季婴儿食谱

早餐:果汁麦片粥。

午餐:果汁藕粉糊、荷包蛋。

晚餐:青菜蛋粥。

秋季婴儿食谱

早餐:胡萝卜藕粉。

午餐:牛奶绿豆羹、鱼糊。

晚餐:虾蛋羹、冬瓜牛肉汤。

冬季婴儿食谱

早餐:钙质粥。

午餐:鲜菇饭、鸡蛋豆腐。

晚餐:牛肉菜糊、胡萝卜苹果冻。

孕育聪明小宝贝

第十四章　宝贝第六个月

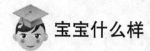 **宝宝什么样**

6 个月的宝宝

1. 体格发育

体重:此时婴儿体重的增加比以前缓慢些了。体重已为出生时的两倍多,男婴平均达到 8.77 千克,女婴达到 8.27 千克。

身长:男婴的身长平均为 69.66 厘米,女婴为 68.17 厘米。

长牙:有的婴儿乳牙开始萌出。

头围:男婴为 44.44 厘米,女婴为 43.31 厘米。

胸围:男婴为 44.35 厘米,女婴为 43.57 厘米。

2. 其他方面的发育

运动机能:6 个月时,他会用手支着坐起来。这可是孩子的一项重大进步。如果有一块布蒙在他脸上,他会躺着熟练地把布拿掉。靠着能坐稳、很快能翻身,扶着他的腋下能站会跳跃。两只手会交换玩具,抓住玩具会自动摇敲。

心智:他会模仿大人的动作,并很喜欢玩捉迷藏的游戏。能够认生,亲近的人和不亲近的人他已能分辨,看见不亲近的人他就会哭。

记忆力:此时开始萌生,会寻找不见了的玩具。

说话:4~5 个月时他会发一些"b、p、m"等音,现在会发"ka、da、ma"等音节,但毫无意义,他只是想与人交往。

 妈妈做什么

孕育聪明小宝贝

怎样喂养 6~7 个月的宝宝

宝宝长到 6 个月以后,不仅对母乳或牛奶以外的其他食品有了自然的欲求,而且对食品口味的要求与以往也有所不同,开始对咸的食物感兴趣。

1. 无论是吃母乳还是吃牛奶,此时宝宝的主食仍以乳类食品为主,代乳食品只能作为一种试喂品让宝宝练习吃。

2. 增加半固体的食物,如米粥或面条,一天只加一次。粥的营养价值与牛奶、人奶相比要低得多。100 克 15% 的米粥只能产生约 218 千焦耳的热量,而 100 克的人奶能产生约 285 千焦耳的热量,100 克加糖牛奶能产生 301 千焦耳的热量。此外,米粥中还缺少宝宝生长所必需的动物蛋白,因此,粥或面条一天只能加一次,而且要制作成鸡蛋粥、鱼粥、肉糜粥等给宝宝食用。

3. 观察体重,每隔 10 天给宝宝称一次体重,如果体重增加不理想,奶量就不能减少。体重正常增加,可以停喂一次母乳或牛奶。

4. 该月龄宝宝食谱的安排可参照如下标准制定:

早晨 6 点半:母乳或牛奶 180 毫升。

上午 9 点:蒸鸡蛋 1 个。

中午 12 点:粥或面条小半碗,菜、肉或鱼占粥量的 1/3。

下午 4 点:母乳或牛奶 180 毫升。

晚上 7 点:少量副食,牛奶 150 毫升。

晚上 11 点:母乳或牛奶 180 毫升。

宝宝 6 个月后,可以吃一般的水果。可将香蕉、水蜜桃、草莓等类的水果压给宝宝吃,苹果和梨用匙刮碎吃,也可给宝宝吃葡萄、橘子等水果,但要洗净去皮后再吃。

为断奶作准备

婴儿在将近半岁时，就可以逐渐走向断奶，这需要有一个过程，并不是马上断奶、改喂其他食品的，而是给婴儿吃些半流体糊状辅助食物，以逐渐过渡到能吃较硬的各种食物的过程。

让婴儿从吃母乳或牛奶转成吃饭，需要半年左右的时间。逐渐让婴儿从吃母乳或牛奶转成习惯于吃饭，这个过程应有一个喂易消化的软食的时期，即半断奶期。

半断奶期吃的食物就是代乳食，但它绝不是非要特别制作婴儿专用食物不可，大人平常吃的食物中，适合这时期婴儿吃的是很多的，稍经加工即可，如熟的鸡蛋、豆腐、薯类、土豆泥、鱼肉及肉丝等。实际上，最好的代乳食就是尽量利用大人所做的部分饮食。

在喂代乳食时，应让婴儿上身直立，用东西撑住他（她），让婴儿坐着吃饭。

练习用勺给宝宝喂食物

当宝宝开始品尝奶以外的食品时，就要遇到用勺喂的问题，因为好多固体食品是不能用奶瓶喂的。为了能使婴儿顺利地添加辅食，吃上固体食物，练习用勺喂是很重要的，这也是为日后能顺利断奶打下基础。

父母不要轻视这个问题，开始用匙喂时，宝宝往往不习惯，以往只要唇一吸就到嘴，而现在却要面对一勺硬邦邦的东西，且不说食物的味道和质地发生了变化，光是匙子本身就足以让他反感。因而，婴儿会露出"拒绝"的态度，这不要紧，父母可在每次喂奶前先试着用勺喂些食品或在吃饭时顺便喂些汤水，时间一久，慢慢习惯了，等他觉得勺中之物是好吃的了，就会接纳勺了。有时，父母看到孩子把喂进去的食物又用舌头顶出来，以为孩子不愿吃，索性就不喂了，其实不是孩子不愿吃，只不过他的舌头不灵活、不好使而已，多喂几次就熟练了。

练习用勺喂,也是在给孩子进行食物教育,父母关键要引导孩子主动地去学习吃食物。让孩子在不断品尝到新的滋味中,激发他们吃食物的热情,只有接受了勺子,婴儿才能在勺中吃到丰富的食物,享受人生的一种乐趣。

学会处理宝宝的口水

4~6个月的婴儿开始长牙,唾液分泌增多,但这时候婴儿口腔吞咽功能发育还不完善,口腔较浅,闭唇和吞咽动作还不协调,不能把分泌的唾液及时咽下去,因此婴儿会流很多口水。同时,因过多的口水积储在口腔和咽喉部,小儿无论在白天还是晚上,经常可以听到喉咙处发出"咕噜咕噜"或"呼哧、呼哧"的"痰"声,仰卧躺着时或者在小儿体位发生变化时,这种声音可能加重,有时还会伴有一声半声的呛咳,尤其在小儿醒着手脚用力乱动时这种"痰"声和呛咳声更为明显。这些都是正常现象,会慢慢好转或消失。但好转或消失的时间每个小儿都不一样,早的在8~9个月就消失了,迟的2岁左右可能还流着口水。对于上述现象消失过迟的小儿,应到医疗保健部门检查一下以排除异常情况。如果口水突然增多,则有可能患了口腔炎或其他口腔疾病,那就要请医生看看到底是什么原因引起的。

为了保护颈部与胸部不被唾液弄湿,可给婴儿围上围嘴,围嘴可用吸水性强的棉布、薄绒布或毛巾布制作,不要用塑料及橡胶制作。围嘴要勤换洗,换下的围嘴每次清洗后要用开水烫一下,并在太阳下晒干备用。

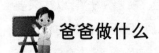

爸爸做什么

学会制作几种宝宝食品

蛋黄粥

大米2小匙,洗净加水约120毫升,泡1~2小时,然后用微火煮40~50分钟,再把蛋黄研碎后加入粥锅内,再煮10分钟左右即可。

水果麦片粥

把麦片 3 大匙放入锅内,加入牛奶 1 大匙后用微火煮 21～30 分钟,煮至黏稠状,停火后加切碎的水果 1 大匙(可用切碎的香蕉加蜂蜜,也可以用水果罐头做)。

面包粥

把 1/3 个面包切成均匀的小碎块,和肉汤 2 大匙一起放入锅内煮,面包变软后即停火。牛奶藕粉或淀粉 1/2 大匙、水 1/2 杯、牛奶 1 大匙一起放入锅内,均匀混合后用微火熬,边熬边搅拌,直到出现透明糊状为止。

去检查宝宝的血红蛋白

血红蛋白是人体血液中红细胞的主要成分,它是一种含铁的蛋白质,能使血液呈红色,其主要功能是将肺部吸进的氧气运送到全身各组织器官供其所需。我国儿童血红蛋白正常值为:1～4 个月宝宝大于或等于 90 克/升,4～6 个月宝宝大于或等于 100 克/升,6 个月～6 岁宝宝大于或等于 110 克/升,如果人体血液中血红蛋白浓度低于上述各年龄组的标准即为贫血。

因此,宝宝应定期检查血红蛋白,第一次检查一般在生后 4～6 个月时,因这段时期宝宝生长发育快,饮食比较单调,在孕期从母体获得的储备铁已基本耗尽,小儿很容易发生贫血。对查出的贫血患儿应及时治疗。但不管是否患有贫血,这个年龄段的宝宝一般都应开始添加辅食,并逐步增加辅食的种类和数量。

训练宝宝接触生人

来客人时,爸爸抱宝宝去迎接客人,暂时不让客人接近宝宝,让宝宝有机会观察客人的说话和举止。适应一会儿后,再抱宝宝接近客人,这时只同客人对话,偶尔看宝宝笑笑,不接触宝宝,使宝宝放松。告别时只要求宝宝表示"再见",客人并不接触宝宝。第二或第三次再见面时,客人

可拿个小玩具递给宝宝,如果宝宝表示高兴,客人把手伸向宝宝,看宝宝是否愿意让客人抱一会儿。客人抱宝宝时,母亲一定不要离开,使宝宝感到可以随时回到母亲怀抱。有过这种经历,宝宝就会从躲避到接受生人。

目的:要让宝宝从躲避转变为接受生人,要容许宝宝自己去观察探索。母亲要谅解宝宝保护自己的意识,同时要逐渐让他能接受生人。

注意:循循善诱,不可强迫。

测测宝宝的听力

方法:让宝宝坐在你的腿上,和墙壁的距离不应少于120厘米,并请另一个大人站在宝宝一侧与其耳朵齐高,但宝宝看不见的位置。

6个月大的宝宝,测试者应站在离他45厘米以外的地方。利用下列的顺序在宝宝耳朵高度处发出声音:

①利用你的声音发出低频率及高频率的声音。

②摇动会发出声响的玩具。

③以汤匙敲打杯子。

④搓揉卫生纸。

⑤摇动摇铃。

如果宝宝对声音没有反应,等两秒钟后再试,试过3次之后,如果还没有反应则继续做下一项测试。

目的:训练宝宝对各种物品发出的声音的辨别能力。

注意:敲打玩具时不要过于用力以防吓到宝宝。

为宝宝说话作准备

方法:当婴儿表现出"说话"的欲望时,大人要抓住时机,教婴儿说一些简单的词语,最好用普通话和外语交替着说,给婴儿一个良好的语言环境。

如妈妈指着自己说"妈妈",又指着爸爸说"爸爸"。给婴儿看图片时,指着图片上的花说"花",指着小鸟儿说"鸟"。

在外面玩耍时,看见小狗就指给婴儿看,一边说"狗",看见小树说"树"。

目的:训练婴儿语言能力。注意:即使宝宝这时还不会说这些词,但家长一定要持之以恒,并作为一种长期性的、经常性的教育任务来做。

在床上和宝宝游戏

对于还不会走路的宝宝来说,就让柔软宽阔的大床作为孩子既舒适又安全的主要活动场所吧。可以在床上做游戏,看一些彩色图片,听音乐等,这里介绍在床上游戏的方法。

①吹气球,先吹大,然后松开气球,气球就会像火箭一样快速地伴着声音飞出,因为蚊帐的限制,气球只在蚊帐的范围飞动,易于捡起再飞。宝宝会听着气球声,眼光追随气球。这可以锻炼宝宝的观察力和注意力。

②把枕头一端抬高,成为一个斜面,把圆形物品如空塑料瓶子或其他球类玩具放在较高的一端,让其滚下,自制成动感玩具。宝宝会在玩具落下时主动去抓。多次重复,锻炼宝宝观察力和动手能力。

③在宝宝四周放上各类玩具,宝宝会在四周找寻自己喜爱的玩具,不断地转动和爬行,有利于锻炼宝宝爬行和学走路。

④床是宝宝活动较多的地方,在床边的墙上粘贴一些颜色鲜艳的画,多为动物,每天指着画教宝宝看图识物。虽然宝宝不会开口说话,但他们处在听和潜在模仿阶段,听多了,当再次念到画中事物的名称时。宝宝就会不自觉地朝那画看去。这有利于孩子早期启蒙教育。

 奶奶讲的禁忌

6个月以内的宝宝忌过多饮果汁

果汁的特点是维生素与矿物质含量较多,口感好,宝宝也喜爱,但最大的缺陷在于缺少对宝宝发育起关键作用的蛋白质和脂肪。饮果汁过多

会破坏体内营养平衡，导致发育滞后。不足 6 个月的婴儿最好不单独饮果汁，6 个月以上者也要限制饮用量，以每天不超过 100 毫升为宜。

宝宝忌多吃橘子

宝宝体质多属"阴不足，阳有余"，而橘子是补阳的食品，故多吃会使阳气更盛，即所谓"火气大"。橘汁中的有机酸易刺激胃壁的黏膜，所以，在饭前或空腹时不宜多吃。又由于牛奶中的蛋白质，一旦遇到橘子中的果酸即会凝固，影响消化吸收，故喝牛奶前后 1 小时不要吃橘子。另外橘子中含有大量胡萝卜素，短时期摄入过多，肝脏不能及时转化，过多的胡萝卜素随血液到全身各处，使皮肤出现黄染。若宝宝鼻唇沟、鼻尖、前额、手心、脚底等处皮肤出现黄染，同时伴有呕吐、食欲不振、全身乏力等症状，这就是所谓的胡萝卜素血症。因此宝宝不宜多吃橘子，一般来说，一天一个比较合适。

宝宝忌吃西瓜过量

西瓜能够消暑解渴，是人们非常喜食的水果之一，特别是宝宝更是百食不厌。医学认为，西瓜可以防病治病，但是若进食不当也会影响健康。如果宝宝在短时间内进食较多西瓜，会造成胃液稀释，再加上宝宝消化功能没有发育完全，会出现严重的胃肠功能紊乱，引起呕吐、腹泻，甚至脱水、酸中毒等而危及生命。如果宝宝腹泻，可暂不喂西瓜或少喂。另外，宝宝吃西瓜一定要把西瓜子弄净，否则会发生意外或引起便秘。

宝宝忌睡软床

软床对婴幼儿发育极为不利，当孩子仰卧时，增加了脊柱的生理弯曲程度，使脊柱旁的韧带和关节负担过重，且小孩的骨骼较柔软，故长期睡软床会引起驼背。同样的道理，侧卧时可引起脊柱侧弯，腰肌劳损等。一旦发生脊柱畸形,则会妨碍内脏器官的正常发育及形体的完美。

 **专家提醒**

为什么宝宝把什么东西都往嘴里塞

5~6个月的宝宝能主动地伸手抓住眼前的东西,是身心发育的一大进步。但是光靠抓和看,宝宝还不能确定物体的种类、性质,所以,就要用嘴来帮忙了,用舌头,用嘴唇来帮助辨别确认各种物体。

这是一种学习!这种活动能促进口部感觉的发达。

妈妈不是都希望宝宝的智力尽早得到开发吗?为什么要剥夺宝宝这一早期学习的机会呢?

要知道,宝宝的智力开发未必都是靠刻意的训练或教育,抓住一切自然的时机才是最重要的。

当然要注意,不要在宝宝身边随手放置有危险或不卫生的东西。

乳母月经来潮时的喂奶

产妇在产后月经的恢复是一个自然的生理现象。恢复的时间有早有晚,早的可在满月后即来月经,晚的要到小儿1岁后才恢复。不论月经在什么时候恢复,都不是断奶的理由。

一般说来,产后月经的恢复与母亲是否坚持母乳喂养有一定关系。哺乳时期越长,吸吮乳头的次数越多,或婴儿越大刺激乳头的吸吮力越强,都有利于血浆内催乳激素的水平增高,这对抑制月经恢复最能起作用。如果较早停止哺母乳,血浆内催乳激素的水平降低,抑制月经的作用减退,月经也就很快恢复。

月经来潮时,一般乳量减少,乳汁中所含蛋白质及脂肪的质量也稍有变化,蛋白质的含量偏高些,脂肪的含量偏低些。这种乳汁有时可引起婴

儿消化不良症状,但这是暂时的现象,待经期过后,就会恢复正常。因此,无论是处在经期或经期后,都无须停止喂哺,还应坚持一定阶段的母乳喂养。

 ## 宝宝第6个月喂养

宝宝饮食规律早知道

由于此时婴儿开始长牙,可以开始添加饼干、烤面包等干硬食品。

可增加的辅食品种:①补充蛋白质:可先加容易消化吸收的鱼泥、豆腐。②继续增加含铁高的食物的量和品种:蛋黄可由1/2逐渐增加到1个,并适量补给动物血制食品。③扩大淀粉类食物品种:可增加奶糕及土豆、红薯、山药等薯类食品。

营养食谱

1.宝宝食谱

主食:母乳。

上午:6:00　10:00

下午:14:00

晚上:18:00　22:00

每次喂110~200克

辅助食物:

①温开水、凉开水、各种水果汁、菜汁、菜汤等。

②浓米汤:在上午10时喂奶时添加,1次/日,每次2汤匙,后渐加至4汤匙。

③蛋黄泥:每日上午10时、下午2时各喂1次。

④浓缩鱼肝油:2次/日,2~3滴/次。

鲜虾肉泥

所需材料:鲜虾(河虾、海虾均可)50克,香油1克,食盐适量。

制作方法:将洗净的鲜虾肉放入碗内,加水少许,上笼蒸熟。加入适量食盐、香油搅均匀即成。

营养成分:虾泥软烂、鲜香,含有丰富的蛋白质、脂肪,其中含有多种人体必需的氨基酸及不饱和脂肪酸,是婴儿极佳的健脑食品。此外,还含有钙、磷、铁及维生素 A、B_1、B_2 和尼克酸等营养素。

牛奶香蕉糊

所需材料:熟透的香蕉20克,新鲜牛奶30克,玉米面5克,白糖5克。

制作方法:将香蕉洗净,去皮后用勺子研碎。将牛奶倒入锅内,加入玉米面和白糖,边煮边搅均匀,煮好后倒入碾碎的香蕉中调匀即可喂食。

营养成分:此糊香甜可口,奶香味浓,含有丰富的蛋白质、糖类、钙、磷、铁、锌、维生素 C 等多种营养素。

香蕉泥

所需材料:熟透的香蕉1根,糖粉、柠檬汁各少许。

制作方法:将香蕉洗净,剥皮去白丝。

把香蕉切成小块,放入搅拌机中,加入糖粉,滴几滴柠檬汁,拌成均匀的香蕉泥,倒入小碗内,即可喂食。

营养成分:香蕉泥含有丰富的碳水化合物、蛋白质,还含有丰富的钾、钙、磷、铁及维生素 A、维生素 B_1 和维生素 C 等。具有润肠、通便的作用,对便秘的婴儿有辅助治疗作用。在制作中,要选用熟透的香蕉,洗干净。生香蕉有涩味,不能给婴儿喂食。

鱼泥

所需材料:净鲜鱼肉500克,香油2克,酱油、食盐各少许。

制作方法:将净鱼肉放入碗内,加入适量的水、精盐、酱油隔水蒸熟,去净鱼刺,再将鱼肉搅烂成泥。或将鱼洗净后,去刺,放在菜板上剁成泥状,放入碗内,加入少许精盐、酱油、香油,调均匀后蒸熟即可喂食。

营养成分:鱼泥软烂、咸香,含有丰富的蛋白质。其脂肪多为不饱和脂肪酸,具有较好的健脑作用,因此对婴儿脑发育尤为有益。此外,鱼泥

还含有较多铁、钙、磷、铁及维生素 B_1、B_2 和尼克酸等。

四季应时食谱

春季婴儿食谱

早餐:莲藕牛奶糊。

午餐:牛奶鸡蛋糊。

晚餐:鸡肉粥。

夏季婴儿食谱

早餐:绿豆粥。

午餐:菜泥面条。

晚餐:西红柿饭卷、鸡肉南瓜汤。

秋季婴儿食谱

早餐:苹果红薯泥。

午餐:蛋黄烩鸡肉、虾肉糊。

加餐:什锦果汁水。

晚餐:香蕉粥、营养蛋卷。

冬季婴儿食谱

早餐:小米菜粥。

午餐:水果粥。

晚餐:鸡肉土豆泥。

孕育聪明小宝贝

第十五章　宝贝第七个月

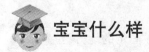 **宝宝什么样**

7 个月的宝宝

1. 体格发育

体型:体重每月增加 300 ~ 400 克,身高每月增长 1.5 厘米。头围每月增大 0.5 厘米。

体重:男婴的体重平均为 9.14 千克,女婴为 8.62 千克。

身长:男婴的身长平均为 71.24 厘米,女婴为 69.76 厘米。

头围:男婴为 44.9 厘米,女婴为 43.8 厘米。

胸围:男婴为 44.93 厘米,女婴为 44.0 厘米。

牙齿:大部分婴儿的下颚中央已长出两颗牙齿。但个体差异很大,如果没有长,家长也不用过分担心,晚的要到周岁时才开始长牙呢!

2. 其他方面的发育

运动机能:能长时间地很稳地靠着坐,独坐也已不再摇晃,不再前倾。会自己坐起来,躺下去。如果有布蒙在他脸上,他能坐着把它拿掉。手的抓取更准确,会用拇指和其他手指捏取小东西。

视觉:能较专心地注视一样东西。

听觉:能熟练地寻找声源,听懂不同语气、语调表达的不同意义。

语言:会发"爸爸""妈妈"的声音。可以发出单词的声音,会重复两个或两个以上的词句。能记住间隔很短时间的事,会把手伸到衣袋里拿出放在衣袋里的玩具。

第十五章　宝贝第七个月

 ## 妈妈做什么

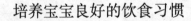

培养宝宝良好的饮食习惯

要使孩子养成良好的饮食卫生习惯,应每天在固定的地方、位置喂孩子吃饭,给他一个良好的进食环境。在吃饭时,不要和他逗笑,不要分散他的注意力。可以让他自己拿饼干吃,也可以让他拿小勺,开始学着用勺子吃东西。即使孩子吃得到处都是,家长也不要坚持喂孩子,每个人都要有这个过程。但如果他只是拿着勺子玩,而不好好吃饭,则应该收走小勺。

学会给宝宝看书讲故事

宝宝到7~9个月时,不仅能听妈妈讲故事,还能跟着妈妈指着书上的画看,听到得意之处他还会高兴地拍打书上的画呢!可是,有的时候宝宝会一把把书撕坏了,让妈妈很生气。所以,我们在给7~9个月宝宝讲书时,要选择较大的、色彩鲜明的、书质地较好的或用硬纸板装订的书,这样孩子既不易撕坏,又可以练习翻书页,可谓一举两得。

对那些不愿听妈妈讲故事的孩子,也不要勉强,应仔细观察孩子的兴趣,因势利导方能见效。

宝宝安全须知

1. 注意婴儿手到处捅

7~8个月的婴儿开始对周围环境产生好奇心,喜欢用手指到处捅。也时常用手指捅自己的耳朵、鼻子、嘴和肚脐眼,好像要考察身体每一个孔穴和每一个部位,也喜欢捅别人的耳朵、鼻子、眼睛和嘴,并把捅别人的

孕育聪明小宝贝

鼻子和捅自己鼻子的感觉作比较。

　　婴儿除了喜欢捅耳朵、鼻子、嘴、眼睛和肚脐眼外,还喜欢在房间里捅各种东西,如锁的钥匙孔、门缝、墙上的小洞等,最危险的是婴儿会用手指捅墙上的电源插座。所以,为了保护好这个月龄的婴儿,应该有专人看护,电源插座应该安装在婴儿够不到的地方,绝对禁止婴儿碰带电的东西。此外,也要防止小儿用手捅转动中的电风扇,以免发生危险。

2. 避免婴儿被指甲挠破脸

　　这期间,婴儿用自己的指甲挠破脸的现象较多,特别是婴儿面部和头部常因湿疹而发痒时,会自己用手挠。为了防止挠破,应该常用指甲剪给婴儿剪指甲,要把指甲尖修圆。有的母亲喜欢用纱布做的袋子套在婴儿手上,但这不安全,因为袋子里毛边的线会缠在婴儿手指上,时间长了会影响手指上的血液循环,甚至坏死溃死,如用袋子,可把光滑面朝里,并经常脱下来检查,看看有无线头缠指。

3. 避免婴儿被碰伤

　　7~9个月的婴儿,已经学会坐、爬或扶着床边站起来了,但动作不稳,很容易摔倒碰伤,如想站但没站好而摔倒,手没有抓住东西而滑倒,坐时向后仰倒等,特别是能爬的婴儿他可移动到房间的任何一个角落,因此,一定要把房间的每个角落都收拾得干干净净,把有棱有角的和硬的东西收拾起来,即使摔倒也不至于碰伤。

　　孩子站在学步车里活动时,应放在宽敞的房间,因这时婴儿的腿部已经有劲,速度一快很容易撞到物体上,戳伤手指或碰伤头部。

4. 避免婴儿发生坠落伤害

　　7个月的婴儿大都坠落过,最常见的是婴儿从小床上坠落,另外,从坐车上翻下来、从楼梯口滚下来也有发生。因此,父母要及早注意并采取相应的措施:借用别人的旧童车或婴儿小床时,应仔细检查栏杆的挂钩和车轴,小床的栏杆应高于婴儿的胸部。在门口台阶及上下楼道口安上栅栏门。怀抱婴儿上阳台要注意安全,不能一手抱孩子,一手做事,特别不能将身体探出阳台,以免重心外移,一失手使孩子坠落楼下。婴儿睡觉时,最好用高栅栏的婴儿床,如果不是在有栅栏的床,就不能让婴儿独自

睡在上面。同睡醒后的婴儿待在同一屋子内时,大门外有人叩门时,要抱着孩子一同出去迎接才安全。

孩子坠落后,大人心里很紧张,很怕有什么生命危险和后遗症。如果婴儿坠落时头着地,坠落后立即哇的哭出来,10~15分钟就停止了,脸色正常,不呕吐,又照样精神地像原来一样玩,那么大脑受伤的可能性就很小。但是,以后又无缘无故地哭泣,并且呕吐,不愿进食,脸色苍白,当孩子出现这些症状中的任何一种就应到医院诊治。如果跌落后,宝宝当场(或稍后)失去知觉、不哭、昏睡不醒,应立即送医院抢救。

孩子跌落后没有其他症状,仅在磕碰的头部起了包,并不意味着什么严重问题,这是头颅外部皮下血管破裂引起的,不用管它,会自然痊愈的。如擦上红花油,消肿快一些。擦破了头皮可抹点红药水。但要警惕,有时只注意头部而忽略了其他部位的伤痛,如内脏破裂、锁骨骨折等,发现小便出现血尿,面色苍白要考虑有内出血的可能,应立即到医院。

不管孩子从床上或楼梯口跌落,只要立即哭出来,没有发现其他毛病,一般没有问题。但当天也要保持安静,不要洗澡,如果婴儿愿意,可让婴儿枕冰枕、冷敷。夜间应唤醒孩子两次,以确保他并未丧失知觉,第二天早上如果婴儿完全恢复正常,生活就可照旧。

5. 避免婴儿出现溺水伤害

在给婴儿洗澡时,听到敲门声或电话铃声时,不能将孩子放在澡盆里就急急忙忙去应答,因为这个年龄的孩子,只要两分钟便可能在50厘米深的水中淹死,所以,如要应急,应把孩子用毛巾包好,放在摇篮或有栏杆的小床上,然后去开门或接电话。

其他盛水的容器,如金鱼缸、水桶、痰盂、水缸、盆等都可以成为溺水的祸根,因此要尽可能放妥。把通向浴室、厕所、厨房的房门关紧,使婴儿不能打开。

 **爸爸做什么**

重视训练宝宝手的机能

婴儿一过6个月，手的动作会变得更加灵活，已经可以用手抓起东西往嘴里放，也许他要炫耀自己的能力，不管什么东西，只要能抓到手就喜欢送到嘴里，有些父母会担心婴儿吃进不干净的东西，阻止婴儿这样做，这是不科学的。婴儿发育到一定阶段就会出现一定的动作，这代表着他的进步，他能将东西往嘴里送，这就意味着他已在为日后自食打下良好的基础，若禁止婴儿用手抓东西吃，可能会打击他们日后学习自己吃饭的积极性。因此，父母应该从积极的方面采取措施，可以把婴儿的手洗干净，让他抓些像饼干、水果片等"指捏食品"，不仅可以训练他手的技能，还能摩擦牙床，以缓解长牙时牙床的刺痛。饼干、水果片通常是这个月龄婴儿最先用手捏起来吃的食物，他会把这些东西放在嘴里吸，也会用牙床咬，经过一番辛苦，能吃进去一部分，另一部分会沾到手上、脸上、头发上和周围的物品上，父母最好由他去，不必计较这些小节，重要的是让婴儿体会到自食的乐趣。

带宝宝练习爬行

方法：孩子俯卧位，放在铺有毯子的地板上，家长将孩子喜欢的玩具放在前方，鼓励宝宝用力向前爬行，去取玩具。必要时家长可用手轻推孩子的脚掌协助。孩子会越爬越显得自如，扩大了视野，提高了观察力和思维能力。

目的：爬行是代表婴儿智能发展的重要动作之一，通过爬训练全身肌肉，扩大视野和提高脑的统合能力。

注意：家长应时刻在旁边保护婴儿别跌落受伤。

孕育聪明小宝贝

让宝宝观察机动玩具

方法:把电动的或上足发条的机械玩具表演给婴儿看,大人配合玩具特点配以丰富的语言,如:"嘎——嘎,唐老鸭","小火车开了,呜呜——"。

目的:训练感知觉,培养观察力、注意力,理解简单的因果关系和语言。

注意:机动玩具的结构宜简单。

陪宝宝洗澡和玩水

洗澡玩水方法:给婴儿洗过后放进盆里坐着,给他一只吹气小鸭子边洗边玩,洗完澡后坐在盆中央,大人拿着婴儿的两只胳膊或一人扶着婴儿腋下,一人握着婴儿的双脚,边拍打水边念儿歌:"小小鸭子嘎嘎叫,走起路来摇呀摇,一摇摇到小河里,高高兴兴洗个澡。"

目的:熟悉水,提高感知能力,培养愉快情绪。

注意:不要在洗澡期间离开,以免婴儿溺水,发生危险。

 奶奶讲的禁忌

忌乞求宝宝进食

家长乞求宝宝吃饭只会分散宝宝吃饭时的注意力,使宝宝的兴奋点和注意力不放在吃饭上,而是关心家长的许诺,家长讲的故事上。宝宝的注意力不集中,大脑中的摄食中枢就不兴奋,消化道的消化腺就不会进入最佳状态,食欲就不会好。

乞求宝宝吃饭还会影响宝宝的身心发育。为了让宝宝多吃饭,家长不得不许诺,天长日久,宝宝摸透了家长的心思,所提出的要求越来越高,否则就以不吃饭来要挟家长。随着时间的推移,宝宝会变得任性、自私,以自我为中心,结果不但厌食没有好转,思想也陷入歧途。

宝宝忌偏食

偏食习惯对宝宝的健康成长是极为不利的,因为偏食的小儿对食物的选择性太高,仅吃一种或几种食物,如只吃肉食,不吃蔬菜。大家都知道,世界上没有一种食物所含营养成分与人体需要是完全吻合的,何况偏食的宝宝摄取的营养素更不全面,这不仅影响生长发育,也迟早会发生营养素缺乏症。

宝宝忌不吃早餐

早餐对孩子非常重要,因为前一天晚上吃的食物,到了清晨已消耗殆尽,若早餐吃得差或没吃早餐,会导致人体血糖降低,注意力不集中。一顿好的早餐可以提高大脑的活动效率,所以早餐一定要让孩子吃饱、吃好。所谓吃好,就是不仅要吃主食,还要有牛奶、鸡蛋、蔬菜等内容。

宝宝忌暴饮暴食

在短时间内若有大量食物和水分进入胃肠道,消化液供不应求,会造成消化不良。又由于胃容量过大,使胃失去蠕动能力,机械性膨胀,可造成胃下垂或急性扩张。也可因为胃肠道血液大量集中,使脑、心脏等主要器官缺血、缺氧,而感到困倦无力。还可使胰腺负担加重而发生胰腺炎。因此,暴饮暴食不利于孩子的生长发育。

宝宝忌过多食用冷食

儿童的脾胃比较娇嫩,过多的冷食进入胃内,会使胃黏膜血管收缩,

胃液分泌减少,从而降低胃的消化能力,同时,也降低了杀菌能力。此外,冷的刺激,还会使胃肠发生痉挛,引起腹痛、腹泻、食欲减退,造成营养不良。所以,儿童不宜过多食用冷食,喝冷水也应适度。

 专家提醒

宝宝咀嚼固体食物有益处

正常的咀嚼机能对咀嚼肌和颌骨的发育起着生理性刺激的作用。充分的咀嚼运动,不仅使肌肉得到锻炼,同时对乳牙的萌出起到积极作用。如果小儿在乳牙萌出时及以后没有得到充分的咀嚼,咀嚼肌就不发达,牙周膜软弱,甚至牙弓与颌骨的发育增长也会受到一定的影响,口腔中的乳牙、舌、颌骨是辅助语言的主要器官,它们的功能实施又靠口腔肌肉的协调运动。可见,乳牙的及时萌生、上下颌骨及肌肉功能的完善发育,对婴儿发出清晰的语音、学会说话起到了重要作用,所以,经常给宝宝咀嚼固体食物,对宝宝的语言、牙齿的发育极其有益。

宝宝爱揪衣服、抓头发的原因

在宝宝的发育进程中,手的探索动作的发育是一个重要方面,宝宝会不断地寻找、抓握周围的物体。一般4~5个月的宝宝就会抓住自己的衣服往脸上拽;6~7个月的宝宝会比较准确地抓住玩具;8~9个月的宝宝已学会用手抓捏物体,但因伸肌发育不完善,所以一旦抓住物体后尚不会随意放开。所以当妈妈抱住他时,他的手刚好够到妈妈的头发、衣领,这些细长的物体正好适合他的抓捏的需求,因此他抓住了。愈让他松开,他愈抓得紧,并且摇来拽去。年轻的母亲们,请多给你的宝宝一些各种形状和软硬度合适的玩具,多给他们抓握和捏的机会,让他们的探索活动顺利发展。

防止宝宝起痱子与痱毒

在炎热的夏天,气温高、湿度大,如果汗不能及时蒸发,就容易使汗腺堵塞,汗液排泄不通畅,引起汗管破裂,造成皮肤轻度发炎,产生痱子。痱子好发于颈、肘弯、腿窝、胸背和头面部,密集排列,互不融合。痱子周围稍红,有痒和灼热的感觉。如果宝宝搔抓,容易感染,引起汗管及汗腺发炎、化脓,形成痰疖,俗称痱毒,痱毒有豆子大小,大的可有葡萄大小,表面红紫色,疼痛、发烧,局部淋巴结肿大,严重的可引起败血症。

在夏季,要预防痱子和痱毒的发生,关键是要保持皮肤清洁干燥,勤用温水洗澡,不要用冷水。温水不会刺激汗腺,不引起血管收缩,洗后容易干爽。在炎热时,不要让宝宝赤裸,皮肤没有衣服的保护,更容易生痱子并发生感染。宝宝夏季的衣服要宽大,室内要通风,多喝水,特别是绿豆汤、红豆汤等。如发生痱毒,要在医生指导下使用抗生素,并外涂10%鱼石脂软膏或如意金黄散,成熟后,切开排脓。

宝宝不要多喝止咳糖浆

小儿止咳糖浆是人们熟悉的一种家庭常备药,由于此药味甜,小儿喜欢喝,一些年轻的父母也误认为小儿止咳糖浆能止咳又无毒,多喝点好得快,常常过量地给小儿服。其结果,有的小儿出现了不良反应,影响了小儿身体发育和健康成长。

任何药物都有其安全范围,小于最低用量则不能产生治疗作用,而超过极量却会出现不良反应,甚至产生药物中毒。

小儿止咳糖浆中的主要成分是盐酸麻黄素氯化铵、苯巴比妥和橘梗流浸膏药物。小儿止咳糖浆服用过多,会出现盐酸麻黄素的不良反应,如头昏、心跳加快、血压上升,还可出现大脑兴奋,如烦躁和失眠等;苯巴比妥的不良反应是头昏、无力、困倦、恶心和呕吐等;氯化铵服用过量可产生酸中毒等一系列不良反应。因此,小儿服用小儿止咳糖浆不宜过多,应遵

照医嘱,按规定的剂量服用。

 ## 宝宝第 7 个月喂养

孕育聪明小宝贝

宝宝饮食规律早知道

添加肉泥、猪肝泥和炖蛋,还可添加杂粮做的粥。

不要给孩子吃零食。如果他想吃的话,可以喂 些切碎的水果,或是给他喝点水。

营养食谱

主食:母乳、牛奶或豆浆。

上午:6:00 10:00

下午:14:00

晚上:18:00 22:00

辅助食物:

①水、果汁等各种饮料任选 1 种。

②浓缩鱼肝油:2 次/日,2~3 滴/次。

③菜泥、碎菜:在喂粥或面片汤中加入。

④馒头干、饼干等,让婴儿自己啃吃,以便锻炼婴儿的咀嚼能力,帮助牙齿的生长。

鸡蓉玉米面

所需材料:鸡胸肉 30 克,玉米粒 20 克,干面条 60 克。

制作方法:将鸡胸肉与玉米粒剁碎。面条置于滚水中煮 5 分钟。加入鸡胸肉与玉米碎粒,共同煮至面条熟烂即成。

虾泥菜花

所需材料:菜花 30 克,虾 10 克,白酱油、精盐各少许。

制作方法:将菜花洗净,放入开水中煮软后切碎。把虾放入开水中煮后剥去皮,用料理机研磨成泥,加入白酱油、精盐煮,使其具有淡咸味,倒在菜花上即可喂食。

营养成分:此菜细嫩,味甘鲜美,食后容易消化。菜花营养丰富,含有蛋白质、脂肪、糖及较多的维生素 A、维生素 B;维生素 C 和较丰富的钙、磷、铁等矿物质。尤以维生素 C 的含量最多。

煎西红柿

所需材料:西红柿 1/4 个(约 25 克),面包粉 10 克,熟芹菜末少许,色拉油 8 克。

制作方法:将面包粉放入平底锅内,烤成焦黄色。西红柿用开水烫一下,剥去皮,切成薄片。将色拉油放入平底锅内烧热,放入西红柿煎至两面焦黄,盛入盘内,撒上面包粉、芹菜末即成。

营养成分:此菜色泽美观,十分可口,能诱发婴儿食欲。含有丰富钙、磷、铁、锌、锰、铜、碘等重要微量元素。

四季应时食谱

春季婴儿食谱

早餐:汤面。

午餐:鱼松粥。

晚餐:奶豆粥。

夏季婴儿食谱

早餐:核桃粥。

午餐:肉丸粥。

晚餐:茄子包饭、烧茄子西红柿。

秋季婴儿食谱

早餐:苹果麦片粥。

午餐:山药枣泥羹、猪肝丸子。

晚餐:菜蛋米粉糊。

第十五章 宝贝第七个月

冬季婴儿食谱

早餐：玉米糊。

午餐：面片汤、鱼菜糊。

晚餐：菜末猪肝泥、鸡肉果冻。

孕育聪明小宝贝

第十六章　宝贝第八个月

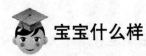 **宝宝什么样**

8 个月的宝宝

1. 体格发育

体重:体重增加的速度继续放慢,男婴平均体重为 9.52 千克,女婴则为 8.90 千克。

身长:继续以每月 1 厘米的速度增长,男婴的平均身长为 72.85 厘米,女婴则为 71.20 厘米。

头围:男婴为 45.43 厘米,女婴为 44.38 厘米。

胸围:男婴为 45.52 厘米,女婴为 44.56 厘米。

2. 其他方面的发育

运动机能:爬行越来越进步,从匍匐前行到四肢能撑起躯干灵活爬行;会朝自己看中的目标爬去并摇晃它。从此,婴儿的活动范围扩大至整个房间。坐着能同时拿两个玩具。能拍手、摇手、换手取物。

心智:能模仿人用棍子敲,但不知道强弱,一般都是很使劲地敲。听懂不同音调语气所表达的意义,感觉越来越敏锐,对四周事物反应增强。对熟悉的人表现出兴趣和友好,会发出"啊"的声音来引起大人的注意。如果对着他笑,他也会笑;如果挨了骂,他就会做出要哭的样子。

妈妈做什么

为宝宝选合适的鞋子

这个时期的宝宝会坐、会翻身后,渐渐开始能扶着栏杆站起来,平时也喜欢站在大人腿上又蹦又跳,因此选择一双合适的鞋子显得尤为重要。鞋子最好选择软底布鞋或用粗毛线编织的鞋了,鞋子大小一定要合适,太大了,宝宝活动不方便,一动就容易掉下来;太小了,容易挤压宝宝的脚。一般宝宝穿上鞋子后前面应有一点空余,因为当宝宝走的时候,每一步都会使脚尖挤到鞋前面去。给宝宝试鞋子大小时,一定要让宝宝穿上鞋子后站起来,再判断鞋子大小,因为孩子站立时比坐着的时候脚在鞋里占据的面积大。一般孩子站着的时候脚尖前有半个拇指大小的空余为宜。孩子的脚长得比较快,2个月左右就须更换鞋子一次,父母应经常给孩子量一量脚的大小,以便及时更换鞋子,保证孩子穿的舒适、活动方便。

训练宝宝学拿勺子

在喂饭时,大人用一只勺子,让宝宝也拿另一只勺子,许可他用勺子插入碗中。此时,宝宝分不清勺子的凹面和凸面,往往盛不上食物,但是让他拿勺子使他对自己吃饭产生积极性,有利于学习自己吃饭,同时也促进了手—眼—脑的协调发展。

宝宝患病的早期信号

在宝宝平日的一些表现中,往往可发现一些患病的先兆,只要细心观察是不难发现的。

1. 大便干呈羊屎状

正常宝宝的大便为软条便，每天定时排出。若大便干燥难以排出，大便呈小球状，或 2~3 天一次干大便者，多是肠内有热的现象，可多吃些菜泥、鲜梨汁、白萝卜水、鲜藕汁等，以清热通便。若内热过久，宝宝易患感冒发烧。

2. 食不好，卧不安

如果宝宝饮食过量，或吃了生冷食物，或不易消化的食物，都会引起小儿肚胀不舒服，往往还使宝宝在睡眠中翻动不安、咬牙。

3. 鼻中青，腹中痛

中医认为宝宝过食生冷寒凉的食物后，可损伤脾胃的阳气，导致消化功能紊乱，寒湿内生，腹胀腹痛。而腹内寒湿痛可使面部发青，宝宝见于鼻梁两侧发青，父母要引起注意。

4. 舌苔白又厚，腹中积食多

正常时宝宝舌苔薄白清透，淡红色。若舌苔白而厚，呼出气有酸腐味，一般是腹内有湿浊内停，胃有宿食不化，此时应服消食化滞的药物，如小儿化食丹、小儿百寿丹、消积丸等中药。

5. 手足心热，常有病痛

正常宝宝手心脚心温和柔润，不凉不热。若宝宝手心脚心发热，往往是要发生疾病的征兆，要注意宝宝精神和饮食调整。

6. 口鼻干又红，肺胃热相逢

若宝宝口鼻干燥发热，口唇鼻孔干红，鼻中有黄涕，都是表明宝宝肺、胃中有燥热，注意多饮水，避风寒，以免发生高热、咳嗽。

要想宝宝安，常保三分饥和寒。饥不是要宝宝饿肚子，寒不是要宝宝受凉，而是指饮食要适量，不偏食，并根据季节变化调整饮食和增减衣服。否则吃得过饱，或出汗过多，都使宝宝抵抗力下降，引起疾病。

爸爸做什么

带宝宝注射麻疹预防针

宝宝 8 个月时应到医院或相关机构注射麻疹预防针。

注射麻疹预防针的目的是提高小儿血中抗麻疹病毒的抗体水平,使之对麻疹产生免疫力,避免发病。即使发病也很轻微,不至于危及生命。

学会给宝宝量体温

当家长感到宝宝不活泼、不爱玩或吃饭不香时,别忘了给他测测体温,看他是否发烧了。

有的家长只用手摸摸宝宝的前额,这是很不准确的。有时候宝宝体温正常,摸着他的头也许感觉热。有时宝宝低烧,摸着感觉是正常的。还有的时候是家长的手太凉或太热,所以不能正确估计出宝宝是否发烧。最准确的方法是测量体温。

给宝宝测量的体温计不能放在口里,因为他也许会把体温计弄破,割破口、舌或咽下水银,这是很危险的。给宝宝测体温只能在腋下或肛门处测量。在量体温之前,先将体温计中的水银柱甩到 35℃ 以下,然后把体温计夹在宝宝腋下,体温表要紧贴宝宝皮肤,不要隔着衣服。由家长扶着宝宝的手臂 3～5 分钟,取出观察体温计上的度数。

宝宝的正常体温是 36℃～37℃(腋下),如果超过了这个温度,就有可能是发烧或得了其他疾病,应及时治疗。

和宝宝一起做敲东西的游戏

方法:生活中,可引导宝宝在能发声的物体上有节奏地拍拍、敲敲、碰碰。可敲各种器皿,譬如用筷子敲敲盆子、碗、酒瓶、瓷盆等,可拍桌子、盆子、皮球等,也可让积木相碰、瓶子相碰、锅勺相碰等,同样可发出有节奏的声音。

目的:训练听觉能力。

注意:两物相碰或敲击时,声音不能过大,以防变成噪声;月龄小的孩子以父母辅助为主,月龄大的孩子以自己玩为主。

奶奶讲的禁忌

宝宝忌节食

贪吃会加速大脑早衰,但并不意味着吃得越少越好。大脑和智力的发育需要全面均衡的营养,蛋白质、核酸、磷脂和卵磷脂的缺乏会使脑细胞数减少,脑体积变小,神经胶质细胞、神经纤维发育差,造成智力发育迟缓,所以宝宝忌节食。

宝宝忌进食油炸食品

油炸食品在加工,烹调过程中,不仅蛋白质变性失去生物活性作用,而且还部分转化成致突变物质。油炸食品在制作时常加入一定量的明矾,明矾中过多的铝进入人体内,能直接破坏神经细胞内的遗传物质"脱氧核糖核酸的功能",使脑细胞发生退化、病变,故应不食和少食油炸食品。

忌在吃饭时训斥宝宝

吃饭时训斥甚至打骂宝宝,是最不符合生理、心理卫生要求的,人的生理机制是受大脑支配的,父母的训斥,必然使宝宝心情郁闷,进而导致

第十六章　宝贝第八个月

肠胃活动和消化腺体的分泌受到抑制,引起消化不良和吸收不好,所以,吃饭时应尽可能让宝宝心情欢畅,千万不要责骂宝宝。

宝宝忌滥食强化食品

强化食品即是为增加营养而将一种或几种营养素添加在一起配制而成的食品。强化食品虽然能防治营养性缺乏病,但也不能滥用。因为营养素之间有一个平衡关系,某一种营养素摄入过多也会对人体产生不良影响,如某些微量元素或脂溶性维生素摄入过多,会使人中毒,氨基酸长期不平衡也会降低人体的抵抗力。

宝宝忌食颗粒状食物

宝宝的消化器官还比较稚嫩,吞咽活动也不灵敏,豆类、花生、杏仁和糖果等颗粒状食物不宜食用,因为一不小心,就容易被咽入气管,造成窒息,危害甚大。

宝宝忌多吃爆米花

在爆米花机的铁罐内和封口处有一层铅或铅锡合金,当铁罐被加热时,一部分铅以铅烟或铅蒸气的形式出现,当迅速减压爆米时,疏松的米花便容易吸附上铅而受到污染。铅对人体是极为有害的,特别是对宝宝影响更大,它被人体吸收后,主要危及神经,造血系统和消化系统,使宝宝生长发育迟缓,抗病力下降。临床表现为烦躁不安,食欲减退。有的伴有腹泻和便秘。因此,宝宝忌多吃爆米花。

宝宝忌多吃甜食

适量吃些甜食,有助于大脑发育,但过量则弊多利少。糖属于酸性食物,它在体内代谢形成酸根,导致体液酸化,使人形成不利于健康的酸性体质,引起脑功能下降,表现为头晕烦躁、精神不振、睡眠不安,反应迟钝。故婴幼儿不宜过多进食甜品。

专家提醒

怎样看待宝宝的"小气"

宝宝在稍懂事之后,会表现出"小气",不愿把自己的东西和别人分享。其实,这正体现出宝宝的自我意识增强了,开始懂得区分自己和别人的不同。随着年龄的增加,他的自我意识更明显,同时认识能力也有所发展,从无意注意向有意注意发展,他对自己的衣帽、玩具、生活用具都能认识了,不许别人碰自己的东西,怕别人拿走,正是这个年龄宝宝的特征之一。这种表现是正常的,不能说宝宝气量小,更不要在宝宝面前说他小气。

当然,正确的引导也是非常需要的。例如,游戏时可鼓励他把玩具拿出来和小伙伴一起玩,结束时,小伙伴再把玩具还给他,让他知道,东西借给他人不代表送给他人,这样他就不怕被别人拿走了。一般来说,这种情况不久就会消失的,除非父母本身气量小,给他不好的影响,或采用不适当的教育方法,认为宝宝能认识自己的东西,管住自己的东西不让别人碰是值得提倡的,是宝宝懂事的表现而表扬他,这样就等于有意无意地鼓励孩子向小气的方面发展。

正确认识宝宝的贪食

宝宝头 12 个月发育比较迅速。开始学步时,发育速度放慢。此时,他们对周围的环境、事物发生浓厚的兴趣,但难于意识环境对他们的限制,因而易于发生事故或中毒。

孩子总是往嘴里放东西,很多父母误认为孩子饿了,他们赶忙主动给孩子食物,而这些食物多半被孩子拒绝。这是因为学步婴儿在不断长牙,他们的牙床间歇地发痒和疼痛,孩子往嘴里塞好多东西可能就是试图减轻牙痒和牙疼带来的不舒服。婴儿的这种吃法表现是多种多样的:他们会自己选择食物吃,学哥哥、姐姐的样子吃,等等。这是孩子发育过程中一个特定阶段。在这个阶段,孩子多吃点也不会超重,更不会饿着他自己。

宝宝营养不良的前期信号

人们通常把消瘦、发育迟缓乃至贫血、缺钙等营养缺乏性疾病作为判断宝宝营养不良的指标。这一方法虽然可靠,但病情发展到这一步,宝宝的健康已经遭受到了一定程度的损害,只能亡羊补牢,这显然不是上策。其实,宝宝营养状况滑坡,往往在疾病出现之前,就已有种种信号出现了。父母若能及时发现这些信号,并采取相应措施,就可将营养不良扼制在萌芽状态。专家的最新研究表明,以下信号特别值得父母们留心。

1. 情绪变化

美国儿科医生的大量调查研究资料显示,当宝宝情绪不佳、发生异常变化时,应考虑体内某些营养素缺乏。

①宝宝郁郁寡欢、反应迟钝、表情麻木提示体内缺乏蛋白质与铁质,应多给宝宝吃一点水产品、肉类、奶制品、畜禽血、蛋黄等高铁、高蛋白质的食品。

②宝宝忧心忡忡、惊恐不安、失眠健忘,表明体内 B 族维生素不足,此时补充一些豆类、动物肝、核桃仁、土豆等 B 族维生素丰富的食品大有益处。

③宝宝情绪多变,爱发脾气则与吃甜食过多有关,医学上称为嗜糖性精神烦躁症。除了减少甜食外,多安排点富含 B 族维生素的食物也是必要的。

④宝宝固执、胆小怕事,多因维生素 A、B、C 及钙质摄取不足所致,所以应多吃一些动物肝、鱼、虾、奶类、蔬菜、水果等食物。

2. 行为反常

营养不良也可引起宝宝行为反常，大体上可归纳为以下几种：不爱交往、行为孤僻、动作笨拙，多为体内维生素 C 缺乏的结果。在食物中添加富含此类维生素的食物，如番茄、橘子、苹果、白菜与莴苣等为最佳食疗食物。这些食物所含丰富的酸类和维生素，可增强神经的信息传递功能，缓解或消除上述症状。

①行为与年龄不相称，较同龄宝宝幼稚可笑，表明体内氨基酸不足，增加高蛋白食品如瘦肉、豆类、奶、蛋等势在必行。

②夜间磨牙、手脚抽动、易惊醒，常是缺乏钙质的信号，应及时增加绿色蔬菜、奶制品、鱼肉松、虾皮等。

③喜欢吃纸屑、泥土等异物，称为异食癖。多与缺乏铁、锌、锰等微量元素有关。海带、木耳、蘑菇等含锌较多，禽肉及海产品中锌、锰含量高，应是此类宝宝理想的盘中餐。

3. 过度肥胖

以往常将肥胖笼统地视为营养过剩。最新研究表明，营养过剩仅是部分胖宝宝发福的原因。另外一部分胖宝宝则是起因于营养不良。具体说来就是因挑食、偏食等不良饮食习惯，造成某些微量营养素摄入不足所致。微量营养素不足导致体内的脂肪不能正常代谢为热量散失，只得积存于腹部与皮下，宝宝自然就会体重超标。因此，对于肥胖儿来说，除了减少高脂肪食物（如肉类）的摄取以及多运动外，还应增加食物品种，做到粗粮、细粮、荤素之间的合理搭配。

 宝宝第 8 个月喂养

宝宝饮食规律早知道

现在，宝宝或许很爱吃米饭、菜汁和软水果。如果宝宝长了第一颗门牙，他就能吃一点儿水果和蔬菜了。用母乳喂养的宝宝一过 8 个月，即使

母乳充足,也应该逐渐实行半断奶。原因是母乳中的营养成分不足,不能满足宝宝生长发育的需要。在这个月里,母乳充足的不必完全断奶,但不能再以母乳为主,一定要加多种代乳食品。用牛奶喂养的宝宝,此时也不能把牛奶作为宝宝的主食,要增加代乳食品,但是每天牛奶的量仍要保持在500~600毫升之间。继续增加辅食,可食用碎菜、鸡蛋、粥、面条、鱼、肉末等。辅食的性质还应以柔嫩、半固体为好,少数宝宝此时不喜欢吃粥,而对成人吃的米饭感兴趣,你也可以让宝宝尝试吃一些,如未发生消化不良等现象,以后就可以喂宝宝一些软烂的米饭了。你还可以把苹果、梨、水蜜桃等水果切成薄片(切勿切丁状),让宝宝拿着吃。香蕉、葡萄、橘子可整个让宝宝拿着吃了。

孕育聪明小宝贝

营养食谱

主食:母乳、稠粥、面片。

上午:6:00 10:00

下午:14:00

晚上:18:00 22:00

辅助食物:

①各种果汁、水等饮料任选1种,120克/次,下午2时。

②水果泥、蒸蛋羹1~2汤匙,上午10时配主食用。

③浓缩鱼肝油:2次/日,3滴/次。

火腿土豆泥

所需材料:土豆泥100克,熟瘦火腿10克,黄油2克。

制作方法:将土豆去皮洗干净,切成小块,放入锅内,加入适量的水煮烂,用汤匙捣成泥状。将火腿去皮,去肥肉,切碎。把土豆泥盛入小盘内,加入火腿末和黄油,搅拌均匀后用小勺给婴儿喂食。

营养成分:此菜色泽美,味好,含有丰富的蛋白质、脂肪、糖类、钙、磷、铁、钾及维生素A、B、C等多种营养素。

烂面条糊

所需材料:细面条 50 克,黄油 7.5 克,精盐少许。

制作方法:将水烧开,加少许精盐,下入面条煮熟。

将面条沥去水分,按宝宝的咀嚼能力分成小段,盛入盘内喂食。

营养成分:此面条糊软烂、味美,含有丰富的蛋白质、脂肪、碳水化合物,还含有一定量的钙、磷、铁、锌等矿物质及多种维生素,是婴儿较佳的一种饭食。制作中,可以加入牛奶、西红柿酱,以增加面条糊的味道。

牛奶粥

所需材料:牛奶 100 克,大米 50 克,水 400 克。

制作方法:将大米淘干净,用水泡 1～2 小时。将锅置于火上,放水,烧开,下大米用微火煮 30 分钟,加入牛奶再煮片刻即成。

营养成分:此粥黏稠,味美可口,含有丰富的蛋白质,脂肪、糖类、钙、磷、铁和维生素 A、B_1 及尼克酸等多种营养素。制作中,粥要熬得稀稠适度,水果下入锅内稍煮一下,再给婴儿喂食。

四季应时食谱

春季婴儿食谱

早餐:羊肝疙瘩汤。

午餐:牛奶麦片粥。

晚餐:面包粥。

夏季婴儿食谱

早餐:南瓜鱼松。

午餐:西红柿鱼糊、番茄鸡肝、奶油青菜花。

晚餐:牛肉西红柿糊、虾汁菜花。

秋季婴儿食谱

早餐:烂面条糊。

午餐:鱼泥、香蕉糊。

晚餐:蛋糕、苹果汁。

第十六章 宝贝第八个月

冬季婴儿食谱

早餐：甜面糊。

午餐：火腿土豆泥。

晚餐：肝末、枣泥。

孕育聪明小宝贝

第十七章 宝贝第九个月

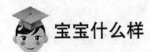 **宝宝什么样**

9 个月的宝宝

1. 体格发育

体型：这时已开始从婴儿的圆滚的体型转换到幼儿的体型。

体重：到本月末，男孩的平均体重为 9.82 千克，女孩为 9.2 千克，已接近出生时体重的三倍。

身长：男孩的身长平均达到 74.17 厘米，女孩为 72.48 厘米。

头围：男婴 45.88 厘米，女婴 44.78 厘米。

胸围：男婴 45.7 厘米，女婴 44.8 厘米。

牙齿：大多数婴儿在 10 月前乳牙已长出 2～4 颗。

2. 其他方面的发育

运动机能：可以在父母的扶助下站立片刻。能用拇指、食指相对摘取小东西，两手握物摆玩，喜欢把手中的物件放入盒内或从盒里取出。

心智：能够用声音表示自己的需求。能听懂不同语气所表达的不同含义，对周围事物的反应增强。能很好地模仿大人的动作。对叫自己的名字有反应，常会发出连串的重复音节，会用动作表示语言，懂得"不"的意思。

 **妈妈做什么**

让宝宝练习用杯、碗喝东西

从练习用匙喂食物开始，婴儿就明白除了奶瓶外，匙中还有很多好吃的食物。现在，也得让他知道，不仅是匙，还有杯、碗等，让他慢慢从奶瓶中脱离出来，接触更多的物体。一般婴儿随着月龄的增长，对外界的兴趣越来越大，会渐渐淡漠奶瓶和母亲的奶头，不再像从前那样迫不及待地抱着奶瓶或乳房一吸不停，而常常会吸几分钟停下玩玩再吸，这种漫不经心的态度倒是帮助他很容易接受杯子或碗。但有些婴儿的情况就不同了，尤其是比较内向，缺乏母爱的婴儿，他们会日益依恋奶瓶，把奶瓶当成母亲的化身，并到了爱不释手的地步，而对其他东西采取排斥的态度，他们会对杯子或碗里的奶看都不看，别提让他吃了。为了防止这些婴儿对奶瓶养成持久的依赖性，应该逐步引导他们学会从杯、碗中喝奶。

开始尝试时，可先给婴儿一只体积小、重量轻、易拿住的空茶杯，让他们学着大人样假装喝东西，有了一定兴趣后，父母每天鼓励他们从杯、碗里呷几口奶，让孩子意识到奶也可以来自杯中，时间一久，自然就愿意接受了，等孩子掌握了一定技巧后，再彻底用杯子给他喝。当然，这时候是不能脱离父母帮助的，只是让他学会从杯、碗中喝东西。如果孩子过了一段时间后又走回老路，对杯、碗不感兴趣了，父母可想些办法，换一只形状、颜色不同的新杯、碗，或更换一下杯、碗中的口味，也许就会重新引起孩子的兴趣。婴儿从杯、碗中喝东西的熟练程度，完全在于父母给他练习机会的多少。有的婴儿到了一岁也不会从杯、碗中喝东西那只能怪父母了。

给宝宝念儿歌，讲故事，看图书

方法：每晚睡前给宝宝读一个简短、朗朗上口的故事，最好一字不差，一个记住了,再换别的以便加深宝宝的印象和记忆。

图书对宝宝来说是一种能打开合上的、能学说话的玩具,因此宝宝非常喜欢大人陪着他看图书,听大人给他讲书中的故事。图书画面要清楚,色彩要鲜艳,图像要大,文字大而对话简短生动,并多次重复出现,便于宝宝模仿。每天坚持念儿歌、讲故事、看图书,并采取有问有答的方式讲述图书中的故事,耳濡目染,宝宝就会对图书越来越感兴趣,对宝宝学习语言很有帮助。喜欢读书,对他一生都具有重要的意义。

目的:帮助婴儿学习语言。

注意:这么大的孩子的注意力集中时间很短,一般几十秒到 1 分钟。只要孩子有兴趣,很高兴,就与他一起念儿歌、讲故事、看图书,否则就没有意义了。

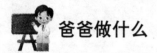

爸爸做什么

为宝宝准备学步车

婴儿学会扶站后,开始学习迈步、学步车是让婴儿练习迈步,锻炼双下肢肌肉力量的比较好的工具。把婴儿放在学步车里后,婴儿能自由随意活动,视野及活动范围扩大了,可促进孩子认识能力的发展。

学步车使用很方便,上面的圆形框架正好使婴儿站立时双臂支在上面,起到成人扶着婴儿双腋学步的效果,可减轻成人不少负担。圆形框架上面还可悬挂一些玩具,让孩子自己玩耍。学步车下面要有几个活动自如的小轮子,中间用带子吊成的小坐椅,婴儿跨在椅上,随时可坐下来休息,站立时也不妨碍迈步。

一般婴儿 9 个月左右会独坐及扶站后,就可使用学步车。最初坐学步车时间不宜长,以免引起孩子疲劳,以每天 1 ~ 2 次、每次 10 ~ 15 分钟为宜。随着婴儿练习的情况和进展,可逐渐延长每天练习的次数及时间。

注意对宝宝的语言能力进行训练

方法：9个月的宝宝不但要教他听懂词音，而且该教他听懂词义，家长要训练宝宝把一些词和常用物体联系起来，因为这时小儿虽然还不会说话，但是已经会用动作来回答大人说的话了。比如，家长可以指着电灯告诉孩子说："这是电灯。"然后再问他："电灯在哪?"他就会转向电灯方向，或用手指着电灯，同时可能会发出声音。这虽然还不是语言，但对小儿发音器官是一个很好的锻炼。

目的：为模仿说话打下基础。

注意：家长还可以联系吃、喝、拿、给、尿、娃娃、皮球、小兔、狗等跟孩子说简单的词语。

学会测量宝宝的呼吸与脉搏

测量宝宝的呼吸：

1. 正常的呼吸次数

呼吸同脉搏一样，年龄不同，每分钟的呼吸次数也不同，一般是年龄越小呼吸越快。新生儿每分钟40～44次，6～12个月每分钟30～35次，1～3岁每分钟25～30次，5岁以上每分钟25次左右。

2. 检测方法

在孩子安静时，数其胸脯和肚子起伏的次数，一呼一吸为1次，以1分钟为计算单位。检查呼吸应注意呼吸的速度（每分钟的次数）、呼吸的深浅、呼吸的节律、呼吸有无困难和呼吸的气味。

3. 注意事项

在给孩子检查呼吸时，最好不要让孩子发觉，以防止其精神紧张而影响呼吸次数。

测量宝宝的脉搏：

1. 正常脉搏次数

由于年龄不同,每分钟的脉搏次数也各不相同。婴儿每分钟 120～140 次,2 岁每分钟 110～120 次,5 岁每分钟 90～100 次,10 岁每分钟 80～90 次,14 岁以上每分钟 70～80 次。一般情况下,体温每上升 1℃,脉搏加快 15～20 次,睡眠时脉搏减少 10～20 次。

2. 测脉方法

用食指、中指、无名指按压在动脉上,其压力大小以摸到脉搏跳动为准。通常测量脉搏的部位在手腕外侧的桡动脉和头部的源动脉,以 1 分钟为计算单位。在测量脉搏时,要注意脉率(每分钟跳动次数)、脉律(脉搏跳动是否有规律)和脉搏的强弱。

3. 注意事项

给孩子测量脉搏,一定要在他安静的情况下进行测量;发现脉搏不整齐时,要与心律作对照,以求得准确诊断;给孩子测脉搏,不要用拇指摸脉,因为拇指上的动脉容易和孩子的脉搏相混淆。

引导宝宝学走路

方法:要给婴儿创造条件,使他早日独立开步走,可以给他穿上布底鞋,衣着轻暖;再给他一辆小推车,让他在平整但不光滑的地面上推着向前学步而行,感知周围的世界。有时他会把小椅子放倒,推着向前走。一旦他发现这个新玩意儿可以推着走路,就会高兴地一刻不停地在屋里推来推去。你还可以给他特制一个巨型积木——一个结实的大纸盒(30 厘米×30 厘米×40 厘米左右),贴上有趣易懂的彩色图画,既可以围着爬、扶着站、推着走,又能学图画中的内容。

促使婴儿早日开步走的方法很多,如扶着婴儿腋下走;用长的浴巾从婴儿的胸前穿过两侧腋下,在后面轻轻地拽着让他向前行走;待他能站稳后,使他在妈妈和爸爸之间跨出 1～2 步,逐渐增大迈步的距离,等等。

要注意方法,每次练习时间不宜长,但练习次数可逐渐增加。要循序

第十七章 宝贝第九个月

渐进,从轻扶双手、扶单手到独站,最后独自行走几步。

目的:学会站立和开步走是婴儿身心发展中的一大进步,动作的发展使婴儿大开眼界,增长见识,促进了心理发育。

注意:防止意外是最重要的,学步的周围应当没有绊手绊脚的物件,没有桌椅的尖角,没有电、火、热水,柜子抽屉里没危险品等。如果婴儿不小心跌倒在地,也不要一副担心的样子,马上就去扶、抱,这时,你应当用亲切的语言鼓励他自己爬起来继续练习,这是最初的意志磨炼。

 奶奶讲的禁忌

宝宝忌睡眠不足

宝宝有足够的睡眠最有利于宝宝生长发育,这和儿童必需的睡眠时间有关。新生儿一天要睡 16 小时以上,出生后 3～5 个月每天要睡 14 小时,6 个月至 1 岁每天要睡 13 个小时,2～3 岁每天要睡 12 个小时。也就是说,婴幼儿一天约一半时间都处在睡眠之中。

宝宝忌开灯睡觉

熄灯睡眠时,人体的生理机能协调,代谢平衡。但若长时间处于人工光源照射下,由于光刺激,人的视网膜生理调节会受到干扰,眼球和睫状肌得不到充分的休息,久之,势必影响视力。有报告说,晚上经常处于光照环境下的婴儿,钙质的吸收要降低 25% 左右。钙质的缺乏会引起近视,还会带来睡眠易醒易惊、喂奶时间延长、体重增加慢等许多问题,对孩子的生长发育不利。另外,还有可能影响中枢神经的保护性抑制,导致智力及语言障碍。

宝宝忌睡觉不脱衣

1 岁前的宝宝生长迅速,若经常穿衣睡觉,会影响宝宝的血液循环,不利于休息,在一定程度上还会影响乳儿的生长发育。脱衣睡觉能够使乳儿睡得更加舒心、坦然,有利于乳儿的健康成长。

宝宝睡前哭闹忌训斥

宝宝睡前最爱哭闹,拒绝或训斥宝宝会使宝宝产生委屈和焦虑情绪,更难入睡。另外,常常训斥宝宝会使宝宝形成一些不良习惯,如吮吸手指、咬被子、尿床、说梦话等。

忌大声叫醒宝宝

每天早晨,叫醒宝宝几乎成了父母的必修课,为了让宝宝尽可能多睡一会儿,父母往往将时间算计了又算计,时间一到,孩子被大声叫醒,迅速地洗漱、吃饭。天天如此,却不知此法对孩子有害无益。

高强度、高频率的喊叫会造成孩子生理上的障碍,孩子尚在睡梦中,当叫声惊醒其大脑时,其他系统并没有随大脑的清醒而立即活跃起来,这时孩子虽然醒了,但有的神情呆滞,反应迟钝,有的懒散无力,不愿活动,有的则哭闹不止。长此以往,不少孩子吃饭不香,游戏或学习时注意力也不集中。父母应适当提早叫醒孩子的时间,俯首在孩子耳边,轻声细语,同时用手轻轻按摩孩子的脊椎两边,直到把孩子唤醒。轻声、低频率的呼叫可避免因高声喊叫带来的危害。按摩脊椎两侧可激活免疫系统,增强机体抵抗力。

第十七章 宝贝第九个月

 **专家提醒**

预防流行性腮腺炎

流行性腮腺炎是腮腺炎病毒引起的一种以少儿感染为主要对象的急性呼吸道传染病,多见于冬、春季。临床特征为腮腺单侧或双侧肿大、疼痛、发热,也可波及附近的颌下腺、舌下腺及颈部淋巴结。并发症可见睾丸炎、卵巢炎、胰腺炎、心肌炎、脑炎。腮腺炎病毒是后天获得性耳聋的重要病因之一,且此种耳聋往往是不可逆的。

对腮腺炎的预防更为重要的意义是在于预防其合并症。腮腺炎减毒活疫苗是控制腮腺炎流行的有效方法。接种对象:8个月龄以上腮腺炎易感者。接种反应:一般无局部反应。在注射6～10天时少数人可能发热,一般不超过2天。

宝宝补钙误区

由于钙对人体有重要的作用,有些商家利用人们对补钙的渴望,在推出自己的产品时往往夸大其作用,给消费者以误导。研究表明,人体对各种钙补品的吸收率只能达到40%,而有的厂家将高达99%以上的动物实验结果直接用于人体吸收率加以宣传,欺骗消费者。因此购买时必须弄清产品的钙含量、吸收率、有无副作用等,不能轻信"高效、高能、活性"等词。

另外,补钙虽然重要,但并非多多益善,对于不同年龄的人有不同的标准,要严格遵照中国营养学会推荐的中国人每日钙的供应量。如果一个正常人每天补钙超过2000毫克,不仅造成浪费,且还会产生副作用。科学家曾追踪调查发现:宝宝摄取热量为1000卡的食物中,每含有100毫克的钙,他们的收缩压就会降低2毫米汞柱。由于宝宝年龄小,舒张压的变化不易测出。现代医学认为,动脉血压是循环功能的一个重要指标,血压偏低,血流迟缓,影响机体组织的血液供应,妨碍正常活动尤其对头部影响更大。宝宝处在发育期,如前期血压偏低,不仅精力不集中,思维迟钝,智力低下,而且还容易患心脏病,因此宝宝切不可多补钙。

宝宝断奶的时间与方法

随着婴儿的逐渐长大,对各种营养素的需要相应增加,母乳的量及其所含的成分已不能满足婴儿生长发育的需要。10个月左右的婴儿,牙齿已经逐一长出,口腔中舌的运动及咀嚼功能正在不断加强,整个消化道已逐步适应婴儿的饮食,所以,从这时起,家长应当考虑为孩子断奶,不然的话,会带来种种不良的后果。

断奶越晚,婴儿恋乳的心理就越强烈,表现为只吃奶,不愿吃粥、饭或其他辅食,以致造成消瘦、营养不良、多病,影响他们的生长发育,而且也使母亲既焦虑又劳累。

断奶绝对不能采取突然的方式。断奶是一个逐渐的过程,在断奶前,家长要为婴儿作一些断奶的准备,主要是及时添加辅食,使婴儿对其他食物的消化有一个适应的过程。在辅食的添加过程中,有一个关键时期,一般是在婴儿出生后4至6个月,此时婴儿容易接受除奶之外的食物,并试图在口腔的运动中学会吃辅食。在这一时期如果家长忽视了这一点,或只是"蜻蜓点水"式似的给孩子尝尝辅食的味道,那么,这样的婴儿对断奶是不能适应的。因此,在这一关键时期内一样一样地添加各种食物,并且一点点地增加各种食物的量,同时观察婴儿大便的情况,即观察有无大便稀薄或大便次数增加等消化不良的现象,以获得婴儿对各种食物耐受的情况。如果婴儿能够适应各种辅食,而且吃得很好,则断奶就会比较顺利。

断奶最好选择在春、秋两季。因为夏天小儿消化能力差,容易引起消化道疾病;而冬天气候又太冷,婴儿会因为断奶而睡眠不安,从而容易感冒等。

此外,婴儿从4~5个月起,母乳喂哺的次数可先减去1次,以其他辅

食食品代替,逐渐从流质、半流质过渡到固体食品,食品的选择以质软、易消化和富含营养素为宜。

 ## 宝宝第9个月喂养

宝宝饮食规律早知道

断奶食品可以增加到每天三次了。给孩子吃的断奶食品用切碎的较好,粥也可以煮得稍稠一点。每天喂2~3瓶牛奶。断奶食品的种类可逐渐增加。

营养食谱

主食:母乳、稠粥、面片等。

上午:6:00　10:00

下午:14:00

晚上:18:00　20:00

辅助食物

①各种果汁、温开水、或山楂水,任选1种,120克/次。

②浓缩鱼肝油:2次/日,3滴/次。

③豆腐脑、鸡汁、牛肉汤等。

红枣泥

制作方法:将红枣洗净,放入锅内,加入清水煮15~20分钟,至烂熟。去掉红枣核,加入糖粉,用料理机打磨成泥即可。

营养成分:红枣泥含有丰富的钙、磷、铁,还含有蛋白质、脂肪、碳水化合物及多种维生素,具有健胃、补气血的功效,对婴儿缺铁性贫血有较好的防治作用,对虚脾消化不良的婴儿也较为适宜。制作中,一定要把红枣煮烂,去净核。

鸡蛋面条

所需材料:煮烂切碎的细面条 50 克,切碎的葱头 10 克,切碎的西红柿 5 克,鸡蛋半个,黄油、肉汤、精盐各少许。

制作方法:将锅置火上,放入黄油熬至溶化,下入葱头略炒片刻,再放入面条、肉汤和精盐一起煮。将鸡蛋调匀后倒入锅内,与面条混合均匀盛入碗内,上笼蒸 5 分钟,把西红柿放在面条上即成。

营养成分:此面条色美、味好,含有丰富的蛋白质、脂肪、碳水化合物,还含有一定量的钙、磷、锌等矿物质及多种维生素和尼克酸等,能为婴儿提供机体所需的充足的热量,是较佳的一种婴儿营养食品。

四季应时食谱

春季婴儿食谱

早餐:松糕、猪肝汤。

午餐:牛肉蒸蛋。

晚餐:炒白菜胡萝卜、软饭、土豆胡萝卜汤。

夏季婴儿食谱

早餐:蔬菜水果粥。

午餐:面片汤、鱼菜糊。

晚餐:菜末猪肝泥、鸡肉果冻。

秋季婴儿食谱

早餐:苏打饼干粥。

午餐:红薯粥、杨梅乳糕。

晚餐:炒豆腐、牛肉烧土豆。

冬季婴儿食谱

早餐:肉泥面糊。

午餐:乳糕、鲫鱼汤。

晚餐:沙锅牛肉豆腐。

第十八章　宝贝第十个月

 宝宝什么样

10 个月的宝宝

1. 体格发育

体型：孩子的身长会继续增加，给人的印象是瘦了。

体重：男婴的平均体重为 9.91 千克，女婴为 9.4 千克。

身长：男婴的平均身长为 75.43 厘米，女婴 73.99 厘米。

头围：男婴为 46.35 厘米，女婴为 45.18 厘米。

胸围：男婴为 45.97 厘米，女婴为 45.15 厘米。

牙齿：陆续又长出 2~4 颗门牙。

2. 其他方面的发育

运动机能：婴儿的身体动作变得越来越敏捷。能很快地将身体转向有声音的地方，并可以爬着走。坐时不失去平衡，能左右摇摆和转身，扶家具站立稳。能配合穿衣时伸手，穿鞋袜时伸脚。

心智：婴儿的记忆力大大增强，能记得一分钟前被藏到箱子里的玩具。会说一两个字，能发出不同的声音表示不同的意思。好奇心增强，经常看见大人做的事，他也想学着做。从这时起，他开始懂得"不许"的意思。伸出手将玩具交给别人，但不肯放手；喜欢拉住母亲的衣服引起她的注意。喜欢轻拍和摇动布娃娃，见到生人仍怕羞。能单独玩达一个多小时。

 **妈妈做什么**

培养宝宝自己吃饭

这时宝宝总想自己动手,所以可以手把手地训练宝宝自己吃饭。即使吃得不顺利也不要紧,铺上一张塑料布,让宝宝练习练习。

吃饭前先将手洗干净,宝宝能拿的食品就让他自己拿着吃。喝水、牛奶、果汁时尽量用杯子,开始时可少放些。刚开始肯定会呛着或洒得到处都是,但只要多练习,逐渐会好的。要是总认为太脏而不让宝宝自己动手的话,那到了三四岁也许还不会自己动手吃。

这时正是边吃边玩,饮食时多时少的时候。所以,无论婴儿吃不吃,过了二三十分钟就不要再喂他。

给宝宝讲故事

方法:妈妈每天给宝宝讲一个故事,故事内容要短小,精得可重复讲一周。例如:母鸡妈妈孵了一群小鸡。每天,小鸡娃儿们跟在鸡妈妈身后找虫吃,跟妈妈一起玩游戏。母鸡妈妈找到几条大虫子,它叫着它的婴儿们:"咯咯咯,快来呀,这儿有一条大虫子。"小鸡娃儿们跑过来,一齐说:"叽叽叽,妈妈先吃,我们再吃。"

目的:训练宝宝语言能力。

注意:用普通话为宝宝讲故事。

快会走时对宝宝的保护

大多数 10 个月至 1 岁大的宝宝已经能够自己拉着东西(如小床的栏杆、妈妈的手等)站起来了,发育快的小儿能什么也不扶地独自站立一会

孕育聪明小宝贝

儿了。也有少数小儿到了这个月龄仍然不会站立,但其他方面发育都正常。这类婴儿有的是体态丰满的,有些则可能是性格内向或胆子小的。

宝宝刚学会站立时,往往还不会从站立位坐下来,因而,常常使站着的宝宝陷入困境。宝宝在长时间站立后,常常因筋疲力尽而烦躁哭闹。但父母帮他从站立位坐下时,他立刻又会忘记所有的疲劳而再次费力地使自己站起来。但是,这种状况持续时间不长,宝宝在学会站立后就会努力地学会坐下的动作。开始时,宝宝会非常小心地把屁股坐在双手能碰到的地面上,经过一段时间的练习之后,宝宝就能独立地站立和坐下了。

大多数宝宝在学会站立后不久就能自己扶着床沿迈步或是由成人抓着一只手走路了。刚开始学习走路时,由于宝宝平衡功能还不完善,走起路来还东倒西歪,时而还会摔跤,有的宝宝用脚尖走路或走路时两腿分得很开,这些都没什么关系,一旦宝宝走路熟练了就会好的。

每个宝宝开始扶着东西走路的时间差异很大,有的宝宝早在 9 个月时就能迈步扶走,而有的则要到 12~13 个月甚至更晚的时候才开始迈步扶走。这与很多因素有关,如宝宝本身的发育情况、遗传因素、动作训练的机会、疾病以及季节的影响等,也有的宝宝在刚刚学迈步时跌了一跤后产生了惧怕走路的心理而影响学步的进程。

这个月龄的宝宝手的动作更加灵巧自如,手眼协调也进一步完善;会使用拇指与食指捏住小物品,喜欢用手摸各种物品,能玩弄各种玩具,能推开较轻的门,能拉开抽屉,能把杯子里的水倒出来,能两手拿着玩具玩,也能指着东西提出要求,还会模仿成人的动作(如成人招手他也招手)。近 1 岁的宝宝已能试着拿笔并在纸上乱涂,有的宝宝还学会了搭积木。这时期的宝宝,由于活动范围进一步扩大,好奇心逐渐加强,喜欢用手到处乱摸乱拿,如拔电源插头、扭煤气开关,甚至打开热水瓶瓶塞,这对他们是很危险的。因此,家长对他们的照顾要更加细心,丝毫不能粗心大意。家用电器的摆放应尽量远离婴儿经常活动的地方,活动插座应放在较高、隐蔽、安全的地方。插座最好选用加安全保险挡板的,并要经常检查,防止漏电。如果房间本身带的封闭式插座位置较低的,也应用适当的家具如桌子、书柜等加以遮盖,露在外表的电线要经常检查,如有破损,要及时更换。

 **爸爸做什么**

和宝宝一起认形状

方法：① 爸爸给宝宝两块积木（两块方形的积木），一个塑料球（积木要比塑料球小一些），教幼儿把一块积木搭在另一块上，再试着把塑料球搭在第二块积木上，宝宝尝试几次，但塑料球总是掉下来，滚到一边去了。这时，爸爸再给宝宝一块方积木，让宝宝搭上去，这次没有掉下，宝宝成功了。

② 爸爸给宝宝一根小棒和一只小皮球，看看宝宝是否知道用小棒推着皮球滚动。然后拿走皮球，给宝宝换来另一样东西（比如一个罐头盒、一个易拉罐），看宝宝是否会用小棒推着易拉罐滚动。

目的：训练宝宝的观察力，让宝宝能够通过观察明白圆的东西可以滚动；训练宝宝小肌肉的运动，训练宝宝手指的灵活性；让宝宝逐渐理解物体与物体特性之间的关系。

注意：家长不要急于教宝宝玩，而是要观察宝宝、启发宝宝自己去做。游戏结束，可由家长对游戏进行总结，以加深宝宝理解。

预防秋冬季腹泻

婴幼儿腹泻过去叫小儿秋季腹泻，亦称婴幼儿消化不良症，引起婴幼儿腹泻的主要是轮状病毒。

轮状病毒侵袭对象是 6 个月到 5 岁的婴幼儿，传播途径与其他肠道传染病是一样的，即通过粪便污染传播。凡不重视饮食卫生的托幼机构或家庭易感染。轮状病毒感染有严格的季节性，多见于 10～12 月份。婴幼儿感染了轮状病毒，潜伏期一般在 48 小时以内，通常开始出现呕吐，随后出现腹泻及发热，约 30% 的病儿可见咳嗽等呼吸道症状，腹泻为白色

或浅黄色如蛋花汤样便,每日可达10多次,无腥臭味,无脓血。该病病程一般为5～7天,患儿有不同程度的脱水症,严重吐、泻可导致电解质紊乱。

要有效地防治婴幼儿腹泻的发生,需注意以下三点。

1. 严密把关,谨防"病从口入"

认真搞好婴幼儿饮食,不给孩子吃生冷或不洁净的食物。饭前便后给婴幼儿洗手,家长给孩子喂奶、喂食之前亦要洗手。人工喂养儿每次喂食前,要用开水洗烫食具、奶瓶,最好每日煮沸消毒一次。

2. 调整饮食

过去多主张对腹泻患儿禁食,以减轻胃肠道负担。近年来多数专家认为不要禁奶和禁食。因为禁食的结果会加重脱水和电解质紊乱。合理的做法是,母乳喂养儿可适当减少喂奶次数或延长喂乳间隔时间,人工喂养儿可给稀释的牛奶(最好是脱脂奶)或米汤。年龄大一些的患儿可改喂稀饭、藕粉等食物。

3. 加强护理

病儿大便后应及时进行消毒处理。每次大便后应用温水清洗肛门周围及臀部,以保持清洁和干燥。尿布宜柔软、易吸收水分,应勤换尿布,以防止"红屁股"及上行性尿路感染。

 奶奶讲的禁忌

忌拧宝宝的脸蛋

很多人为了表达对宝宝的爱,不是用手拧他的脸,就是使劲用嘴吻压他的腮部,这是不好的习惯,经常这样做,使婴儿的腮腺管一次又一次受到撕、压、挤伤,会造成流涎、腮黏膜炎和腮腺炎等。

宝宝贴身衣物忌用化纤品

宝宝皮肤娇嫩,贴身衣物切忌用化纤织物,因化纤衣物透气性和吸水性均差,穿上后不透气,影响皮肤呼吸。宝宝新陈代谢旺盛,易出汗,但化纤衣物不吸汗。另外,化纤织物在生产过程中需经树脂处理,会残留少量的甲醛,易刺激皮肤产生过敏。

宝宝忌穿丝绸内衣

丝绸衣服是由动物的蛋白质纤维构成,有些宝宝对动物蛋白过敏,穿上丝绸衣服后也会引起过敏。

忌不给宝宝穿袜子

小儿体温调节功能尚未发育成熟,产热能力较小,散热能力较大,穿上袜子可避免着凉。

 专家提醒

断奶期食品的选择

1. 配方奶粉

断奶并不等于断奶制品,配方奶粉是最佳的母乳替代品。小儿4个月后,不管妈妈的母乳是否充足都应添加配方奶粉,一方面,它可以为婴儿补充营养,另一方面,它能帮助小儿早日适应其他奶制品。

优点:

① 配方奶粉以母乳成分为依据进行调配的产品,改变了牛奶中不适

合婴幼儿生理状况的成分,同时又弥补了母乳中某些营养素的缺乏;

② 在制作过程中降低了牛奶中的总蛋白质,调整了某些矿物质的比例,如钙、磷、钠、钾、氯等,减轻了肾脏负荷,保证了小孩的安全、健康;

③ 它增加了牛奶中乳清蛋白与酪蛋白的比例,使之更符合婴儿特点;

④ 它增加了婴儿需要的牛磺酸,有利于儿童的脑、心发育;

⑤ 它增加了不饱和脂肪酸以替代部分饱和脂肪酸,强化某些矿物质和维生素,如铁、锌、维生素 A、D;配方奶通过理化方式改变牛奶中某些成分的形状,使其在胃内凝块较小,更易消化吸收,如维生素 D、K 和铁。

缺点:

① 缺乏各种活性免疫抗病物质;

② 在生产、储存、调配、喂养过程中容易被污染;

③ 经济、营养等方面均不及母乳,因此母乳喂养应和配方奶科学合理地结合。

如果家庭经济条件比较差,可选全脂奶粉作为母乳替代品。

2. 米粉与麦粉

婴儿米粉、麦粉是一种根据婴儿生长发育需要而研制的以大米、面粉为主的婴儿断奶期食品。

优点:

① 便于婴儿消化吸收;

② 一些品牌的婴儿米粉或麦粉中含有各种维生素、微量元素,因此更适合婴儿需要。

添加方法:

4 个月以后的小儿应先添加米粉,5～6 个月以后再添加麦粉,这样做的目的是为了避免婴儿过敏。1 岁以内的小儿,米粉和麦粉应是辅食,而不是主食,主食仍应是母乳或者配方奶粉。

喂养经验:

在选用米粉时,父母首先需仔细阅读它的成分表,看清米粉中强化了些什么微量元素,强化量是多少。如果孩子本身就喝着强化铁的奶粉,就不必再吃特殊强化铁的米粉。而如果是吃母乳或喝牛奶,可在满 4 个月后选用特殊强化铁的米粉,但不宜长期食用,以防铁过量。在孩子 4～12 个月期间,父母可以将标准强化的米粉和特殊强化的米粉搭配起来给孩子吃,既避免了孩子食欲下降和铁过量,又可防止缺铁。

3. 粥类

随着婴儿的不断长大,可以给孩子添加粥类食品。

优点:

①能满足孩子日益扩大的营养需求;

②对孩子的饮食朝成年人的正常饮食过度有极大的帮助。

在制作孩子的粥类食品时,最好能增加些其他食物以供给多种营养素,使之成为更完善而平衡的饮食。这种多种混合饮食一般含四种成分:

主食做主要的成分:如谷类粥等;

蛋白质辅助食品:如奶类、肉类、鱼、蛋、豆类等;

含矿物质和维生素:如蔬菜和水果;

热能辅助食品:比如油类或糖类饮食。

用这四种成分以适当比例制作出的饮食可平衡孩子所需的营养。

喂养经验:

主辅食的比例合理分配:65 克的米可配合 25 克的禽畜肉或 30 克的蛋或 25 克的豆类,有时可采用两种提供蛋白质的食物,如豆和小鱼,最好能采用动物蛋白质以增加生物利用率;最好能选富含维生素 C、A、钙的深绿色和黄红色的蔬菜水果。

 宝宝第 10 个月喂养

宝宝饮食规律早知道

这时的婴儿应该完全断奶,可以和大人一起进行一日三餐,但吃的东西要弄得碎和小一点,味道清淡一些。在两餐中可以给他吃点点心,但要注意糖和巧克力不要吃,一来容易蛀牙,二来容易堵住婴儿的喉咙引起窒

息。用小口的杯子和汤匙喂牛奶 1～2 次。

营养食谱

主食:母乳、稠粥、面片、菜肉粥等。

餐次及用量:

上午:6:00　10:00

下午:14:00

晚上:18:00　20:00

辅助食物:

① 水、果汁、鲜水果等,任选 1 种,120 克/次。

② 浓缩鱼肝油:2 次/日,3 滴/次。

③ 嫩豆腐、鱼松等。

葡萄干土豆泥

所需材料:土豆 50 克,葡萄干 8 克,蜂蜜少许。

制作方法:将葡萄干用温水泡软切碎。土豆洗净,蒸熟去皮,趁热做成土豆泥。将炒锅置火上,加水少许,放人土豆泥及葡萄干,用微火煮,熟时加入蜂蜜调匀,即可喂食。

营养成分:此食品质软、稍甜。葡萄干含铁极为丰富,是婴幼儿和体弱贫血者的滋补佳品。制作时,土豆要蒸熟后再剐成泥,葡萄干要用温水泡软切碎,然后再上火煮制调味。

花豆腐

所需材料:豆腐 50 克,青菜叶 10 克,熟鸡蛋黄 1 个,淀粉 10 克,精盐、葱姜水各少许。

制作方法:将豆腐煮一下,放入碗内碾碎;青菜叶洗干净,用开水烫一下,切碎也放入碗内,加入淀粉、精盐、葱姜水搅拌均匀,将豆腐做成方块形,再把蛋黄碾碎撒一层在豆腐表面,放入蒸锅内用中火蒸 10 分钟即可喂食。

营养成分:此豆腐形色美观,软嫩可口,含有丰富的蛋白质、脂肪、糖

类及维生素 B_1、B_2、C 和钙、磷、铁等矿物质。豆腐柔软,易被消化吸收,能促进婴儿生长,是老少皆宜的高营养廉价食品。鸡蛋黄含丰富的铁质,对提高婴儿血色素极为有益。

牛奶玉米粥

所需材料:牛奶 250 克,玉米粉 50 克,鲜奶油 10 克,黄油 5 克,精盐 2 克,肉豆蔻少许。

制作方法:将牛奶倒入锅内,加入精盐和碎肉豆蔻,用文火煮开,撒入玉米粉,用文火再煮 3~5 分钟,并用勺下锅搅拌,直至变稠。将粥倒入碗内,加入黄油和鲜奶油。搅匀,待凉后喂食。

营养成分:此粥黏稠,味美适口,含有丰富的优质蛋白质、脂肪、糖类、钙、磷、铁及维生素 A、D 和尼克酸等。

菠菜酸奶粥

所需材料:菠菜叶 8 片,牛奶 100 克,酸奶 50 克,大米 50 克。

制作方法:将大米洗净后放入水中浸泡 1 小时,菠菜叶洗净切碎。将大米放入锅内,加适量水置火上煮开。待粥将成时放入碎菠菜和熟牛奶,边搅边以小火煮,煮至粥烂,即可熄火。待粥冷却后放入酸奶混合并搅匀。

营养成分:绿白相间,菠菜与牛奶搭配常是补血的食疗佳品。有贫血症状的小孩子,如脸色苍白、弱不禁风等,可常吃此粥。

四季应时食谱

春季婴儿食谱

早餐:菠菜酸奶粥。

午餐:果泥。

晚餐:新鲜吐司。

夏季婴儿食谱

早餐:栗子粥、清水煮荷包蛋。

午餐:腊肠西红柿、肉松饭。

晚餐:水果拌豆腐、鸡蛋米粉。

秋季婴儿食谱

早餐:燕麦片粥。

午餐:蜂蜜大米饭。

晚餐:西红柿饭卷。

冬季婴儿食谱

早餐:营养蛋卷、青菜汤。

午餐:猪肝泥、烂面条。

晚餐:鸡肉粥。

孕育聪明小宝贝

第十九章　宝贝第十一个月

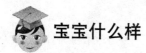 **宝宝什么样**

11 个月的宝宝

1. 体格发育

体重:男婴平均体重为 10.15 千克,女婴为 9.54 千克。

身长:男婴平均为 76.58 厘米,女婴为 75.15 厘米。

头围:男婴为 46.6 厘米,女婴为 45.4 厘米。

胸围:男婴为 46.4 厘米,女婴为 45.3 厘米。

牙齿:陆续又长出 2~4 颗门牙。

2. 其他方面的发育

运动机能:手指动作更精细;已能自己扶着东西站起来,寻找可以玩的东西;能单独站立片刻。

心智:婴儿的记忆力大大增强,能记得一分钟前被藏到箱子里的玩具。对语言的理解能力进一步提高,已能按语言命令行事,并会说"不、不"。吃饭时想拿勺,拨弄食物。喜欢把物体从容器中拿出、放进。不喜欢大人搀扶和抱着,显示出更大的独立性。在游戏中自己拿玩具并把玩具给别人。喜欢重复别人笑的动作。不喜欢单独一人被留下,特别是留在床上。

  妈妈做什么

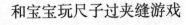

和宝宝玩尺子过夹缝游戏

方法:让婴儿站在藤椅后面(一般的"瓦片椅"——椅背和椅座之间有大约两寸的空隙),使他的手指能够自由地在空当中间出入。母亲在椅子上竖直地(妈妈自己在前边用手不时地固定"竖直"的位置)放好一把长尺(或是一块长形木头),然后叫孩子从椅子后面通过空当把尺子拿过来。婴儿抓住尺子,但不知道应该把尺子横过来才能通过空当。当婴儿怎么也拿不出尺子时,妈妈再把尺子放倒,让婴儿通过空当,很容易地取出尺子。

目的:该游戏可以在婴儿脑子里形成一系列的连锁思维,使他初步掌握关于空间位置要互相适应的道理。

注意:第二次、第三次就可以换上别的长形玩具(宽度要能通过空当),让婴儿自己动一下小脑筋取出来。

和宝宝一起看画册

方法:把一些构图简单、色彩艳丽的画面从旧杂志上剪下来,装订好,制成一本"婴儿画册"给婴儿看。看时,每张画面可停留7~8秒钟,并配以简要的介绍。如"这是一座漂亮的房子,房子前面的花园里开着很多美丽的花。""这是一只大花狗,它正在啃骨头吃呢!"家长可以经常和婴儿一道翻着这本自制的画册,等到婴儿对画册中的内容非常熟悉以后,可让他按照父母的指令去翻找画册。如妈妈说:"大花狗在哪儿呀,你给妈妈找一找。"如果婴儿不知所措,妈妈可握着婴儿的小手翻到大花狗那一页,说:"原来大花狗在这儿呢!"

目的:有目的地发展婴儿的注意力和观察力,并通过简短、清晰的语言与画面的有机结合,给予婴儿良好的语言刺激。

注意:如果婴儿实在不想看画册,这一游戏可推迟进行。

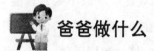

爸爸做什么

学会粥类食品的制作

粥类食品的共同制法是取稻米、小米或麦片等约 30 克,加水 3~4 碗,浸 1 小时,置锅内煮 1~1.5 小时,煮至烂如糊即可。

为婴儿煮制的补充营养的粥是指在粥内加入一定数量的鱼、肉、蛋、猪肝、蔬菜、豆制品等。比例为,大米:荤菜:蔬菜:豆制品 =500 克:(250~350 克):(250~350 克):(50~150 克),另加植物油少许。

常用的婴儿粥类的做法如下:

肉泥粥:取猪里脊洗净,剁成细末,加入粥中煮熟,可适当加葱、姜、盐,滴几滴香油。

鱼粥:洗净去内脏的鱼(如青鱼、带鱼、鳗鱼等)整条蒸熟去骨刺压碎,将鱼肉研碎,拌入粥中煮熟,加适量食盐、葱、少许酒,即成鱼粥。最好每周吃 1~2 次。

蛋花粥:将 1 只鸡蛋打碎放入已煮好的粥中,边搅边烧,煮沸加盐和熟油。

菜粥:将嫩菜叶如菠菜叶、油菜叶等洗净切碎,放在粥里煮熟。

芝麻、花生或核桃仁粥:芝麻、花生或核桃仁炒熟,研成面,加入粥中即可。

糠麸水:取麸皮 1 碗,水 5 碗,加入 10% 盐酸(食用)数滴,浸 1~2 小时后煮沸,滤去渣,加糖少许即成。每月可饮用 2~3 次,对婴儿补充维生素 B_2、促进乳母乳汁分泌均十分有益。

藕粉:取藕粉约 5 克,糖约 5 克,先用少许冷开水调和,再用沸水调成 1 小碗。

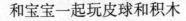

和宝宝一起玩皮球和积木

方法:① 给婴儿两块积木,一个乒乓球(积木要比乒乓球小些),教婴儿把一块积木搭在另一块上,再试着把乒乓球搭在第二块积木上,但乒乓球总是掉下来,滚走了。这时,再给他一块小积木,这一次他成功了。

② 给他一根小棒和一只皮球,看他是否知道用小棒推着皮球滚动。再把皮球拿走,给他一个侧立的小圆盒(如罐头盒)看他是否用小棒推着小圆盒滚。

目的:训练观察力和小肌肉动作,初步形成圆的东西可以滚动的概念,掌握物体与物体特性之间的关系。

注意:不要急于指导婴儿做,而要观察他、启发他做。

 奶奶讲的禁忌

忌断奶过晚

哺乳时间超过 12 个月的幼儿不愿再多吃别的食物。一般来说,哺乳时间以 11～12 个月为宜。哺乳期过长会致小儿营养不良,也使孩子失去了学习探索新事物的机会。

忌随意给宝宝挖耳朵

耳屎医学上称为耵,又称耳垢,耵中脂肪含量较多,水分蒸发后积聚起来为一层薄薄的耳屎,有时油脂不一定干结而呈半固体状态,可自外耳道流出,常常被误认为是脓液,当做化脓性中耳炎治疗。其实,脓液有臭味,而油状耳垢无气味。不论是干结的耵还是半固体状态的耵,量多后可以阻塞外耳道使听力减退,或者在耳道内发出的响声,为此小儿常常向家长诉说，家长也会毫不介意地用发夹或者火柴梗去抠挖耵。虽然在眼睛的直视下进行操作，但毕竟不像耳鼻咽喉科医生那样头上戴额镜，耳上套耳镜，也没有他们那样操作熟练，于是在抠挖耳垢之后常常发生鼓膜穿孔、外耳道皮肤破损，继发细菌感染，如外耳道疖肿或者外耳道炎。为此，建议年轻的家长，如果认为有耵，可配3%的碳酸氢钠药水，一天2~3次，滴入小儿外耳道内，连续3~4天，待耵软化后再由五官科医生在额镜、耳镜配合下直视取出，这样比较安全有效。

初春宝宝忌过早脱棉衣

初春温差和湿度都比较大，这种天气易使抵抗力下降，宝宝对外部环境适应能力差，特别是宝宝鼻腔相对较短，后鼻道狭窄，黏膜柔软，血管丰富，纤毛运动差，清除能力弱，故易感染导致呼吸道疾病，最常见的是感冒和小儿肺炎。因此，春天宝宝穿衣服要适当，以逐渐适应气温的变化，避免过冷或过热。注意环境卫生，室内温度不宜过高，空气也不宜太干燥，因鼻黏膜干燥后，易失去或减弱黏膜表面纤毛细胞活力以及黏膜层的保护作用，易使细菌和病毒侵入人体。

宝宝忌食补品

5岁以内是孩子发育的关键期，补品中含有许多激素或类激素物质，可引起骨骺提前闭合，缩短骨骺生长期，使孩子个子矮小。另外，激素还能干扰生长系统，导致性早熟。再者，年幼进补，还会引起牙龈出血、口渴、便秘、血压升高、腹胀等症。

第十九章 宝贝第十一个月

专家提醒

孕育聪明小宝贝

宝宝不宜穿开裆裤

传统习惯中,父母总是让宝宝穿着开裆裤,即使是寒冷的冬季,宝宝身上虽裹得严严实实,但小屁股依然露在外面冻得通红。容易使宝宝受凉感冒,所以在冬季要给宝宝穿死裆的罩裤和死裆的棉裤,或带松紧带的毛裤。

另外,穿开裆裤还很不卫生。宝宝穿开裆裤坐在地上,地表上的灰尘垃圾都可以粘在屁股上。此外,地上的小蚂蚁等昆虫或小的蠕虫也可以钻到外生殖器或肛门里,引起瘙痒,可能因此而造成感染。穿开裆裤还会使宝宝在活动时不便,如坐滑梯便不容易滑下来,并且宝宝穿开裆裤摔、跌倒后容易受外伤。

穿开裆裤的一大弊处是交叉感染蛲虫。蛲虫是生活在结肠内的一种寄生虫,在遇到暖时便会爬到肛门附近产卵,引起肛门瘙痒,宝宝因穿开裆裤便不禁用手直接地抓抠,这样,手的指甲里便都会有虫卵,宝宝吸吮手指时通过手又吃进体内,重新感染。而且还会通过玩玩具、坐滑梯使其他小朋友受染。

宝宝第 11 个月喂养

宝宝饮食规律早知道

宝宝的消化和咀嚼能力大大提高,如果宝宝的饮食已成规律,数量和品种增多,营养应该能够满足身体生长发育的需要,就可以考虑给宝宝断奶了。将辅助食物逐渐过渡转向主食。给宝宝断奶不是指不再吃奶,而是指不再以奶类为主食,但仍要保证每天起码三顿奶。

营养食谱

主食:母乳、稠粥、鸡蛋。

餐次及用量:

上午:6:00　10:00

下午:14:00

晚上:18:00　20:00

辅助食物:

① 水、果汁、水果泥等。

② 浓缩鱼肝油:2 次/日,3 滴/次。

③ 各种蔬菜、肉末、肉汤、碎肉等。

什锦猪肉菜末

所需材料:猪肉 15 克,番茄、胡萝卜、葱头、柿子椒各 7.5 克,精盐、肉汤各适量。

制作方法:将猪肉、番茄、胡萝卜、葱头、柿子椒分别切成碎末。将猪肉末、胡萝卜、柿子椒末、葱头末一起放入锅内,加肉汤煮软,再加入番茄末略煮,加入少许精盐,使其具有淡淡的咸味。

营养成分:此菜色泽鲜艳,香美可口。无论在什么季节,都应尽可能给婴儿食用新鲜蔬菜。因为新鲜蔬菜最富有营养,且味美经济。罐装蔬菜已被烹调过,只需做成菜泥即可食用。如果可能的话,罐头里菜汁也应食用,因为菜汁里含有很多营养物质,制作时,要将所用主料全部切碎、煮软,才能给婴儿喂食。

大米粥

所需材料:大米 50 克,黄油 7.5 克,精盐少许,清水适量。

制作方法:将大米淘洗干净,加水及少许精盐熬煮成稠米粥。粥中滴入黄油搅拌均匀,盛入碗内喂食。

营养成分:此粥黏稠,味咸香,含有丰富的蛋白质、脂肪、糖类、钙磷、

第十九章 宝贝第十一个月

铁、锌及维生素 A、D、E 和尼克酸等。可以在米粥中加炼乳、鲜奶油、调味菜末、肉汁、蛋黄、红糖等，以便调出各种滋味。

蛋黄酸奶粥

所需材料：大米 40 克，鸡蛋 1 个，肉汤 100 克，酸奶 100 克。

制作方法：将鸡蛋煮熟之后取出蛋黄放入细筛捣碎。将大米洗净放入锅内加水置火上煮粥。煮至七成熟时，将捣碎的蛋黄和肉汤入锅用小火煮，并不时地搅动，呈稀糊状时便取出冷却。食用时将酸奶倒入锅中搅匀。

营养成分：酸奶有助于肠胃的消化，配合鸡蛋、肉汤，使婴幼儿更易吸收到蛋白质等营养物质。

猪肝丸子

所需材料：猪肝 15 克，面包粉 15 克，葱头 15 克，鸡蛋液 15 克，番茄 15 克，色拉油 15 克，番茄酱少许，淀粉 8 克。

制作方法：将猪肝剁成肝泥，葱头切碎同一碗内，加入面包粉、鸡蛋液、淀粉拌匀成馅。将炒锅置火上，放油烧热，把肝泥馅挤成丸子。下入锅煎熟；将切碎的番茄和番茄酱下入锅内炒至呈半糊状，倒在丸子上即可喂食。

营养成分：此菜色泽红亮，软嫩可口。猪肝和鸡蛋除含丰富的蛋白质外，还含有丰富的铁，容易被婴幼儿吸收。经常让婴幼儿吃猪肝、鸡蛋，能保证婴幼儿血色素维持在正常标准。

四季应时食谱

春季婴儿食谱

早餐：发糕、鸡蛋粥。

午餐：炒猪肝、软饭。

加餐：苹果粥。

晚餐：肉菜混沌。

夏季婴儿食谱

早餐：牛奶、金梨发糕。

中餐：黄瓜炒鸡蛋软饭。

加餐：瓜汁稀粥、饼干。

晚餐：家常豆腐、松软小花卷、绿豆大米粥。

秋季婴儿食谱

早餐：南瓜粥、蛋黄发糕。

中餐：炒饭、银鱼萝卜汤。

加餐：牛奶。

晚餐：胡萝卜鸡蛋饺子。

冬季婴儿食谱

早餐：八宝粥。

中餐：排骨汤、蔬菜汤、炒菜花、软饭。

加餐：面包。

晚餐：白菜肉末挂面汤、枣泥发糕。

第十九章 宝贝第十一个月

第二十章 宝贝第十二个月

 宝宝什么样

12 个月的宝宝

1. 体格发育

体重:男婴平均体重为 10. 42 千克,女婴为 9. 64 千克。

身长:男婴平均为 78. 02 厘米,女婴为 76. 36 厘米。

头围:男婴为 46. 93 厘米,女婴为 45. 64 厘米。

胸围:男婴为 46. 80 厘米,女婴为 45. 43 厘米。

牙齿:乳牙萌出约 4、6 颗门牙。

2. 其他方面的发育

运动机能:扶着一只手能走。

不要别人帮助能从站立的位置坐下,能坐着转身。

熟练地用手指拿东西吃。

用匙吃东西时需要帮助。

心智:除了"爸爸"、"妈妈"外,还会说 2 ~ 3 个字的词。会用声音表达愿望。

能找到藏起来的玩具。

能玩简单的游戏,惊讶时发笑。

能把木栓插入圆孔中;用蜡笔在纸上乱涂;在别人的帮助下用杯喝水。

会用哭来引人注意。

准确地表示愤怒、害怕、嫉妒、焦急、同情,性格犟。

喜欢当众炫耀自己,能听从大人的劝阻。

1～2岁宝宝智力发育备忘录

12个月

孩子喜欢和你一起看浅显的书,喜欢开玩笑——他愿意做让你发笑的任何事。他明白,当你给他脱衣服时他应该举起胳膊;他懂得诸如鞋子、瓶子、洗澡这样简单的常用词的意思。1岁的孩子甚至有可能会说一两个能让人听懂的单词。

15个月

他会示意你他想梳他的头发;他知道亲吻意味着什么,要是你想让他亲你一下,他会让你如愿的;学到任何新知识都令他兴奋不已;他很想帮你做些类似打扫房间这样的家务活。虽然他弄不懂每个单词的意思,但他却能理解复杂的句子。

18个月

当你们一起看书时,他会指认物体,如一条狗、一只球、一头牛。他能认出一头牛并说出"牛"字来。他知道他身体的各个部位:若你问他脚在哪儿,他会指给你看,还会让你看他的手、他的鼻子、他的嘴或眼睛。他明白他的鼻子和妈妈的不同。若是你支使他拿件东西他会高兴地照办。

21个月

他会接近你,吸引你的注意力,带你去看他感兴趣的东西或问你问题。他爱拿铅笔乱涂乱画,他开始理解并能听懂一些简单的问话和指令。

24个月

他喜欢独自一人快活地做自己的事情。他不再只是拿铅笔乱写乱画,而是一笔一画地模仿写字的动作。家里许多物品和玩具的名称他都知道。他喜欢咬文嚼字,一旦他弄懂某个词的含义,他也许会不断地重复它。

第二十章 宝贝第十二个月

 妈妈做什么

引导宝宝学吃"硬食"

吃惯了流质的婴儿,虽长了几颗牙齿,也像是有了些咀嚼能力,但要吃"硬"食(固体食物),还应有个实习的过程。

让初为人母忐忑不安的是,什么时候才能让宝宝去学吃"硬"东西。因为人们担心,早了,怕不消化,或堵住嗓子眼儿发生意外;迟了,又担心不能摄入足够的营养,影响发育。就此,儿科专家向妈妈们建议:孩子在12个月大时,就可以开始吃固体食物,因为在这个阶段,宝宝们通常已能掌握拿东西、嚼食物的基本技巧了。当然,在开始时可将固体食物弄成细片,好让孩子便于咀嚼。可以先吃去皮、去核的水果片和蒸过的蔬菜(如胡萝卜)等。

当婴儿已习惯吃这些"硬"东西后,便可以使食物的硬度"升级",让他们尝试吃煮过的蔬菜,但不宜太甜、太咸或含太多的脂肪,以免"倒"了胃口,产生厌恶、拒食行为。

在让宝宝逐渐适应不同硬度的食物时要有耐心,不可过高估计他们牙齿的切磨、舌头的搅拌和咽喉的吞咽能力。固体食物应切成半寸大小,太大时很容易阻塞咽喉。

硬壳食物,至少要到4~5岁时才适宜吃。试吃时先破成4份,以防"囫囵吞枣",酿成意外。

进一步教宝宝自理

上桌子同大人一起吃饭不能包办代替,只能帮助,因为上桌子同大人一起吃饭,使孩子快乐,能分享不同味道的食物,增进食欲,孩子自我意识随之增强,无意中感到自己会吃东西了。

脱帽和戴帽会用手抓掉帽子,也会抓起帽子戴到头上,而且戴稳。孩子的动作并不精细,半圆形的帽子可以戴好,毛绒帽子就不会拉正,需大人帮助。最好先用稍挺括的布帽练习。

培养良好的大小便习惯,并逐渐懂得要求坐盆,如便前自己找便盆坐下。

和宝宝玩彩色纸盒游戏

方法:① 游戏前,妈妈准备一个正方形的空纸盒,在盘子的六面贴上6张好看的、宝宝熟悉的彩色画片。

② 妈妈和宝宝在一起,把正方形盒子拿给宝宝,让宝宝随意地转动、欣赏。每当宝宝转到一个画面时,妈妈就告诉宝宝:"这是爸爸。""这是苹果。""这是一棵树……"让宝宝熟悉6个画面。

③ 在宝宝熟悉画面后,妈妈就可训练宝宝听指令找画面。比如妈妈说:"爸爸在哪儿?"就要求宝宝把有爸爸的那一个画面转过来,让妈妈看一看。

④ 如果宝宝能很快地把画面按照妈妈的要求翻转出来,妈妈应对宝宝提出表扬与鼓励。并逐渐提高速度。

目的:发展宝宝的观察力,发展宝宝对图片的观察力;发展宝宝的记忆力,培养宝宝的暂时记忆和永久记忆;培养宝宝的形象思维能力;锻炼宝宝的双手协调活动能力。

注意:画面的内容可以是宝宝感兴趣的任何东西,如花草、鸟兽、人物、交通工具等。同时,可把家中亲人的照片(爸爸、妈妈、爷爷、奶奶等)贴在上面,要求宝宝找出某一位亲人,这也是很好的游戏;妈妈应该把画粘得牢一些,防止宝宝撕掉画片;画面可及时更换,以使宝宝保持新鲜感;在玩游戏的过程中,宝宝的双手必须不断协调地转动魔方,这对宝宝双侧大脑的发展有很大的好处;把一个画面与另一个画面区别开来,也是对孩子观察力的一个训练。

 爸爸做什么

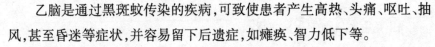

带宝宝去注射乙脑疫苗

乙脑是通过黑斑蚊传染的疾病,可致使患者产生高热、头痛、呕吐、抽风,甚至昏迷等症状,并容易留下后遗症,如瘫痪、智力低下等。

宝宝在满1周岁时连续注射两针乙脑疫苗,间隔7～10天,在2、3、6、7、13岁仍要各加强一针才能维持身体的免疫力,预防乙脑的发生。乙脑疫苗诱导体内产生抗体需一个月,所以宝宝具体注射乙脑疫苗的时间,可根据各地区乙脑病开始流行时间提早一个月。华北地区最佳注射时间为5月份,东北地区为6月份,南方各省为4月份。

乙脑疫苗比较安全,注射后可出现局部轻度红肿,个别的宝宝会有38℃以上的发热反应,根据情况应去医院诊治。若宝宝体质过敏,在注射后第三天,局部的红肿瘙痒会达到最重。之后就会逐渐消除,不必过于担心。

其他的预防和接种

注射B型嗜血流感杆菌结合疫苗:B型流感嗜血杆菌主要的感染对象为5岁以下的婴幼儿,通过唾液飞沫在空气中传播,在幼儿园的儿童中带菌率可达到25%以上。B型流感嗜血杆菌侵入人体后,可引起脑膜炎、肺炎、败血症、脊髓炎、心包炎、会厌炎、蜂窝组织炎等疾病。B型流感嗜血杆菌是造成婴幼儿严重性细菌感染和死亡的主要致病菌之一,在中国主要引起小儿肺炎,发病率为10.4/10万,患儿在应用抗生素的情况下病死率仍高达20%。由于滥用抗生素和细菌的抗药性,造成治愈率低和并发症多。因此,使用疫苗预防是最经济有效的手段。接种对象:生后2个月至5岁婴幼儿。接种反应:局部红肿和全身发热。在与百白破混合制剂联合接种时,发热和局部反应高于单独注射。

接种水痘减毒活疫苗:水痘和带状疱疹是两种特殊的感染形式,几乎遍及全球。都是由水痘—带状疱疹病毒引起的高度传染性疾病。初次感染水痘—带状疱疹病毒即为水痘,而潜伏在体内的病毒被激活后则为带状疱疹,后者多见于成人。水痘是最容易传播的疾病之一,在儿童中的传播占90%以上。水痘患者全身可见水疱疹。平均数量为200～300个,还伴有发热。最常见的并发症是皮肤感染、水痘病毒性肺炎和脑炎,水痘患儿不能入托、上学,须等全身疱疹完全干燥结痂后才能解除隔离,一般在10天左右。

教宝宝认颜色

方法:① 取一件婴儿喜爱的红色玩具,如红色积木,反复告诉他:"这块积木是红色的。"然后你问他:"红色的呢?"如果他能很快地从几种不同的玩具中指出这块红色积木,你就要夸奖他。

② 再拿出另一个红色的玩具,如红色瓶盖。告诉他:"这也是红色的。"当他表示不解时,你再拿一块红布与红积木及红瓶盖放在一起,另一边放一块白布和一块黄色积木,告诉他:"这边都是红的,那边都不是红的。"(不能说那边是白色的、黄色的)把他的注意力吸引到颜色上。

③ 把上述物品放在一起,要求他"把红的给我"。看他能否把红的都挑出来。如果他只挑那块红积木,你就说:"还有红的呢!"并给一定暗示(如用手指),让他把红的都找出来。

目的:理解抽象概念,提高思维能力。

注意:一次只能教一种颜色,教会后要巩固一段时间,再教第二种颜色。如果婴儿对你用一个"红"字指认几种物品弄不明白,甚至连第1个红色玩具都不认识时,你就再过几天另拿一件婴儿喜欢的玩具重新开始。

和宝宝玩分类游戏

方法:爸爸、妈妈先给宝宝准备好一副积木,积木的形状有方有圆,有

三角的。妈妈准备几个盒子，一个盒子上贴一个圆的形状，另一个盒子上贴一个方形，再一个盒子上贴一个三角形。游戏开始时，爸爸把所有积木都倒出来，爸爸、妈妈和宝宝围坐在积木旁，一人身边放一个盒子。然后妈妈说："今天，我们一起来玩一个找积木的游戏。宝宝看，我们今天有这么多积木，有方形的（拿起一个方形的给宝宝看）、有圆形的（拿起一个圆形的积木）、有三角形的（拿起一个三角形的）。今天。我们要给这些积木分分类。我们先看看身边的盒子。"妈妈拿起自己身边的盒子，用手指了指盒子上贴的方形图片，说："我的盒子是方形的，我找方形的积木。"爸爸也和妈妈一样做同样的动作，说同样的话。宝宝通过自己的观察，就也会模仿爸爸、妈妈的动作，拿起自己身边的盒子，找出盒子上面贴的图片。游戏继续进行，爸爸、妈妈在积木里找出和自己的盒子图片一致的积木放进盒子里。宝宝这时通过观察，就会模仿爸爸、妈妈的动作，在积木中找出和自己盒子图片一致的积木放到自己盒子里。

目的：培养宝宝能够观察物体的不同形状和构造；培养宝宝能够模仿成人的行动；培养宝宝的行动能力，锻炼宝宝的手指的灵活性。

注意：爸爸在选择积木的时候，应选择较大的积木，防止宝宝拿起放入口中引起危险。爸爸、妈妈尽量把动作做得缓慢一些，给宝宝足够的观察时间，尽量不用语言去提示宝宝，而是让宝宝自己观察得出结论。

帮助宝宝学游泳

方法：孩子游泳的处所水质应清洁无污染，气温不要低于28℃，水温应不低于26℃，开始在水里的时间不超过2~5分钟，出水后应赶快用毛巾保暖，以后逐渐延长到每次下水10~15分钟。

目的：游泳是一项很好的锻炼项目，它综合了水、空气、日光的作用，通过游泳可以增强孩子的心脏收缩功能，增大孩子的肺活量，促进全身肌肉的发育，有利于增强身体抗病的能力，有利于体形美的发展，促进孩子智力发育，使孩子吃得饱、睡得香、少生病。

注意：下水前要活动一下四肢，并用水浸湿胸部和头部，然后再入水；

下水后发现孩子有寒冷感觉时,应赶快出水,用毛巾擦干身上的水并保暖;不要让孩子饥饿的时候或饭后立即去游泳;出汗时不能立即下水。这些都不利于孩子游泳,故不可行之。

奶奶讲的禁忌

忌用闪光灯给宝宝照相

宝宝对光的刺激非常敏感,如用闪光灯给宝宝拍照,在闪光的瞬间,会给宝宝以强烈的光刺激。年长儿或成人如受到强光刺激,会通过瞳孔缩小、流泪等反射进行自我保护,而新生儿或小婴儿的视网膜神经细胞发育尚不完善,瞳孔对光反射不灵敏,泪腺尚未发育,角膜较干燥,缺乏阻挡强光和保护视网膜的功能,如遇强光刺激,会使视网膜神经细胞发生化学变化,影响视觉发育。

忌长时间背宝宝

背宝宝有许多优点,如外出时由于宝宝位置高,可以较少受到道路上汽车尾气的影响。但从医学角度讲,背婴儿也有许多弊端,宝宝为腹式呼吸,背着时会挤压其腹部而改为胸式呼吸,还会压迫胃部。长时间背宝宝,会影响其胳膊和大腿的血液循环。

忌用电风扇对着宝宝吹

夏天很多家庭都使用电风扇来散热、通风、降温。但宝宝吹电风扇时要特别注意,因宝宝体温调节中枢发育还不完善,对冷热的适应能力差,如电风扇长时间对着宝宝直吹,会使宝宝体温下降,引起感冒,腹泻等疾病。

第二十章 宝贝第十二个月

 专家提醒

宝宝为何走路摇摇晃晃

刚学会独立行走时,宝宝走起路来总是摇摇晃晃,像是随时都可能摔倒,究其原因主要有如下几方面。

首先从宝宝的形体特点上看,头大、躯干长、四肢短,这样就会头重脚轻,重心不稳。其次宝宝的神经系统尚不完善,支配动作的能力也较差,当宝宝迈步时就不能及时调整身体的姿势以保持平衡。再者从动作的协调性来看,行走需要上下肢、腰部等部位的协调,但宝宝这时因脑发育尚不完善,动作协调性较差,常会出现多余动作。为了使身体平衡,宝宝两脚间距离就比较宽,以加大脚的支撑面积。就是这样,宝宝走起路便摇摇晃晃,欲倒不倒,像个"小醉八仙"。其实,父母大可不必担心,只要在旁边加以保护就行了。

影响宝宝专注度的原因

1.疾病原因:听觉、视觉障碍,铅中毒

解决方案:定期到医院对儿童的生长发育做检查。定期清洁孩子的玩具和学习用品,教育孩子勤洗手,不啃咬玩具和指甲。不要因为被外表所吸引,而购买涂染着过于鲜艳釉彩或油漆的的容器、家具、铅笔等,因为它们可能使用了大量的铅作为固着剂。少吃传统工艺制作的松花蛋、爆米花等有可能被铅污染的食品。

2.生理原因:睡眠不足

解决方法:保证睡眠时间:1～3个月大的孩子一天总睡眠时间15～16小时;满1岁时需13.5小时,2岁13小时,3岁12小时,5岁10～12小时。这些都包括每天的午后小睡。午睡睡得太多或太晚也会影响晚间的睡眠质量。睡前玩得太过兴奋,会造成孩子晚上睡不安稳、说梦话或做噩梦,因此在儿童入睡前,最好安排一些静态的活动,如说故事、听音乐,避免孩子的情绪过于兴奋而影响睡眠。如条件许可,可以在睡前用薰衣草香型的沐浴液洗个温水澡。另外牛奶也有助于安静的睡眠。

3. 环境原因:混乱、嘈杂、干扰过多

解决方案:给孩子一个独立的小空间。小角落,床和墙壁间的通道,大纸箱做的玩具房子都可以,只要可以让孩子在里面安静做自已想做的事。房间的布置要干净、简洁、明快。多数家长习惯将孩子的房间装扮得五颜六色、摆满玩具,这些会分散孩子的注意力,因为孩子最容易被形象性较强的事物所吸引。不要轻率打断孩子的活动,如孩子正在搭积木,就暂时不要命令他做其他事。即使是婴儿,这样做也会阻碍他的思考。学习的内容要能引起孩子的兴趣。

4. 食物原因:食入含有过多咖啡因的食物,营养不平衡

解决方案:咖啡因会对中枢神经系统产生作用。孩子如果食入过多的咖啡因,会头痛、头晕、烦躁,夜间入睡慢,睡眠浅,白天精神差,注意力不集中。咖啡因存在于可乐、咖啡、茶、巧克力、柠檬茶、珍珠奶茶、咖啡冻、茶冻等食物中。过多的油脂、合成色素的食物可以让儿童慵懒、昏昏欲睡,注意力难以集中。吃太多的糖则可能导致"儿童嗜糖精神烦躁症",表现为情绪不稳定,易冲动,睡眠差,常在梦中惊醒,注意力不集中,抵抗力降低。

5. 教养原因:宠爱过分,玩具过多,社交频繁

解决方案:不要给孩子提供太多的玩具和其他娱乐用品。当孩子周围充斥着无数玩具、漫画书时,反而使得他不能在任何一样游戏上集中注意力。所以每次提供孩子相关的 1~3 件玩具。选择性小,才容易精玩细赏,才不会觉得无聊或有挫折就立刻放弃。对孩子的学习提出明确的目的和要求,强化孩子的有意注意。例如教孩子儿歌,可以要求他跟着家长读,一齐读几遍之后,让孩子试着背出来。这样,孩子为了能够学会儿歌,必须提高注意力,集中精力听家长读儿歌。令孩子维持一段长时间去做一件事,对他将来能集中注意力有很大帮助。这种方法,在宝宝 9~10 个

月的时候就可以开始了。

过多的社交会令孩子始终处于兴奋、浮躁的状态。长期处于社交环境中的孩子个性也会变得相当外向、活泼,也都能言善道,在人际关系上属于"长袖善舞"型,可是副作用就是长大后,在课业学习上却会显得漫不经心、缺乏恒心。当需要他一个人静下心来做些事的时候,自然就不适应了。所以父母应该放弃过多的交际,多带孩子去自然里走走,看看天空,听听草丛里虫儿的低吟,让心安静下来。

对宝宝特别重要的五种品质要注意培养

对宝宝来说,有五种品质的培养特别重要。

1. 信任

对他人有基本的信任是人际交往的基础,也是其他品质特性得以发挥的基础。如果孩子对他人没有信任,那么他在自信心的形成和与他人建立交往关系过程中就会遇到很多困难,也会体验到很多痛苦。

培养孩子对人的信任感,可以从日常的小事做起。例如,搂抱孩子的时候让他有强烈的安全感,让他对周围陌生的世界产生信任,从而让他渐渐地在内心建立起对人的信任。

对婴儿来说,让他产生信任感的最好方法就是满足他的基本需求,饿了就给他奶吃,尿了就换尿布,烦了就抱起来走走。还有,经常跟他说话、给他唱歌,用眼神跟他交流,告诉他"宝宝,妈妈爱你"。总之,不要忽略宝宝的需求,也就是不要让他对这个陌生的世界产生恐惧感,让他在一个舒服、安心的环境里建立起基本的信任。

对幼儿来说,建立信任感的有效方法就是多给他一些关注。很难相信,在一个冷漠的环境里长大的孩子会信任他人。随着孩子身体和智力的发育,他已经不满足于吃、喝、换尿布这些事情,他开始产生独立的思想和行为。父母要对孩子的情绪变化多给予关注。孩子的性格各异,如果父母的行为模式符合他们的性格特点,他们对父母的信任就会多一些,表现出来就是对父母的依恋多一些,反之亦然。举例说,有的孩子喜欢安静,如果父母总是给予他过多的刺激,每天让他做很多运动,会引起他的厌烦。所以,首先你要了解孩子的气质类型,让他感到你很了解他,给他最想要的东西,才能让他对你产生信任。

2. 耐心

那些耐性好、忍受力好的孩子获得成功的机会要比其他孩子多。

怎样才能让孩子成为一个做事长久、有耐心的人呢?首先,父母要切记自己是孩子的榜样,单纯的孩子还没建立自己的行为模式,他是一个默默的观察者,今天父母做事的习惯就是明天他做事的标准。如果父母做事无规律,一会儿扫地,一会儿洗碗,还没有放下扫把就去拿抹布,你能期待孩子做事井井有条吗?

你还可以通过和孩子交谈帮助孩子认识问题,培养耐心。幼儿虽然不能完整地表达自己的思想,但已经能明白你表达的意思。如果孩子因为搭不好积木而发脾气,把积木扔掉。作为父母你可以跟他谈谈,告诉他你知道积木搭不起来他很不高兴,但是把积木扔掉也解决不了问题。不要认为和孩子交流没有意义,其实他能听懂,至少他会知道自己这样做是不对的。这样做的效果比你为孩子的坏脾气生闷气,或者责怪他好多了。

孩子还没有建立时间观念,因此让他们学会耐心真是一件困难的事情。比如说,你正在收拾乱七八糟的玩具,孩子却要出去玩,这个时候你不要说"等10分钟"。你要告诉他"等我把玩具全部放到玩具箱再出去"。孩子会看着你把玩具一个个放到箱子里,而不是缠着你要出去玩。

3. 责任感

做一件事情有始有终是责任感的基本体现。事实上,在你还没有察觉时,孩子已经开始观察和学习责任感了。1岁左右的孩子把奶瓶摔到地上,妈妈捡起来递给他,然后再摔——再捡——再摔——再捡。那个小小人儿在这个看似恼人的游戏中学习责任感。这样说很多人都不相信,在摔和捡的重复过程中,他开始对原因和结果这两者的关系有模糊的理解,认识到奶瓶掉到地上是他摔的结果。既然这么小的孩子可以了解行为和结果的关系,那么父母可以适当地培养他们对自己的行为负责,从而让他们意识到责任感的问题。

培养孩子的责任感可以从让他做一些力所能及的事情入手。很多妈妈认为孩子会越帮越忙，自己5分钟能做好的事情，孩子半个小时都做不好，所以不让孩子做事情。其实你不妨变通一下。如果时间特别紧张的话，可以选择让孩子做最简单的事情，其他的事情你自己做。但是，如果不想要一个没有责任心的孩子，就千万不要做一个万事包办的妈妈。孩子小的时候，可以让他把小纸头递给爸爸，大一些时让他收拾自己的玩具。这些都是小事，但对培养孩子责任感起的作用不可忽视。

4. 自信心

通过学习独立行为，孩子逐渐变得非常有主见，知道自己想要什么，并且为自己寻找一个合理的理由。一个充满自信的人通常不需要别人的肯定，对自己所做的事情有充分的理由。

同样，让孩子建立自信心最好的途径就是让他独立完成适合其年龄特点的一些事情。1岁左右的孩子，让他自己学习用勺子吃饭，再大一点让他自己穿鞋子。注意刚开始尽量让他做简单的事情，孩子做不好太复杂的事情，连续的挫折会打击孩子的自信。让孩子练习自己穿鞋子时，给他穿带粘贴扣的鞋子，因为系带子太复杂了，他可能掌握不了。到了合适的年龄，试着让孩子为自己的事情作决定。比如说吃冰淇淋，你可以让他自己选择是吃巧克力口味的还是吃草莓口味的，让他从小事开始为自己做主。

在孩子成长的过程中父母要不断调整自己的心态和行为，不要让自己成为孩子成长的障碍。孩子小时非常依赖父母，等他逐渐长大，父母要一步步放开约束，让他为自己做主。要允许孩子犯错误。如果孩子在成长的过程中没有犯错误，那说明父母管得太死，他根本没有尝试的机会。所以随着孩子年龄的增长，父母要像放风筝一样，逐渐放松手中的线，给孩子一片自由的天空。

5. 知觉他人的感受

知觉他人的感受是建立良好社交关系的基础。拥有成功人际关系的关键是了解他人的感受，然后作出适当的回应。3岁以前的孩子不会顾及他人的感受，他们只能从自身出发感受世界。如一个2岁的男孩打了同伴的头，父母不应该太过于责备他，因为他不知道同伴会感到痛，而这又是因为他自己感受不到被打头的痛苦,理所当然也不知道别人的感受。

虽然孩子还没有知觉他人感受的能力,但父母可以帮助他们建立这种感受。就像上面的那个例子,父母可以这样告诉打人的孩子:"如果他打你的头,是不是很痛呀?"或者"你忘记了,上次小明打你,很痛,你都哭了。"通过自身的感受来理解他人的感受,这样比较容易被孩子接受。另外,遇到类似的情况,父母可以重复讲述他人的感受给他听,慢慢地他就会了解别人的感受了。

作为父母,也许你不能给孩子富裕,不能给他英俊和美丽,但是你能给他一个成功的人生。如果你能够从小事做起,给他信心、耐心、责任感、自信心、知觉他人的感受的品质,那你就给了他一个成功的人生。

 ## 宝宝第 12 个月喂养

宝宝饮食规律早知道

要合理地安排断奶后的饮食,保证热能和蛋白质的供应。给孩子吃的膳食要营养均衡,训练孩子不挑食偏食,样样都吃。菜肴要切碎煮烂,专为孩子制作。

营养食谱

主食:母乳、稀烂粥、菜泥。

上午:6:00　10:00

下午:14:00

晚上:18:00　20:00

辅助食物:

① 水、果汁、鲜水果泥、果酱等。

② 浓缩鱼肝油:2 次/日,3 滴/次。

③ 肉类:每隔数日食1次,每次10～30克。

④ 各种蔬菜、豆腐等,可逐步加大用量。

⑤ 白开水酌情饮用,以此锻炼婴儿用勺和杯子喝水的习惯。

煮挂面

所需材料:挂面50克,猪肝10克,虾肉10克,鸡蛋1个,菠菜10克,鸡汤、酱油各少许。

制作方法:将猪肝、虾肉、菠菜分别切成碎末。将挂面煮软后切成短段,放入锅内,加入鸡汤、酱油一起煮,再将猪肝、虾肉、菠菜放入锅内,把鸡蛋磕开调好,用1/4只蛋液甩入锅内,煮熟即成。

营养成分:此面色艳、味美,含有丰富的气质、糖类、钙、磷、铁、锌及维生素A、B_1、B_2、C、D、E和尼克酸等多种婴儿发育所必需的营养素。

蚕豆泥

所需材料:鲜蚕豆50克,山楂糕25克,白糖15克,花生油5克,桂花少许。

制作方法:将鲜蚕豆皮剥去,放入锅内煮烂、捞出,用冷水过凉,放菜板上,砸成泥状放入碗内。将山楂糕切成绿豆大小的丁。炒锅置火上,放入油,加入白糖、蚕豆泥、桂花,用中火推炒,炒透后盛入盘内,撒上山楂糕丁即成。

营养成分:鲜蚕豆砸成泥,加入白糖,与山楂糕一起呈红绿两色,鲜美清香,色香味兼备。具有增进食欲、帮助消化、清热利尿的作用,是婴儿春季较为适宜的食品之一。

番茄香蕉粥

所需材料:番茄30克,香蕉30克,酸奶50克,大米50克。

制作方法:将番茄用水焯一下,然后去皮去瓤,捣碎并过滤;将香蕉去皮后捣碎并过滤。将捣碎的番茄与香蕉和在一起。将酸奶倒在捣碎的番茄和香蕉上备用。将大米洗净放入锅内加适量水置于火上煮粥。待粥成后,将番茄香蕉泥放入粥面上即成。

营养成分:酸奶易消化吸收,适合幼儿食用。番茄中的番茄红素能增强对疾病的抵抗力,香蕉有助于改善便秘症状。

清水煮荷包蛋

所需材料:新鲜鸡蛋1个,醋少许,清水250克。

制作方法:在小锅内加入250克水,倒入醋,将水烧开。把鸡蛋磕入一个杯子内。待水开后,使开水保持微开而不太翻滚时,将鸡蛋徐徐倒入水内,煮至蛋清凝固、蛋黄呈现溏黄时,捞入小盘内,稍晾即可喂食。

非常营养:此蛋软嫩,易于消化,含有丰富的蛋白质、脂肪,并含有除维生素C以外的几乎所有其他维生素和矿物质。

四季应时食谱

春季婴儿食谱

早餐:牛奶、馒头片。

午餐:米饭、猪肝泥、红烧豆腐。

晚餐:蒸饺、鲜肉末胡萝卜汤。

夏季婴儿食谱

早餐:小米粥、豆面小窝头。

午餐:米饭、清蒸鱼、西红柿黄瓜汤。

晚餐:花卷炒油菜、肉末黄瓜汤。

秋季婴儿食谱

早餐:碎菜粥、面包片。

午餐:馒头、红烧排骨、素烧白菜,玉米面汤。

晚餐:米饭、三色猪肝、烧油麦、大米粥。

冬季婴儿食谱

早餐:肉松粥、枣泥发糕。

加餐:水果。

午餐:菜肉水饺。

晚餐:二米饭、炖带鱼。

第二十章 宝贝第十二个月

文中计量单位对换表

现用计量单位	传统计量单位
5 克	1 钱
10 克	2 钱
25 克	5 钱(半两)
50 克	1 两
100 克	2 两
250 克	5 两(半斤)
500 克	1 斤
1000 克	2 斤